O vaso de ouro

*

Princesa Brambilla

FUNDAÇÃO EDITORA DA UNESP

Presidente do Conselho Curador
Mário Sérgio Vasconcelos

Diretor-Presidente / Publisher
Jézio Hernani Bomfim Gutierre

Superintendente Administrativo e Financeiro
William de Souza Agostinho

Conselho Editorial Acadêmico
Divino José da Silva
Luís Antônio Francisco de Souza
Marcelo dos Santos Pereira
Patricia Porchat Pereira da Silva Knudsen
Paulo Celso Moura
Ricardo D'Elia Matheus
Sandra Aparecida Ferreira
Tatiana Noronha de Souza
Trajano Sardenberg
Valéria dos Santos Guimarães

Editores-Adjuntos
Anderson Nobara
Leandro Rodrigues

A coleção CLÁSSICOS DA LITERATURA UNESP constitui uma porta de entrada para o cânon da literatura universal. Não se pretende disponibilizar edições críticas, mas simplesmente volumes que permitam a leitura prazerosa de clássicos. Nesse espírito, cada volume se abre com um breve texto de apresentação, cujo objetivo é apenas fornecer alguns elementos preliminares sobre o autor e sua obra. A seleção de títulos, por sua vez, é conscientemente multifacetada e não sistemática, permitindo, afinal, o livre passeio do leitor.

E. T. A. HOFFMANN
O vaso de ouro
*
Princesa Brambilla

TRADUÇÃO E NOTAS MÁRIO LUIZ FRUNGILLO

© 2022 EDITORA UNESP

Título original: *Der goldne Topf; Prinzessin Brambilla*

Direitos de publicação reservados à:
Fundação Editora da Unesp (FEU)
Praça da Sé, 108
01001-900 – São Paulo – SP
Tel.: (0xx11) 3242-7171
Fax: (0xx11) 3242-7172
www.editoraunesp.com.br
www.livrariaunesp.com.br
atendimento.editora@unesp.br

DADOS INTERNACIONAIS DE CATALOGAÇÃO NA PUBLICAÇÃO (CIP)
DE ACORDO COM ISBD
Elaborado por Vagner Rodolfo da Silva – CRB-8/9410

H711n   Hoffmann, E. T. A.

O vaso de ouro: um conto de fadas dos tempos modernos / Princesa Brambilla: um *capriccio* segundo Jacques Callot / E. T. A. Hoffmann; traduzido por Mário Luiz Frungillo. – São Paulo: Editora Unesp, 2022.

Tradução de: *Der goldne Topf / Prinzessin Brambilla*

Inclui bibliografia.
ISBN: 978-65-5711-075-1

1. Literatura alemã. 2. Novela. 3. E. T. A. Hoffmann. I. Frungillo, Mário Luiz. II. Título.

2021-2638	CDD: 833
	CDU: 821.112.2-3

Editora afiliada:

SUMÁRIO

Apresentação
7

O vaso de ouro
11

Princesa Brambilla
103

Prefácio
105

Primeiro capítulo
107

Segundo capítulo
129

Terceiro capítulo
151

Quarto capítulo
169

Quinto capítulo
191

Sexto capítulo
211

Sétimo capítulo
227

Oitavo capítulo
243

APRESENTAÇÃO

ESCRITOR DE CARACTERÍSTICAS E TALENTOS MULTIFACETADOS – e, por isso mesmo, de difícil definição –, o alemão Ernst Theodor Amadeus Wilhelm Hoffmann costuma ser saudado, principalmente, pela surpreendente maneira como alçou a literatura alemã ao universo do fantástico. Mais: caracterizou-se ainda por um humor particular, raro nas letras germânicas ao longo da transição do século XVIII para o XIX, na ascensão do romantismo. Tendo assinado apenas dois romances (*Reflexões do gato Murr* e *Os elixires do diabo*), ele ostenta, por outro lado, uma expressiva produção de narrativas curtas e médias, quase uma centena, entre contos e novelas, das quais se destacam, em especial, as que formam o par que materializa esta edição: *O vaso de ouro: um conto de fadas dos tempos modernos* e *Princesa Brambilla: um* capriccio *inspirado em Jacques Callot.*

Filho de um pai pastor, Christoph Ludwig, e uma mãe cuja vida seria marcada por problemas de saúde, Louise Albertine Doerffer – que morreria quando ele tinha vinte anos –, Hoffmann acabou tendo parentes como responsáveis por boa parte de sua formação, um dos quais, o tio Otto Wilhelm Doerffer, muito o influenciaria pelo humor sombrio – característica que ficaria bastante associada ao seu estilo literário. Estudou direito e trabalhou no meio jurídico. Mas, desde jovem, demonstrava inclinação para a pintura e, sobretudo, a música. Teve importante carreira como crítico musical, evidenciada em significativas contribuições ao periódico *Allgemeine musikalische Zeitung* [*Jornal Geral de Música*]. Contemporâneo de Mozart, o amor que sentia por sua música o levou a mudar o terceiro nome que recebera ao nascer, Wilhelm, por Amadeus, como forma de homenagear o compositor austríaco.

Nas tentativas de explicar de que modo a música – à época, tida na Europa como a expressão mais nobre do espírito artístico – o impactava, Hoffmann sempre atribuía a ela contornos transcendentais, como se qualquer esforço de defini-la em palavras fosse vão. Foi dessa maneira que a influência da música, mesmo em toda a sua subjetividade simbólica, acabou por se constituir num dos elementos estéticos da produção literária hoffmanniana, como constatamos em *O vaso de ouro*. Nele, acompanhamos a jornada de Anselmo, um indivíduo que, num dia da Ascensão, envolve-se num pequeno incidente com uma feirante. Fugindo das pragas que a velha lhe roga, o herói sublima a própria existência terrena fazendo desbravar uma segunda realidade, paralela – em que serpentes podem ser apaixonantes, e um reino perdido, a Atlântida, é pintado como o eldorado redentor da falibilidade humana. Esse, aliás, parece ser um tema-obsessão de Hoffmann: a Atlântida acalentada (re)aparece em muitos outros momentos de sua obra, possível metáfora do autor para o sentido da vida.

Já em *Princesa Brambilla*, originalmente publicada em 1821, aquilo que a princípio poderia levar o leitor desavisado a supor uma mera história de amor ambientada num Carnaval em Roma, envolvendo o ator Giglio e a figurinista Giacinta, rapidamente muda de tom, com a narrativa trazendo à tona elementos perturbadores, soturnos, grotescos. Muitos, aliás, veem nisso rudimentos antecipatórios do expressionismo, vanguarda artística que só viria a surgir efetivamente na Alemanha um século depois da morte do autor. Tal como em *O vaso de ouro*, também em *Brambilla* é um pequeno incidente no cotidiano ordinário – um dedo que sangra pela pontada de uma agulha de costura – o estopim para a iconoclastia criativa de Hoffmann desordenar as percepções da realidade, em "distorções" identitárias do par protagonista, que então ressurge na condição de príncipe e princesa. Sublinhe-se a forma como a narrativa mascara e fantasia seus personagens, alimentando, ao mesmo tempo, o anonimato e o jogo de duplicidades tão harmônicos com as ambiguidades pretendidas.

É importante assinalar também a veneração que Hoffmann tinha pelo francês Jacques Callot, ilustrador que viveu na virada do século XVI para o XVII, reconhecido pela forma como registrou, em seus traços, convulsões sociopolíticas do país e também artistas itinerantes da *commedia dell'arte*, quando viveu na Itália. Hoffmann exaltava a capacidade de Callot de, muitas vezes, lançar mão de desenhos cuja força conceitual era muito mais sugerida, simbólica, que explícita, didática – e, justamente por isso, capaz de estimular o universo imaginativo de quem os fruísse. As ilustrações de *Princesa Brambilla* são de Karl Friedrich Thiele, que se baseou no trabalho de Callot, naturalmente adaptando-as para os personagens e o contexto de um Carnaval romano, pano de fundo dessa delirante narrativa.

Os editores

E.T.A. HOFFMANN
(KÖNIGSBERG, 1776 – BERLIM, 1822)

AUTORRETRATO, C.1820. REPRODUÇÃO PUBLICADA EM *E.T.A. HOFFMANNS WERKE*, GEORG ELLINGER, BERLIM, 1920

E.T.A. HOFFMANN

O vaso de ouro

Um conto de fadas dos tempos modernos

PRIMEIRA VIGÍLIA

Os desastres do estudante Anselmo – O mata-rato do vice-reitor Paulmann e as serpentes auriverdes

ÀS TRÊS HORAS DA TARDE DO DIA DA ASCENSÃO, um jovem passou correndo pelo Portão Negro de Dresden e foi parar bem dentro de um cesto com maçãs e bolos que eram vendidos por uma velha feia; tudo o que teve a sorte de escapar ao esmagamento foi atirado para fora, e os meninos da rua dividiram alegremente entre si o butim que o apressado cavalheiro lhes providenciara. Com o berreiro que a velha aprontou, suas colegas de profissão deixaram suas mesas de bolos e aguardente, cercaram o jovem e o xingaram tanto, com tanta vulgaridade, que ele, mudo de raiva e vergonha, apenas estendeu sua bolsinha de dinheiro não muito cheia, que a velha agarrou com avidez e logo guardou. Então o círculo cerrado se abriu, mas, quando o jovem já ia escapulindo velozmente, a velha gritou atrás dele:

– Sim, corra! Corra mesmo, filho de Satanás, mas espere só: no cristal, seu final, no cristal!

A voz estridente e áspera da mulher tinha algo de horripilante, o que fez os transeuntes pararem espantados, e as risadas, que já eram generalizadas, emudeceram. O estudante Anselmo (pois não era outro o jovem), embora não tenha entendido patavina das estranhas palavras da velha, foi tomado de um terror instintivo, e apressou ainda mais o passo, a fim de escapar dos olhares que a multidão curiosa não tirava dele. Enquanto se safava através da confusão de gente em trajes domingueiros, ouvia murmurarem de todos os lados:

– Pobre rapaz! Ah, mulher maldita!

De um modo muito singular, as palavras misteriosas da velha tinham dado à ridícula aventura uma certa virada trágica, e por isso todos olhavam solidários para o rapaz que antes passara despercebido. As mulheres perdoavam ao rosto formoso, cuja expressão tornava ainda mais intenso o ardor da ira íntima, e também ao vulto vigoroso, toda a falta de jeito, bem como o traje completamente fora de moda. O corte de seu fraque cinza-peixe fazia pensar que o alfaiate conhecia o modelo moderno apenas de ouvir falar, e as calças de cetim preto bem cuidadas conferiam ao conjunto um certo estilo magistral ao qual, por sua vez, o andar e a postura não queriam de modo algum se adaptar. Quando o estudante chegou próximo do fim da alameda que leva até o Linkisches Bad, quase já não tinha fôlego.[1] Precisou andar mais devagar, mas mal ousava tirar os olhos do chão, pois ainda via as maçãs e os bolos dançando ao seu redor, e qualquer olhar amigável desta ou daquela mocinha parecia-lhe ser apenas o reflexo das risadas maliciosas junto do Portão Negro. Assim ele chegou à entrada do Linkisches Bad; grupos de pessoas em roupas festivas entravam um atrás do outro. De lá de dentro vinha a música de instrumentos de sopro, e o burburinho dos visitantes alegres era cada vez mais alto. Os olhos do estudante Anselmo quase se encheram de lágrimas, pois ele, que sempre considerara o dia da Ascensão uma típica festa familiar, também queria tomar parte na felicidade que reinava no paradisíaco Linkisches Bad, pensara mesmo em se conceder meia dose de café com rum e uma garrafa de cerveja encorpada e, a fim de poder se regalar à vontade, pusera mais dinheiro na bolsa do que era permitido e aconselhável. Mas então o fatal

---

1 Linkisches Bad: local de lazer que abrangia um restaurante com jardim, um teatro de verão e uma sala de concertos, além de uma das primeiras piscinas ao ar livre. (N. T.)

O VASO DE OURO

acidente com o cesto de maçãs lhe custara tudo o que levara consigo. Não se podia mais pensar em café, em cerveja, em música, em admirar as moças bem-vestidas – em suma: não se podia pensar em nenhum dos prazeres com que sonhara; afastou-se dali devagarinho e, por fim, tomou o rumo do Elba, naquele momento inteiramente solitário. Sob a folhagem de um sabugueiro que se estendia por cima do muro, encontrou um lugar confortável sobre a relva; sentou-se e encheu seu cachimbo com o mata-rato que seu amigo, o vice-reitor Paulmann,[2] lhe dera de presente. Bem diante dele as ondas douradas do belo Elba murmuravam e marulhavam; na outra margem, a magnífica Dresden erguia, audaz e orgulhosa, suas torres reluzentes contra o fundo azul diáfano do céu, que se estendia sobre os prados floridos e os bosques verdejantes, e emergindo de uma profunda opacidade as montanhas pontudas anunciavam a distante Boêmia. Mas o estudante Anselmo, com um olhar fixo e sombrio, soprava nuvens de fumaça para o ar, e seu mau humor finalmente se manifestou quando ele disse:

– Eu realmente nasci para todo tipo de martírio e miséria! Que nunca tenha sido eleito o rei dos feijões,[3] que jamais tenha ganhado no par ou ímpar, que minha fatia de pão sempre caia com o lado da manteiga virado para baixo – dessas desgraças todas nem quero falar; mas não é uma fatalidade terrível que, tendo afrontado Satanás e me tornado estudante, eu não tenha podido me matricular longe do quintal de casa? Alguma vez já vesti um casaco novo sem logo da primeira vez arranjar-lhe uma mancha de gordura ou um rasgão num prego saliente? Alguma vez já saudei um senhor conselheiro áulico ou uma dama sem jogar o chapéu para longe ou sem escorregar no chão liso e capotar vergonhosamente? Quando estive em Halle, não tive de pagar todos os dias de feira três ou quatro vinténs por potes pisoteados, porque o diabo me meteu na cabeça andar sempre em linha reta, como um lemingue? Houve algum único dia em que eu chegasse na hora certa à aula ou a qualquer outro lugar para onde me mandassem? De que

---

2 Vice-reitor (*Konrektor*): no caso, vice-diretor de um liceu. (N. T.)
3 Na festa do Dia de Reis. (N. T.)

me adiantava sair meia hora mais cedo e me pôr diante da porta e ficar com a mão na aldrava se, bem na hora de fazê-la soar, o diabo me despejava uma bacia de água na cabeça ou me fazia trombar com alguém que vinha saindo, de modo que eu me envolvia em milhares de confusões e sempre perdia a hora? Ai, ai, onde estão vocês, sonhos fagueiros de uma felicidade futura, ilusão orgulhosa de que eu poderia alcançar aqui o posto de um secretário privado! Mas, então, minha má estrela me fez entrar em desavenças com meus melhores protetores! Eu sei muito bem que o conselheiro secreto a quem me recomendaram não suporta cabelos curtos; com esforço o cabeleireiro prende uma pequena trança na minha nuca, mas à primeira mesura o malfadado cordão se solta e um cãozinho todo faceiro, que não parava de me farejar, leva triunfante a trança para o conselheiro secreto. Eu saio correndo aterrorizado atrás dele e vou de encontro à mesa em que o conselheiro trabalhava enquanto tomava o café da manhã, as xícaras, pratos, tinteiro, mata-borrão caem ao chão tilintando e a torrente de chocolate e tinta se espalha por cima do relatório que ele acabara de escrever. "Cavalheiro, o senhor tem o diabo no corpo!", rosna enfurecido o conselheiro secreto, e me põe porta afora. De que adianta o vice-reitor Paulmann ter me dado esperanças de um posto de amanuense, se minha má estrela, que me persegue por toda parte, não o permitirá? E o mesmo vale para o dia de hoje! Eu queria comemorar o belo dia da Ascensão de alma alegre, queria até gastar algum dinheiro com isso. Poderia ter pedido, orgulhoso, como qualquer outro conviva no Linkisches Bad: "Garçom! Uma garrafa de cerveja. Mas, por favor, da melhor!". Poderia ter ficado sentado ali até tarde da noite, e ainda por cima ao lado de um ou outro grupo de moças bonitas lindamente vestidas. Tenho certeza de que criaria coragem, de que me tornaria uma pessoa completamente diferente; sim, se uma ou outra delas me perguntasse: "Que horas serão agora?" ou "O que será isso que estão tocando?", eu seria capaz de me levantar de um salto com uma elegância despreocupada, sem derrubar minha taça ou tropeçar no banco, de avançar um passo e meio fazendo uma mesura e dizer: "Permita-me, *mademoiselle*, prestar-lhe um serviço, esta é

O VASO DE OURO 17

a abertura da *Donauweibchen*",[4] ou "Logo serão seis horas". Haveria alguém no mundo que pudesse me levar a mal por isso? Não, com certeza não, as moças teriam se entreolhado com um sorriso maroto, como costuma acontecer quando eu tomo coragem para mostrar que também sei adotar um tom de despreocupação mundana e me relacionar com as senhoras. Mas então Satanás me faz ir de encontro ao maldito cesto de maçãs, e agora tenho de fumar meu mata-rato sozinho...

Nesse momento o estudante Anselmo foi interrompido em seu solilóquio por um estranho cicio, um bulício, que começou bem ao lado dele na relva, mas logo subiu pelos ramos e folhas do sabugueiro que se estendiam por sobre sua cabeça. Ora parecia ser o vento da tarde que agitava as folhas, ora era como se os passarinhos pipilassem nos ramos, batendo as asinhas num volúvel vaivém. Então ouviu-se um sussurro, um murmúrio, e era como se os brotos ressoassem feito sininhos de cristal. Anselmo ouvia e ouvia. Então, sem que ele soubesse como, o cicio, o sussurro, o sonido se transformaram em suaves palavras meio sopradas:

Insinuar-nos aqui... insinuar-nos ali... passar através desses ramos e brotos balouçantes, abraçá-los, enlaçá-los, enroscá-los... irmãzinha, irmãzinha, serpentear e sair sob a luz – sus! – sus! – acima, abaixo – solta seus raios o sol vespertino, sussurra e cicia o vento vespertino – desce o sereno – os brotos solfejam – soltemos as linguinhas, cantemos com os brotos e folhas – logo as estrelas cintilam – vamos descer – insinuar-nos aqui... insinuar--nos ali, serpentear, enlaçar, enroscar, irmãzinha.

E assim continuaram no sentido de um discurso desconcertante. O estudante Anselmo pensou: "Ora, é apenas o vento vespertino que hoje sussurra palavras perfeitamente compreensíveis". Mas nesse momento ressoou sobre sua cabeça algo semelhante

---

4 *Das Donauweibchen* (*A mulherzinha do Danúbio*). Ópera cômico-romântica do compositor austríaco Ferdinand Kauer (1751-1831), muito popular à época. (N. T.)

a um trítono de límpidos sininhos de cristal; ele olhou para cima e viu, fulgindo como ouro verde, três serpentezinhas que haviam se enrolado nos ramos e estendiam as cabecinhas na direção do sol vespertino. E então ouviu outra vez sussurrarem e murmurarem aquelas palavras e as serpentezinhas se esgueiraram e pipilaram para cima e para baixo entre os ramos e as folhas, e seu movimento veloz fazia parecer que o sabugueiro espalhava milhares de esmeraldas fulgentes através de suas folhas escuras. "É o sol vespertino que brinca nos ramos do sabugueiro", pensou o estudante Anselmo, mas então os sinos ressoaram outra vez, e Anselmo viu que uma das serpentes abaixava a cabecinha em sua direção. Algo semelhante a um choque elétrico perpassou seus membros, estremeceu em seu âmago – ele olhou fixamente para cima, e um par de maravilhosos olhos azul-escuros o olhou com um anelo indescritível, e foi como se o sentimento de uma felicidade jamais antes experimentada e da dor mais profunda quisesse lhe arrebentar o peito. E enquanto ele contemplava fixamente, cheio de um ardente desejo, aqueles olhos encantadores, os sinos de cristal ressoaram mais forte em doces acordes, e as esmeraldas cintilantes caíram sobre ele e o envolveram, bruxuleando como mil chamazinhas e brincando feito um cordão de ouro rutilante ao seu redor. O sabugueiro agitou-se e falou: "Você repousava à minha sombra, meu perfume o submergiu, mas você não me compreendeu. O perfume é minha linguagem, quando inflamado pelo amor". O vento vespertino soprou sobre ele e disse: "Eu voejei ao redor de sua fronte, mas você não me compreendeu, o hálito é minha linguagem, quando inflamado pelo amor". Os raios do sol irromperam por entre as nuvens, e sua luz queimava como que a dizer: "Eu o banhei em ouro cálido, mas você não me entendeu; o ardor é minha língua, quando inflamado pelo amor".

E imerso mais e mais profundamente na visão daquele maravilhoso par de olhos, seu anseio se tornou mais ardente, mais fervente o desejo. Então tudo se mexeu e se agitou, como que despertando para uma vida feliz. Flores e brotos recendiam ao seu redor, e seu perfume era como que um cântico maravilhoso de milhares de vozes aflautadas, e o eco do que elas cantavam era

O VASO DE OURO

levado para terras longínquas pelas douradas nuvens vespertinas que passavam no céu. Mas, quando o último raio do sol rapidamente desapareceu por trás das montanhas e o arrebol estendeu seu véu sobre toda a região, uma voz grave e rouca ressoou como que de uma grande distância:

– Ei, ei, que rebuliço, que burburinho é esse? Ei, ei, quem é esse que me vai procurar o raio atrás das montanhas? Já basta de sol, já basta de sons. Ei, ei, através dos arbustos e da relva – através da relva e do rio! Ei, ei – pa-a-a-ra b-a-a-aixo – pa-a-a-ra b-a-a-aixo!

E assim sumiu a voz como no murmúrio de um trovão distante, mas os sininhos de cristal se partiram numa dissonância cortante. Tudo emudeceu, e Anselmo viu as serpentes, cintilando e reverberando através da relva, deslizarem para as águas do rio; silvando e sibilando elas mergulharam no Elba, e sobre as ondas em que elas desapareceram crepitou uma chama verde que, avançando em diagonal, se dissolveu fulgurando na direção da cidade.

SEGUNDA VIGÍLIA

Como pensaram que o estudante Anselmo estivesse bêbado ou louco – O passeio de barco pelo Elba – A ária de bravura do mestre de capela Graun – O elixir estomacal de Conradi e a velha das maçãs feita de bronze

– PARECE QUE O CAVALHEIRO NÃO BATE BEM DA CACHOLA! – disse uma honrada burguesa que, voltando de um passeio com a família, se deteve e, de braços cruzados, ficou a observar a doida pantomima do estudante Anselmo. Pois ele tinha abraçado o tronco do sabugueiro e não parava de gritar para os ramos e as folhas:

– Oh, brilhem e cintilem só mais uma vez, lindas serpentezinhas douradas, deixem-me ouvir só mais uma vez sua voz de cristal! Olhem-me só mais uma vez, encantadores olhos azuis, só mais uma vez, ou eu perecerei de dor e desejo ardente!

Enquanto dizia isso ele suspirava e gemia lastimosamente do fundo do peito e, cheio de anseio e impaciência, sacudia o sabugueiro, que, porém, em vez de responder, apenas deixava ouvir o farfalhar surdo e incompreensível de suas folhas e parecia zombar cruelmente do estudante Anselmo.

– Parece que o cavalheiro não bate bem da cachola – disse a burguesa, e Anselmo sentiu como se lhe interrompessem o sonho com um safanão, ou mesmo lhe despejassem um balde de água gelada para acordá-lo de supetão. Só agora voltava a ver com clareza onde estava, e pensou em como uma estranha assombração lhe havia pregado uma peça e o levara a falar consigo mesmo em voz alta. Olhou perplexo para a burguesa e, por fim, pegou o chapéu que havia caído no chão a fim de ir embora a toda pressa. Entrementes, também o pai da família se aproximara e, depois de pôr a criança pequena que trazia nos braços sobre a relva, ficara a ouvir e observar admirado o estudante, apoiado em sua bengala. Apanhou o cachimbo e a tabaqueira que o estudante deixara cair, entregou-os a ele e disse:

– Não se lamente tão terrivelmente no escuro, cavalheiro, e não irrite as pessoas se não tem outros problemas a não ser ter tomado um copinho a mais. Vá direitinho para casa e bote a cabeça no travesseiro.

O estudante Anselmo ficou muito envergonhado e soltou um "Ai" todo choroso.

– Ora, ora – continuou o burguês –, deixe estar, isso acontece nas melhores famílias, e no belo dia da Ascensão, qualquer um pode, de coração alegre, beber um pouco além da sede. Isso também pode acontecer a um homem temente a Deus; o cavalheiro com certeza é um candidato.[5] Mas, se o senhor me permitir, vou me servir um pouco de seu tabaco. O meu acabou enquanto estava na festa.

O burguês disse isso quando o estudante Anselmo já ia guardando o cachimbo e a tabaqueira no bolso; ele então limpou com vagar e cuidado seu cachimbo e começou a enchê-lo com o mesmo vagar. Várias moças burguesas haviam se aproximado, cochichavam

---

5 Candidato (*Kandidat*) é um estudante prestes a fazer os exames finais. (N. T.)

O VASO DE OURO

com a mulher e riam entre si enquanto olhavam para Anselmo. Ele se sentia como se pisasse em espinhos pontiagudos e agulhas incandescentes. Assim que recebeu de volta seu cachimbo e sua tabaqueira, saiu vendendo azeite. Todas as coisas fantásticas que vira haviam desaparecido por completo de sua memória, e ele só se lembrava de ter falado um monte de tolices embaixo do sabugueiro, o que lhe parecia ainda mais desesperador porque sempre sentira uma íntima repulsa por todas as pessoas que falam sozinhas. "Satanás fala pela boca deles", dizia o seu reitor, e ele de fato acreditava nisso. Ser confundido com um *candidatus theologiae* bêbado no dia da Ascensão era uma ideia insuportável para ele. Ia já tomando a alameda de choupos do Jardim de Kosel quando uma voz chamou de trás dele:

– Senhor Anselmo, senhor Anselmo! Pelo amor de Deus, aonde o senhor vai correndo desse jeito?

O estudante parou, como que pregado ao chão, pois estava convencido de que uma nova desgraça cairia sobre sua cabeça agora mesmo. A voz repetiu:

– Senhor Anselmo, volte, nós esperamos pelo senhor aqui à margem do rio!

Só então o estudante Anselmo se deu conta de que quem o chamava era seu amigo, o vice-reitor Paulmann; retornou ao Elba e encontrou o vice-reitor com suas duas filhas, bem como o tabelião Heerbrand, todos prestes a embarcar numa gôndola. O vice-reitor Paulmann convidou o estudante a acompanhá-lo num passeio pelo Elba e depois passar a noite em sua casa no subúrbio de Pirna. O estudante Anselmo aceitou de bom grado o convite, pois pensava assim escapar do mau fado que pairava sobre ele naquele dia. Quando deslizavam pelo rio, começou um espetáculo pirotécnico no Jardim de Anton, situado na margem oposta. Espocando e sibilando, os rojões subiam para o céu, as estrelas cintilantes explodiam pelos ares, lançando ao redor de si milhares de raios e chamas crepitantes. O estudante Anselmo se sentara, ensimesmado, ao lado do barqueiro que remava, mas quando viu refletidas na água as centelhas que se espalhavam crepitantes pelo ar, pareceu-lhe que as serpentezinhas douradas deslizavam pelo leito do rio. Todas as coisas estranhas que vira sob o sabugueiro voltaram vividamente à sua mente e aos seus pensamentos, e ele foi novamente tomado pelo anelo inexprimível, pelo desejo ardente que lhe havia abalado o peito com um encantamento convulsivo e doloroso.

– Ah, são vocês que retornam, serpentezinhas douradas, cantem, sim, cantem! Eu seu canto aparecem de novo os doces e encantadores olhos azul-escuros – ah, vocês estão aí, sob as ondas? – Assim gritava o estudante Anselmo, fazendo um movimento brusco, como se quisesse pular imediatamente da gôndola para as águas.

– Está possuído pelo demônio? – gritou o barqueiro, e o agarrou pela aba do fraque. As moças que estavam sentadas ao lado dele se levantaram, gritando de pavor, e correram para o outro lado da gôndola; o tabelião Heerbrand disse alguma coisa no ouvido do vice-reitor Paulmann, ao que este deu uma longa resposta, da qual o estudante Anselmo entendeu apenas "Ataques semelhantes – nunca tinha notado?". Logo em seguida também o vice-reitor Paulmann se levantou de seu lugar e foi se sentar ao lado do estudante Anselmo com uma expressão institucional grave, severa; tomou-lhe a mão e falou:

– Como está, senhor Anselmo?

O estudante Anselmo quase perdeu os sentidos, pois dentro dele se desencadeou um conflito absurdo que ele tentou em vão apaziguar. Via agora com toda a clareza que aquilo que pensara ser a reverberação das serpentezinhas douradas fora apenas o reflexo dos fogos de artifício do Jardim de Anton; mas um sentimento jamais conhecido, ele mesmo não sabia se de êxtase ou de dor, comprimia convulsivamente seu peito, e quando o barqueiro batia com o remo na água, fazendo-a espirrar para cima e rumorejar como se estivesse irada, ele ouvia no ruído um secreto cicio e sussurro:

– Anselmo! Anselmo! Você não vê como deslizamos o tempo todo à sua frente? A irmãzinha o olhará mais uma vez... creia... creia... creia em nós.

E então pareceu-lhe ver no reflexo três fitas verdes incandescentes. Mas quando olhou para a água, cheio de melancolia, para

O VASO DE OURO

23

ver se os olhos encantadores surgiriam da corrente, ele se deu conta de que o brilho vinha das janelas iluminadas das casas próximas. Estava ali sentado e em seu íntimo lutava consigo mesmo; mas o vice-reitor Paulmann falou com insistência ainda maior:

– Como está, senhor Anselmo?

O estudante respondeu muito timidamente:

– Ah, caro senhor vice-reitor, se o senhor soubesse que sonhos estranhos eu tive de olhos bem abertos embaixo de um sabugueiro junto do muro do jardim do Linkisches Bad, ah, o senhor não me levaria a mal por estar tão ausente...

– Ora, ora, senhor Anselmo – interrompeu-o o vice-reitor Paulmann –, eu sempre o considerei um jovem sensato, mas sonhar, sonhar de olhos bem abertos, e de repente querer pular na água, isso, perdoe-me, é coisa de tolos ou loucos!

O estudante Anselmo ficou mortificado com as palavras duras de seu amigo; então, Verônica, a filha mais velha de Paulmann, uma bela moça em flor de dezesseis anos, disse:

– Mas, papai querido, alguma coisa muito estranha deve ter se passado com o senhor Anselmo, e ele talvez apenas acredite ter estado acordado, embora tenha de fato dormido debaixo do sabugueiro e então imaginado todas essas coisas absurdas que não lhe saem do pensamento.

– E, caríssima *mademoiselle*, prezado vice-reitor! – interveio o tabelião Heerbrand. – Não seria possível também mergulhar num estado de sonho mesmo estando acordado? De fato, a mim mesmo ocorreu de certa vez, durante o café da tarde, mergulhado nos devaneios daquele momento de verdadeira digestão física e espiritual, de súbito, como por inspiração, recordar-me de onde deixara uma pasta que julgava perdida, e ainda ontem, da mesma forma, vi dançar diante de meus olhos bem abertos um importante documento escrito na língua latina em caracteres góticos.

– Ah, prezadíssimo senhor tabelião – respondeu o vice-reitor Paulmann –, o senhor sempre teve um pendor para a poesia, e nesses casos a gente facilmente cai no fantástico e no romanesco.

Para o estudante Anselmo, contudo, foi reconfortante ver que aquelas pessoas se preocupavam com ele naquela situação extremamente constrangedora, quando corria um sério risco de ser tomado por bêbado ou louco e, embora já estivesse bastante escuro, ele pensou ter notado pela primeira vez como eram belos os olhos azul-escuros de Verônica, sem que, porém, isso lhe fizesse recordar aquele maravilhoso par de olhos que contemplara no sabugueiro. De repente, aliás, toda aquela aventura sob o sabugueiro desaparecera por completo da mente do estudante Anselmo, e ele se sentia leve e alegre, sim, sua deliciosa petulância chegava ao ponto de ele, ao descer da gôndola, oferecer a mão prestativa a Verônica, sua eloquente defensora, e, sem maiores reservas, quando ela lhe tomou o braço no seu, levá-la para casa com tanto desembaraço e tanta felicidade que escorregou apenas uma única vez, e como aquele era o único trecho enlameado em todo o caminho, o vestido branco de Verônica ficou apenas um pouquinho respingado. Ao vice-reitor Paulmann não escapou a feliz transformação do estudante Anselmo; sentiu renascer nele a simpatia pelo rapaz e lhe pediu perdão pelas duras palavras com que o tratara pouco antes.

– Sim – acrescentou –, sabemos por muitos exemplos que certos fantasmas podem aparecer a uma pessoa, amedrontá-la e atormentá-la devidamente, mas isso é uma doença física, e pode ser resolvida com a aplicação, *salva venia*, de sanguessugas no traseiro, como bem demonstrou um famoso sábio já falecido.[6]

O estudante Anselmo de fato não saberia dizer se estivera bêbado, louco ou doente, mas, em todo caso, as sanguessugas lhe pareciam de todo inúteis, uma vez que os tais fantasmas haviam desaparecido por completo e ele se sentia cada vez mais feliz, quanto mais lograva dispensar à bela Verônica toda sorte de amabilidades. Depois da refeição frugal, como de costume, dedicaram-se à música; o estudante Anselmo sentou-se ao piano e Verônica os agraciou com sua voz pura e límpida.

---

6 Referência ao ensaio *Exemplo de aparição de diversos fantasmas* (*Beispiel einer Erscheinung mehrerer Phantasmen*, 1799) de Christoph Friedrich Nicolai (1733-1811), que também é satirizado por Goethe na "Noite de Valpúrgis" de seu *Fausto*. (N. T.)

O VASO DE OURO

– Prezada *mademoiselle* – disse o tabelião Heerbrand –, sua voz soa como um sino de cristal!

– De modo algum – disse o estudante Anselmo, nem ele mesmo saberia dizer por quê, e todos o olharam espantados e perplexos. – Sinos de cristal soam maravilhosamente nos sabugueiros, maravilhosamente! – continuou ele, murmurando a meia voz.

Então Verônica pousou a mão sobre seu ombro e disse:

– Mas do que é que está falando, senhor Anselmo?

Logo o estudante recobrou o ânimo e começou a tocar. O vice-reitor Paulmann lançou-lhe um olhar sombrio, mas o tabelião Heerbrand colocou uma partitura na estante e os encantou com uma ária de bravura do mestre de capela Graun.[7] O estudante Anselmo ainda acompanhou mais algumas peças, e um dueto fugado que ele cantou com Verônica, composição do próprio vice-reitor Paulmann, devolveu a todos a mais alegre disposição de ânimo. A noite ia bem avançada; o tabelião Heerbrand já pegara o chapéu e a bengala, quando o vice-reitor Paulmann se aproximou furtivamente dele e disse:

– Ouça, meu prezado tabelião, não quer o senhor mesmo... enfim! Aquilo de que falamos sobre o bom senhor Anselmo...

– Mas com toda a alegria deste mundo! – respondeu o tabelião Heerbrand, e começou sem mais delongas, depois que todos se sentaram num círculo, a dizer o seguinte:

– Há aqui na cidade um velho notável e extravagante, dizem que pratica toda sorte de ciências ocultas; mas, como essas coisas na verdade não existem, eu o considero antes de mais nada um pesquisador antiquário e também, talvez, um químico experimental. Não me refiro a outro senão ao nosso arquivista privado Lindhorst. Ele vive, como sabem, sozinho em sua velha casa afastada e, quando não está ocupado com o serviço, podemos encontrá-lo em sua biblioteca ou em seu laboratório de química, no qual, porém, ninguém tem a permissão de entrar. Possui, além de muitos livros raros, um bom número de manuscritos em árabe,

---

7 Carl Heinrich Graun (1704-1759), considerado um dos mais importantes compositores de ópera de sua época. (N. T.)

copta e alfabetos estranhos, que não pertencem a nenhuma língua conhecida. Quer mandar copiá-los adequadamente, e para isso precisa de um homem que saiba desenhar com a pena, a fim de transpor com a maior exatidão e fidelidade todos os caracteres para o pergaminho, servindo-se para isso do nanquim. O trabalho deve ser feito num cômodo especial de sua casa sob sua supervisão; além da refeição durante o período de trabalho, ele paga um táler de prata por dia e promete ainda um presente valioso caso a cópia seja levada a cabo com perfeição. O horário de trabalho é das doze às dezoito horas todos os dias. Entre as quinze e as dezesseis há um intervalo para descansar e comer. Como já fez algumas tentativas baldadas de confiar a cópia dos manuscritos a alguns jovens, ele por fim recorreu a mim, pedindo que lhe indicasse um desenhista habilidoso, e então eu pensei no senhor, meu caro Anselmo, pois sei que, além de ter uma caligrafia muito limpa, também sabe desenhar à pena com muita graça e esmero. Por isso, se quiser, nestes tempos difíceis, até conseguir uma colocação, ganhar diariamente um táler de prata e, além disso, um presente, então esteja amanhã pontualmente às doze horas na casa do arquivista Lindhorst, cujo endereço deve conhecer. Mas guarde-se de qualquer mancha de tinta; se cair uma gota sobre a cópia, o senhor terá, inexoravelmente, de recomeçar do princípio; se ela cair sobre o original, o senhor arquivista seria bem capaz de atirá-lo pela janela, pois é um homem irascível.

O estudante Anselmo alegrou-se profundamente com a oferta do tabelião Heerbrand, pois ele não apenas tinha uma escrita limpa e desenhava com a pena, como também tinha uma verdadeira paixão por fazer cópias com um laborioso apuro caligráfico; agradeceu, portanto, ao seu benfeitor com as mais amáveis expressões, e prometeu não perder a hora no dia seguinte. Durante a noite o estudante Anselmo não via diante de si senão reluzentes táleres de prata, e ouvia seu delicioso tilintar. Quem poderá levar a mal o pobre rapaz que, tendo visto malograr algumas esperanças por obra de uma fatalidade caprichosa, tinha de economizar cada vintém e renunciar a certos prazeres que a vivacidade juvenil reclama? No outro dia já bem cedo ele procurou por seus lápis,

O VASO DE OURO 27

suas penas de corvo, sua tinta da China; pois, pensava, o arquivista não poderia encontrar materiais melhores que aqueles. Antes de mais nada, inspecionou e organizou suas obras-primas caligráficas e seus desenhos, a fim de apresentá-los ao arquivista como provas de sua capacidade de cumprir a tarefa proposta. Tudo correu da melhor maneira possível, uma boa estrela parecia brilhar especialmente para ele, a gravata lhe caiu perfeitamente à primeira laçada, nenhuma costura se rompeu, nenhum fio de suas meias de seda preta se esgarçou, o chapéu não tornou a cair no chão empoeirado depois de ele o ter escovado – em suma: às onze e meia em ponto o estudante Anselmo, envergando seu fraque cinza-peixe e suas calças de cetim negro, com um rolo de cópias caligráficas e desenhos no bolso, já estava na confeitaria de Conradi, na Rua do Castelo, e bebia um, dois cálices do melhor licor estomacal, pois aqui, pensava ele, batendo no bolso ainda vazio, logo estarão tilintando reluzentes táleres de prata. Apesar do longo caminho a ser percorrido até a rua solitária onde se localizava a vetusta casa do arquivista Lindhorst, antes das doze o estudante Anselmo já estava diante da porta de entrada. Ficou parado ali a olhar para a grande e bela aldrava de bronze; mas quando, ao último dobre do sino do campanário da igreja da Santa Cruz, que vibrou através dos ares com um poderoso estrépito, já ia pondo a mão sobre a aldrava, o rosto metálico contorceu-se, com um jogo repulsivo de cintilações azuis incandescentes, e abriu-se num sorriso sardônico. Ai! Era a velha das maçãs do Portão Negro! Os dentes pontiagudos rilhavam na boca flácida e seu rilhar semelhava um grunhido:

– Seu louco... louco... louco... espere, espere! Por que partiu às pressas? Louco!

Horrorizado, o estudante Anselmo recuou cambaleando, queria agarrar-se aos batentes da porta, mas sua mão apanhou o cordão da campainha e o puxou, fazendo-a soar com mais e mais força numa dissonância estridente, e por toda a casa vazia o eco gritava e escarnecia: "No cristal, seu final!". O estudante Anselmo foi tomado de um pavor que em convulsivos calafrios febris lhe percorria, tremendo, todos os membros. O cordão da campainha estirou-se para baixo e se transformou numa gigantesca serpente branca translúcida que o envolveu e apertou cada vez mais firmemente, estreitando-o em suas espirais, até que seus membros frágeis, esmagados, se despedaçaram com um estalido, e seu sangue espirrou das veias, penetrando o corpo translúcido da serpente e tingindo-o de vermelho.

– Mate-me, mate-me! – quis gritar, cheio de um temor terrível, mas seu grito não passou de um surdo estertor.

A serpente levantou a cabeça e pousou sua comprida língua pontuda de bronze incandescente no peito de Anselmo, e então uma dor dilacerante rompeu de súbito a artéria da vida e seus pensamentos se esvaíram. Quando voltou a si, estava deitado em sua pobre caminha, mas diante dele estava o vice-reitor Paulmann, que disse:

– Pelo amor de Deus, meu caro senhor Anselmo, que loucuras são essas que o senhor anda fazendo?

TERCEIRA VIGÍLIA

Notícias acerca da família do arquivista Lindhorst – Os olhos azuis de Verônica – O tabelião Heerbrand

"O ESPÍRITO OLHOU PARA A ÁGUA, e então a água começou a se mover, a rugir em ondas espumejantes, e se precipitou fragorosamente nos abismos que arreganharam suas negras fauces com avidez para engoli-la. Como vencedores triunfantes, os rochedos de granito ergueram suas cabeças coroadas de pedras denteadas, protegendo o vale até o sol acolhê-lo em seu regaço maternal, abrigá-lo e aquecê-lo em seus braços incandescentes. Então miríades de germes adormecidos sob a areia estéril despertaram de seu sono profundo e estenderam suas verdes folhinhas e caules para o rosto da mãe,[8] e florezinhas repousavam nos brotos e botões feito crianças risonhas em berços verdejantes, até serem

---

8 Em alemão, a palavra "sol" (*Sonne*) é feminina. (N. T.)

também despertadas pela mãe e se enfeitarem com as luzes que, para alegria delas, a mãe tingira de mil cores. Mas no meio do vale havia uma negra colina que ondeava como o seio dos seres humanos quando tomado por um ardente anelo. Dos abismos se evolavam vapores e, aglutinando-se em poderosas massas, buscavam animosamente velar o rosto da mãe; esta, porém, convocou a borrasca, sob ela soprou uma aragem desagregadora, e quando os raios puros novamente tocaram a negra colina, brotou num encantamento desmedido uma estupenda flor-de-lis rubra e fogosa, abrindo as belas pétalas feito graciosos lábios a fim de receber os doces beijos da mãe. Um esplêndido fulgor se embrenhou pelo vale; era o jovem Fósforo; ao pôr os olhos sobre ele, a rubra flor-de-lis suplicou, presa de um ardente e ávido amor: 'Seja meu para sempre, belo rapaz, eu o amo e perecerei se você me abandonar'. O jovem Fósforo respondeu: 'Quero ser seu, bela flor, mas então, feito uma filha desnaturada, você deixará seu pai e sua mãe, não mais reconhecerá seus amiguinhos de infância, quererá se tornar maior e mais poderosa que todos aqueles que agora se comprazem em se considerar seus iguais. O anseio que agora aquece, benfazejo, todo o seu ser se partirá em mil raios, a atormentará e martirizará, pois o senso engendrará os sentidos e o êxtase supremo aceso pela centelha que lancei em seu íntimo é a dor inelutável que a fará perecer para tornar a brotar sob uma nova e estranha forma. Esta centelha é o pensamento!'. 'Ai!', lamentou-se a flor-de-lis, 'então não posso ser sua no fogo que arde em mim agora? Posso, acaso, amá-lo mais do que o amo agora, e poderei olhá-lo como olho agora se você me aniquilar?' Então o jovem Fósforo a beijou e, como que inundada de luz, ela se consumiu em chamas, das quais surgiu um ser estranho que, partindo do vale a toda pressa, esvoaçou pelo espaço infinito sem se preocupar com os amiguinhos de infância e com o jovem amado. Este então se lamentou pela amada perdida, pois fora tão somente o amor infinito pela bela flor-de-lis que o levara ao solitário vale, e os rochedos de granito, compadecendo-se da dor do jovem, abaixaram a cabeça. Mas um deles abriu o ventre, e dele saiu voejando ruidosamente um negro dragão alado que disse: 'Meus irmãos, os metais, dormem lá dentro, mas eu estou sempre desperto e alerta, e quero ajudá--lo'. Revoluteando pelo espaço, o dragão, por fim, apanhou o ser que brotara da flor-de-lis, levou-o para o alto da colina e o encerrou em suas asas; então ele voltou a ser a flor-de-lis, mas o pensamento, que permanecera nela, dilacerou-lhe o imo, e o amor pelo jovem Fósforo se transformou numa dor cortante diante da qual, bafejadas por eflúvios venenosos, as florezinhas que antes se alegravam em contemplá-la agora murchavam e morriam. O jovem Fósforo envergou uma reluzente armadura que reverberava mil raios de luz e lutou com o dragão, que golpeava a couraça com suas asas negras, produzindo um claro sonido; àquele som poderoso as florezinhas reviveram e revoaram feito pássaros multicores ao redor do dragão, que perdeu as forças e, vencido, escondeu-se nas profundezas da terra. A flor-de-lis estava livre, o jovem Fósforo a abraçou no desejo ardente de um amor celestial e, com um hino jubiloso, as flores, os pássaros e até mesmo os rochedos de granito a reverenciaram como rainha do vale."

– Desculpe-me, caro senhor arquivista, mas isso é empolação oriental! – disse o tabelião Heerbrand. – E, contudo, nós lhe havíamos pedido que, como costuma fazer, nos contasse alguma coisa de sua vida interessantíssima, algo de suas viagens aventurosas, mas algo de verdadeiro.

– Pois então – replicou o arquivista Lindhorst –, isso que acabei de contar é o que de mais verdadeiro eu tenho para lhes oferecer, minha gente, e, de certa forma também faz parte de minha vida. Pois eu nasci justamente naquele vale, a flor-de-lis rubra que por fim reinava ali é minha tatatataravó, e por isso eu também sou de fato um príncipe.

Todos riram às bandeiras despregadas.

– Sim, podem rir à vontade – continuou o arquivista Lindhorst. – Isso que eu lhes contei, de maneira muito lacunosa, é verdade, pode lhes parecer loucura e delírio, mas, apesar disso, é tudo menos incoerente ou apenas alegórico, muito pelo contrário, é literalmente a verdade. Mas se soubesse que a maravilhosa história de amor à qual eu também devo a minha existência lhes

O VASO DE OURO 31

agradaria tão pouco, eu teria preferido contar algumas novidades que meu irmão trouxe na visita que me fez ontem.

– Ora, como é que é? Então o senhor tem um irmão, senhor arquivista? Onde ele está? Onde é que ele mora? Também está a serviço do rei, ou será talvez um erudito independente? – perguntavam todos ao mesmo tempo.

– Não! – respondeu o arquivista com frieza e tranquilidade, tomando uma pitada de rapé – ele passou para o lado dos maus e se aliou aos dragões.

– O que é isso que o senhor tem a pachorra de nos contar, senhor arquivista? – interveio o tabelião Heerbrand. – Aliou-se aos dragões?

– Aliou-se aos dragões? – ouviu-se de todos os lados, como se fosse um eco.

– Sim, aos dragões – continuou o arquivista Lindhorst. – Na verdade, foi por desespero. Os senhores sabem, cavalheiros, que meu pai faleceu recentemente, há no máximo 385 anos, e por isso eu ainda visto luto; meu pai deixou para mim, seu filho predileto, um magnífico ônix que meu irmão desejava possuir fosse como fosse. Brigamos por ele diante do cadáver de uma maneira inaceitável, até que o falecido, perdendo a paciência, levantou-se de um salto e atirou o irmão malvado escada abaixo. Isso o mortificou, e ele imediatamente foi se aliar aos dragões. Agora vive num bosque de ciprestes próximo a Túnis, onde tem de guardar um famoso carbúnculo místico, objeto da cobiça de um sujeito diabólico, um necromante que possui uma residência de veraneio na Lapônia e, por isso, só durante um quartinho de hora, quando o necromante está ocupado com o viveiro de salamandras em seu jardim, ele pode dar uma escapada para me contar a toda pressa o que há de novo na nascente do Nilo.

Pela segunda vez os que estavam ali presentes riram às bandeiras despregadas, mas o estudante Anselmo sentiu-se profundamente perturbado e mal conseguia olhar nos olhos fixos e severos do arquivista Lindhorst sem estremecer por dentro de um modo que ele mesmo não podia compreender. Além disso, a voz do arquivista, rouca, mas de um estranho timbre metálico, tinha para ele algo de misteriosamente penetrante que lhe fazia tremerem os ossos e a medula. O verdadeiro objetivo pelo qual o tabelião Heerbrand o havia levado consigo ao café parecia hoje inalcançável. Ocorrera que, depois daquele incidente diante da casa do arquivista Lindhorst, o estudante Anselmo não se sentira em condições de ousar fazer uma segunda tentativa de visitá-lo, pois estava profundamente convencido de que o incidente o livrara, se não da morte, ao menos do perigo de enlouquecer. O vice-reitor Paulmann passara pela rua no exato momento em que ele estava caído desacordado diante da porta da casa e uma velha, tendo posto de lado seu cesto de maçãs e bolos, estava ocupada com ele. Imediatamente o vice-reitor Paulmann chamara uma liteira e o levara para casa.

– Podem pensar de mim o que quiserem – disse o estudante Anselmo –, podem ou não considerar-me louco, tanto faz! A maldita cara da bruxa do Portão Negro estava na aldrava da porta e riu de mim; do que aconteceu em seguida eu prefiro nem falar, mas, se tivesse despertado de meu desmaio e visto diante de mim a execrável mulher das maçãs (pois não era outra a velha que estava ali ocupada comigo), eu teria sofrido um ataque fulminante ou teria perdido de vez o juízo.

Todas as recomendações, todos os argumentos razoáveis do vice-reitor Paulmann e do tabelião Heerbrand foram inúteis, e mesmo Verônica, com seus olhos azuis, não conseguiu arrancá-lo do estado de prostração em que caíra. Pensaram que estivesse de fato mentalmente perturbado, buscaram meios de distraí-lo, e o tabelião Heerbrand afirmou estar convicto de que nada poderia ser mais eficaz para isso do que a atividade na casa do arquivista Lindhorst, ou seja, a cópia dos manuscritos. Bastava apenas encontrar uma boa maneira de apresentar o estudante Anselmo ao arquivista Lindhorst e, sabendo que este tinha o costume de frequentar quase todas as noites um conhecido café, o tabelião Heerbrand convidou-o a tomar às suas expensas um copo de cerveja e fumar um cachimbo naquele café todas as noites, até estabelecer, de um modo ou de outro, relações com o arquivista e combinar com ele a tarefa de copiar os manuscritos, sugestão que o estudante Anselmo aceitou com gratidão.

O VASO DE OURO   33

– O senhor merece ser recompensado por Deus, meu caro
tabelião, se conseguir fazer o rapaz recuperar o juízo! – disse o
vice-reitor Paulmann.

– Recompensado por Deus! – repetiu Verônica, levantando os
olhos para o céu com devoção e pensando vivamente em como o
estudante Anselmo, mesmo sem juízo, era já um rapaz adorável.

O arquivista Lindhorst estava para entrar pela porta, de chapéu e bengala, quando o tabelião Heerbrand tomou o estudante
Anselmo pela mão e, rapidamente se interpondo no caminho do
arquivista, disse:

– Prezadíssimo senhor arquivista privado, eis aqui o estudante
Anselmo, que tem uma habilidade incomum para a caligrafia e o
desenho e deseja copiar os seus manuscritos.

– Fico muito contente – respondeu de imediato o arquivista
Lindhorst e, pondo na cabeça seu chapéu militar de três bicos,
desceu às pressas e ruidosamente as escadas, empurrando para
o lado o tabelião Heerbrand e o estudante Anselmo, deixando os
dois ali estupefatos a olhar para a porta do salão, que ele batera
na cara deles, fazendo rangerem as dobradiças.

– Que velho mais esquisito – disse o tabelião Heerbrand.

– Velho esquisito – repetiu gaguejando o estudante Anselmo,
sentindo uma corrente gelada percorrer-lhe todas as veias, quase
o transformando numa rígida estátua.

Mas todos os fregueses do café riram e disseram:

– Hoje o arquivista está outra vez rabugento, amanhã com certeza se mostrará amável e ficará olhando para as volutas de seu
cachimbo ou lendo os jornais sem dizer uma palavra, é melhor
não se incomodar com isso.

"É verdade", pensou o estudante Anselmo, "quem vai se incomodar com uma coisa dessa? O arquivista não disse que ficava
muito contente por eu querer copiar seus manuscritos? E por que
o tabelião Heerbrand tinha de lhe atravessar o caminho bem na
hora em que ele ia voltar para casa? Não, não, é um homem muito
amável esse senhor arquivista privado Lindhorst, e surpreenden-
temente liberal; tem apenas um modo curioso de se expressar.
Mas que mal isso me faria? Amanhã ao meio-dia em ponto estarei

na sua casa, mesmo que cem vendedoras de maçã feitas de bronze tentem me impedir."

QUARTA VIGÍLIA

A melancolia do estudante Anselmo – O espelho de esmeralda – Como o arquivista Lindhorst fugiu transformado em milhafre e o estudante Anselmo não encontrou ninguém

POSSO PORVENTURA PERGUNTAR-LHE SEM REBUÇO, leitor benévolo, se já não houve horas em sua vida, ou mesmo dias e semanas, em que todos os atos e fatos do cotidiano lhe causavam um torturante desconforto, e tudo quanto você considerava verdadeiramente importante e digno de ser guardado em sua mente e em seus pensamentos lhe parecia pueril e desprezível? Você mesmo não sabia o que fazer e para que lado se virar; seu peito se enchia do sentimento obscuro de que em algum lugar e em algum momento haveria de ser satisfeito um desejo elevado, que ultrapassava o âmbito de todo prazer terreno, que o espírito, feito uma criança rigidamente disciplinada e temerosa, não ousava de forma alguma expressar, e no anelo por esse algo desconhecido que, aonde quer que você fosse ou onde quer que estivesse, o envolvia como um sonho vaporoso de imagens translúcidas que se desvaneciam a um olhar mais aguçado, você emudecia para tudo quanto houvesse ao seu redor. Você vagueava sem rumo com um olhar entristecido, feito um amante desesperado, e nada do que via as criaturas humanas empreenderem das mais variadas formas em sua confusa lida lhe causava dor nem alegria, como se você já não pertencesse a esse mundo. Se algum dia você se sentiu assim, leitor benévolo, então conhece por experiência própria o estado em que o estudante Anselmo se encontrava. Meu maior desejo, gentil leitor, é já haver conseguido pôr diante de seus olhos o estudante Anselmo em toda a sua vivacidade. Pois, de fato, nas noites em claro que dedico a descrever sua singularíssima história, devo ainda narrar tantos prodígios que, como aparições

O VASO DE OURO   35

sobrenaturais, levaram ao infinito a vida cotidiana de pessoas das mais comuns que chego a temer que no fim você não acreditará nem no estudante Anselmo nem no arquivista Lindhorst, e até levantará algumas dúvidas infundadas a respeito do vice-reitor Paulmann e do tabelião Heerbrand, embora pelo menos estes últimos, homens respeitáveis, ainda hoje passeiem pelas ruas de Dresden. Tente, gentil leitor, reconhecer no reino fabuloso, cheio de maravilhosos prodígios, que com poderosos abalos provocam tanto o êxtase mais sublime quanto o mais profundo horror, sim, neste reino onde a deusa severa levanta de leve seu véu para nos dar a ilusão de ver seu rosto – mas muitas vezes um sorriso cintila em seu olhar severo, e esse sorriso é o gracejo travesso que se diverte conosco com uma infinidade de feitiços desconcertantes, assim como a mãe muitas vezes graceja com seus amados filhos – sim, tente reconhecer, gentil leitor, neste reino que o espírito tantas vezes, ao menos em sonhos, nos revela, os vultos conhecidos que diariamente, na vida comum, como se costuma dizer, circulam ao seu redor! Você acreditará, então, que aquele reino maravilhoso está mais próximo do que costuma pensar; é isso o que lhe desejo do fundo do meu coração e procuro fazê-lo ver com a estranha história do estudante Anselmo. Pois bem, como já foi dito, desde a noite em que viu o arquivista Lindhorst, o estudante Anselmo mergulhou em elucubrações sonhadoras que o tornavam insensível a qualquer toque exterior da vida cotidiana. Sentia que algo desconhecido se agitava nas profundezas do seu ser, causando-lhe aquela dor deliciosa, a qual não é senão o anelo que promete ao ser humano uma existência mais sublime. Os seus momentos de maior prazer eram aqueles nos quais lhe era dado vaguear por bosques e prados e, como se estivesse livre de tudo quanto o acorrentava a sua vida mesquinha, podia, por assim dizer, reencontrar a si mesmo na mera contemplação das variegadas imagens que brotavam de seu íntimo. E foi assim então que, certa vez, ao retornar de um passeio, aconteceu-lhe de passar por aquele singular sabugueiro sob o qual, algum tempo antes, como se estivesse imerso num conto de fadas, vira tantas coisas extraordinárias; sentia-se maravilhosamente atraído pelo verde relvado familiar, mas, mal se sentou sobre ele, tudo quanto vira naquele dia, como num êxtase celestial, e que havia sido depois afastado de sua alma por algo semelhante a um poder estranho, voltou a assombrá-lo com as cores mais vívidas, como se o visse uma segunda vez. Sim, tornou-se ainda mais evidente para ele que os lindos olhos azuis pertenciam à serpente auriverde que se enroscava nos ramos do sabugueiro, e que nos volteios de seu corpo delgado cintilavam todos os sininhos de cristal cujos sons o haviam enchido de enlevo e encanto. Assim como fizera no dia da Ascensão, ele abraçou o sabugueiro e gritou para o meio dos ramos e das folhagens:

– Ah, enrole-se e se enrosque e se enovele só mais uma vez nesses ramos, graciosa serpentezinha verde, para que eu possa vê-la! Olhe para mim só mais uma vez com seus lindos olhos! Ah, eu a amo, sim, e perecerei de dor e tristeza se você não voltar!

Mas tudo permaneceu mudo e imóvel e, como naquele dia, das folhas e galhos do sabugueiro só saía um murmúrio quase inaudível. Mas o estudante Anselmo acreditava saber agora o que era que se agitava e se movia em seu íntimo, sim, o que lhe dilacerava tanto o peito com a dor de um anseio infinito.

– O que pode significar isso – disse ele – senão que a amo tanto, com toda a minha alma, até a morte, maravilhosa serpentezinha dourada, sim, que não posso viver sem você e perecerei numa aflição desesperada se não tornar a vê-la, se não a tiver como a amada de meu coração? Mas eu sei, você será minha, e então, tudo quanto me foi prometido pelos sonhos maravilhosos de um outro mundo mais sublime se realizará.

Depois disso, o estudante Anselmo ia todas as tardes, quando o sol já polvilhava com seu ouro cintilante apenas o topo das árvores, para debaixo do sabugueiro e gritava do fundo do peito, em tom de lamento, para o meio das folhas e dos ramos, chamando por sua doce amada, a serpentezinha auriverde. Certa vez em que ele, como de costume, fazia isso, surgiu de repente diante dele um homem magro vestindo um largo sobretudo cinza-claro e exclamou, fitando-o com seus grandes olhos fulgurantes:

– Ei, ei! Quem geme e lamenta aqui? Ora, ora, é o senhor Anselmo, que quer copiar meus manuscritos.

O VASO DE OURO 37

Não foi pequeno o susto do estudante Anselmo ao ouvir aquela voz poderosa, pois era a mesma que gritara naquele dia da Ascensão: "Ei, ei, que rebuliço, que burburinho é esse?". O espanto e o pavor não lhe permitiam dizer uma palavra.

– Mas o que é que o senhor tem, senhor Anselmo – continuou o arquivista Lindhorst (pois não era outro senão ele o homem de sobretudo cinza-claro) –, o que deseja do sabugueiro, e por que não veio a minha casa para começar seu trabalho?

De fato, o estudante Anselmo ainda não conseguira criar coragem para procurar o arquivista Lindhorst em sua casa, embora naquela noite tivesse se sentido bastante animado a fazê-lo; naquele momento, porém, em que via seu sonho ser desfeito, e ainda por cima pela mesma voz hostil que naquele dia lhe roubara sua amada, ele sentiu-se tomado por uma espécie de desespero e desatou a gritar, exaltado:

– O senhor pode ou não achar que sou louco, senhor arquivista, para mim não faz diferença alguma, mas aqui, nesta árvore, no dia da Ascensão, eu vi a serpente auriverde – ai! A eterna amada de minha alma, e ela me falou em maravilhosos tons de cristal, mas o senhor, o senhor, prezado arquivista, gritou e chamou de um modo tão assustador por sobre as águas!

– Como assim, meu benfeitor? – interrompeu o arquivista Lindhorst, tomando uma dose de rapé com um sorriso dos mais estranhos.

O estudante Anselmo sentiu que pelo simples fato de ter conseguido começar a falar naquela sua aventura maravilhosa seu peito se aliviava, e parecia-lhe ter todos os motivos para culpar o arquivista: não fora senão *ele* quem trovejara de longe. Controlou-se e disse:

– Pois bem, quero contar todas as fatalidades que me aconteceram na tarde do dia da Ascensão, e então o senhor pode falar, fazer e, sobretudo, pensar o que quiser de mim.

Pôs-se então de fato a contar todas aquelas estranhas ocorrências, desde a infeliz trombada com o cesto de maçãs até a fuga das três serpentes auriverdes sobre as águas e como, depois disso, as pessoas pensaram que ele estava bêbado ou louco.

– Tudo isso – concluiu o estudante Anselmo – eu realmente presenciei, e no fundo do meu peito ainda ecoam numa límpida ressonância as doces vozes que falaram para mim; não foi nenhum sonho, e se não quiser morrer de amor e saudade, não posso deixar de acreditar nas serpentes auriverdes, embora perceba pelo seu sorriso que para o senhor, meu prezado arquivista, essas serpentes não passam de uma criação de minha imaginação excitada, exacerbada.

– De modo algum – respondeu o arquivista com toda a calma e serenidade –, as serpentes auriverdes que o senhor Anselmo viu no sabugueiro eram nada mais, nada menos que minhas três filhas, e não restam dúvidas de que o senhor está perdidamente apaixonado pelos olhos azuis da mais nova, cujo nome é Serpentina. Eu, aliás, já o soube no próprio dia da Ascensão, e como, estando eu sentado à mesa de trabalho em minha casa, o rebuliço e a balbúrdia passassem dos limites, gritei para as estouvadas meninas que era hora de voltar para casa, pois o sol estava se pondo e elas já tinham se divertido bastante cantando e bebendo os raios do sol.

Parecia ao estudante Anselmo que alguém estava simplesmente lhe dizendo em palavras claras algo que ele intuíra havia muito tempo; e, embora tivesse a sensação de que o sabugueiro, o muro, o relvado e todas as coisas em derredor começavam a girar suavemente, criou coragem e fez menção de dizer alguma coisa, mas o arquivista lhe cortou a palavra, tirou rapidamente a luva da mão esquerda e, pondo diante dos olhos do estudante Anselmo a pedra de um anel que despedia maravilhosas faíscas e flamas, disse:

– Olhe para isso, caro senhor Anselmo, o que vai ver talvez lhe traga uma alegria.

O estudante Anselmo olhou para a pedra e – oh, maravilha! – como de um cerne ardente ela lançava raios ao redor de si, e os raios se entreteceram até formar um claro e fulgente espelho de cristal dentro do qual, em variados volteios, ora esquivando-se umas das outras, ora entrelaçando-se, as três serpentes auriverdes dançavam e saltitavam. E quando seus corpos esbeltos, reverberando milhares de irradiações, se entretocaram, ouviram-se maravilhosos acordes semelhantes a sinos de cristal, e então a que estava mais ao centro esticou a cabecinha para fora do espelho, cheia de anelos e desejos, e seus olhos azul-escuros disseram:

– Você me conhece? Acredita de fato em mim, Anselmo? Só na crença existe o amor... Você é capaz de amar?

– Oh, Serpentina, Serpentina! – exclamou o estudante Anselmo cheio de um encantamento desatinado, mas o arquivista Lindhorst logo soprou a superfície do espelho, as irradiações retornaram ao cerne com estalidos elétricos, e em sua mão voltou a brilhar tão somente uma pequena esmeralda, sobre a qual ele vestiu novamente a luva.

– Viu as serpentezinhas douradas, senhor Anselmo? – perguntou o arquivista Lindhorst.

– Por Deus, sim! – respondeu o estudante. – E a linda e doce Serpentina.

– Silêncio – continuou o arquivista Lindhorst. – Por hoje basta; de resto, se quiser se decidir a trabalhar em minha casa, poderá ver minhas filhas com frequência, ou melhor, eu lhe concederei esse verdadeiro prazer caso o senhor demonstre seu valor durante o trabalho, ou seja: se copiar com a maior precisão e pureza cada sinal. Mas o senhor não vem a minha casa, embora o tabelião Heerbrand tenha me assegurado sua presença lá para o mais breve possível, e eu, por isso, tenha esperado vários dias em vão.

Só quando o arquivista mencionou o nome de Heerbrand o estudante Anselmo sentiu que estava novamente com os dois pés fincados na terra, que era de fato o estudante Anselmo, e o homem diante dele o arquivista Lindhorst. O tom indiferente com o qual este falava, num contraste gritante com as maravilhosas aparições que ele conjurara como um verdadeiro necromante, tinha algo de aterrador, o que era ainda mais intensificado pela mirada perscrutadora de seus olhos faiscantes que luziam do fundo das órbitas ossudas do rosto magro e enrugado como que de um alvéolo, e o estudante foi poderosamente tomado pelo mesmo sentimento inquietante que já o dominara no café quando o arquivista contara tantas aventuras extraordinárias. Só com muito esforço ele recobrou o ânimo; então o arquivista tornou a perguntar:

– E então, por que o senhor não veio a minha casa?

E ele conseguiu contar tudo o que lhe acontecera diante da porta de entrada.

– Caro senhor Anselmo – disse o arquivista quando o estudante terminou sua história –, caro senhor Anselmo, eu conheço bem a vendedora de maçãs da qual o senhor se dispôs a falar; é uma criatura nefasta, que tem me pregado uma peça atrás da outra e se fez banhar em bronze para, sob a forma de uma aldrava, afugentar todas as visitas agradáveis, o que é de fato torpe e intolerável. Se vier à minha casa amanhã ao meio-dia, prezado senhor Anselmo, e vir novamente qualquer sinal de roncos e risos, faça o favor de lhe pingar um pouco desse líquido no nariz, e ela imediatamente deixará de gracinhas. E agora, *adieu*, caro senhor Anselmo, eu ando um pouco depressa, e por isso não quero obrigá-lo a me acompanhar no retorno à cidade. *Adieu!* Até a vista, amanhã ao meio-dia.

O arquivista deu a Anselmo um frasquinho cheio de um licor amarelo-dourado, e então se afastou à passos tão rápidos que, à luz sombria do crepúsculo recém-chegado, pareceu descer voando, e não caminhando para o vale lá embaixo. Ele já estava nas imediações do Jardim de Kosel quando o vento apanhou por baixo seu largo capote e abriu-lhe as abas, que começaram a ruflar feito grandes asas pelos ares, e o estudante Anselmo, que ficou observando cheio de espanto o arquivista, teve a impressão de que um grande pássaro abria as asas para um voo veloz. Enquanto o estudante olhava fixamente para dentro das sombras do crepúsculo, um milhafre branco-acinzentado subiu pelos ares com um grasnido estridente, e ele se deu conta de que a branca plumagem que ele havia tomado pelo arquivista em sua caminhada já devia ser o milhafre, embora ele não pudesse imaginar de que modo o arquivista desaparecera tão de repente.

– Talvez ele próprio tenha ido embora voando, o senhor arquivista Lindhorst – disse o estudante Anselmo a si mesmo –, pois agora vejo e sinto muito bem que todas as figuras estranhas de um mundo maravilhoso e distante, as quais antes só me haviam aparecido em sonhos muito peculiares e extravagantes, hoje entraram em minha vida diurna e aprontam das suas comigo. Pois que

O VASO DE OURO   41

seja! Você vive e arde em meu peito, linda, doce Serpentina, só você poderá apaziguar o infinito anseio que me dilacera a alma. Ah, quando meus olhos encontrarão seu olhar encantador, querida, querida Serpentina? – Assim dizia o estudante Anselmo em voz bem alta.

– Este é um nome indigno e nada cristão – murmurou ao lado dele uma voz de baixo que pertencia a um transeunte a caminho de casa.

O estudante Anselmo se lembrou de repente de onde estava e afastou-se a passos rápidos, pensando de si para consigo: "Não seria uma verdadeira infelicidade se neste momento eu desse de cara com o vice-reitor Paulmann ou com o tabelião Heerbrand?". Mas ele não deu de cara com nenhum dos dois.

QUINTA VIGÍLIA

A Senhora Conselheira Áulica Anselmo – O De officiis, *de Cícero – Cercopitecos e o restante da cambada – A velha Lisa – O equinócio*

– NÃO HÁ MAIS NADA NESTE MUNDO que se possa fazer por Anselmo – disse o vice-reitor Paulmann. – Todos os meus bons ensinamentos, todas as minhas advertências foram infrutíferas, ele não quer se aplicar a coisa alguma, embora disponha da melhor formação escolar, que é, enfim, a base de tudo.

Mas o tabelião Heerbrand replicou, com um sorriso esperto e misterioso:

– Dê apenas tempo e espaço ao estudante Anselmo, caríssimo vice-reitor. É um sujeito bizarro, mas tem muito futuro, e quando digo "muito" penso em um secretário privado ou mesmo um conselheiro áulico.

– Conse... – começou a dizer o vice-reitor, espantadíssimo, mas o restante da palavra lhe ficou entalado na garganta.

– Calma, calma – continuou o tabelião Heerbrand –, eu sei o que sei! Já faz dois dias que ele está na casa do arquivista Lindhorst fazendo cópias, e ontem à noite o arquivista me disse no café: "O senhor me indicou um homem de valor, meu caro! Ele ainda haverá de se tornar alguém". Considere, então, as relações do arquivista – calma, calma, vamos conversar daqui a um ano.

Tendo dito essas palavras, o tabelião se dirigiu à porta de saída, com o mesmo sorriso esperto nos lábios, deixando o vice-reitor pregado na cadeira, mudo de espanto e curiosidade. Mas em Verônica a conversa produziu uma impressão nem um pouco banal. "Pois então", pensou ela, "eu não soube desde sempre que o senhor Anselmo é um jovem muito inteligente, amável, com um grande futuro pela frente? Quem me dera saber se ele me quer bem de verdade! Mas se naquela noite no barco sobre o Elba ele me apertou a mão duas vezes! E quando cantamos o dueto, ele não me olhou de um jeito estranho, que parecia penetrar até o fundo do meu coração? Sim, sim, ele me quer bem de verdade! E eu..." Então, como costumam fazer todas as moças, Verônica se entregou por inteiro aos doces sonhos de um futuro feliz. Ela era a Senhora Conselheira Áulica, morava num belo apartamento na Rua do Castelo ou no Mercado Novo, ou na Rua Moritz; o chapéu moderno, o xale turco novinho em folha lhe caíam à perfeição; ela tomava o café da manhã na sacada, vestindo um elegante *negligé*, dando as ordens necessárias à cozinheira para aquele dia. "Não vá me errar no preparo, é o prato predileto do senhor Conselheiro!" Alguns almofadinhas que passavam pela rua olhavam para cima, ela podia ouvir nitidamente: "Que mulher divina essa Conselheira Áulica, como lhe cai bem a touquinha de rendas!". A Conselheira Privada Y manda o criado para perguntar se a Senhora Conselheira Áulica gostaria de ir hoje ao Linkisches Bad. "Minhas mais cordiais saudações, lamento muitíssimo, mas já estou comprometida, tenho de ir tomar chá com a Presidenta Z." Eis que chega o Conselheiro Áulico Anselmo, que saíra bem cedo para o trabalho; está vestido segundo a última moda. "Caramba, já são dez horas!", exclama ele, fazendo soar novamente o relógio de ouro e dando um beijo em sua jovem esposa. "Como vai, minha querida mulherzinha, adivinhe o que eu trouxe para você?", continua ele com um jeito brincalhão, saca do bolso do colete um par de maravilhosos brincos de ouro do mais moderno

O VASO DE OURO

feitio e os coloca nas orelhas dela, em substituição aos que ela costumava usar.

– Que brincos mais lindos e graciosos! – exclamou Verônica em voz bem alta, levantando-se da cadeira de um salto, pondo de parte o trabalho e indo de fato contemplar no espelho o par de brincos.

– Mas o que é isso? – disse o vice-reitor Paulmann, quase deixando cair o *De officiis* de Cícero, livro em cuja leitura estivera concentrado. – Está tendo ataques, como Anselmo?

Nesse mesmo momento, o estudante Anselmo, que, contra o seu costume, não dera as caras por vários dias, entrou na sala, enchendo Verônica de espanto e horror, pois parecia inteiramente transformado. Com certa segurança, nada própria dele, falou das novíssimas inclinações de sua vida que se haviam tornado claras para ele, das maravilhosas perspectivas que se haviam aberto aos seus olhos, que algumas pessoas não conseguiam de modo algum enxergar. O vice-reitor Paulmann, lembrando-se das misteriosas palavras do tabelião Heerbrand, ficou ainda mais perplexo e mal pôde pronunciar uma sílaba antes que o estudante Anselmo, dizendo algumas palavras sobre seu trabalho urgente na casa do arquivista Lindhorst, beijasse a mão de Verônica com elegante desenvoltura, descesse as escadas e sumisse dali.

– Esse já era o conselheiro áulico – murmurou Verônica de si para consigo –, e ele me beijou a mão sem escorregar ou pisar no meu pé, como de costume! Ele me olhou com muita ternura, ele me quer bem de verdade.

Verônica voltou a se entregar àqueles devaneios; contudo, sempre parecia que um vulto hostil se mostrava por trás das doces imagens brotadas de sua futura vida doméstica como Senhora Conselheira Áulica, e o vulto dizia, com um riso sarcástico: "Tudo isso não passa de bobagem estúpida e vulgar e, ainda por cima, mentirosa, pois Anselmo jamais será conselheiro áulico e jamais será seu marido; ele não a ama de modo algum, embora você tenha olhos azuis, talhe esbelto e mãos delicadas".

Então uma torrente gelada se derramou pela alma de Verônica, e um profundo desespero aniquilou o contentamento com que pouco antes ela se imaginara de touquinha de renda e brincos elegantes. As lágrimas quase jorravam de seus olhos, e ela disse em voz alta:

– Ai, é verdade, ele não me ama, e eu jamais serei a Senhora Conselheira Áulica!

– Tapeação romanesca, tapeação romanesca – exclamou o vice-reitor Paulmann, pegou o chapéu e a bengala e se foi, irado.

– Só faltava essa – suspirou Verônica, sentindo uma verdadeira raiva de sua irmã de doze anos que, indiferente a tudo, permanecera sentada com seu bastidor, sem interromper o bordado.

Entretanto, já eram quase três horas, tempo apenas de arrumar a sala e preparar a mesa do café, pois as *mademoiselles* Oster tinham anunciado uma visita à amiga. Mas de trás de toda caixinha que Verônica removeu, de trás dos cadernos de partituras que ela tirou de cima do piano, de trás de qualquer xícara, de trás do bule de café que ela retirou do armário, sempre saltava aquele vulto, feito uma mandragorazinha, rindo sarcasticamente, dando-lhe petelecos com os dedinhos de aranha e gritando: "Ele não será seu marido, não, ele não será seu marido, não!". E quando ela deixou tudo para trás e fugiu para o meio da sala, o vulto, ganhando dimensões gigantescas, espiou com seu nariz comprido por trás da estufa, roncou e rosnou: "Ele não será seu marido, não!".

– Mana, você não está ouvindo nada, não está vendo nada? – exclamou Verônica, que, trêmula e apavorada, não era mais capaz de tocar em coisa alguma.

Francisquinha, muito séria e tranquila, pôs de lado o bastidor, ergueu-se e disse:

– Mas o que é que deu em você hoje, maninha? Pôs tudo de pernas para o ar, aprontou o maior bate-bate; espere, vou ajudá-la.

Nesse mesmo momento as meninas buliçosas entraram, rindo às bandeiras despregadas, e Verônica imediatamente se deu conta de que tomara a guarnição da estufa por um vulto e o rangido da portinhola mal fechada por palavras agressivas. Presa de um violento pavor íntimo, porém, não pôde se recompor a tempo de evitar que as amigas notassem seu nervosismo fora do comum, que, aliás, sua palidez e sua fisionomia transtornada também

O VASO DE OURO

revelavam. Quando então as amigas, deixando de lado todas as coisas divertidas que queriam lhe contar, insistiram em saber o que, pelo amor de Deus, havia acontecido com ela, Verônica não pode deixar de confessar ter-se entregado a ideias muito singulares e de súbito, à luz do dia, ter sido tomada por um inusitado medo de fantasmas de todo incomum nela. Então ela contou com tanta vivacidade como, de todos os cantos da sala, um homenzinho cinzento havia escarnecido e troçado dela que as *mademoiselles* Oster olharam para todos os lados assustadas, e começaram a sentir-se inquietas e atemorizadas. Então Francisquinha entrou com o café fumegante, e todas as três, rapidamente se refazendo, riram de sua própria tolice. Angélica (assim se chamava a mais velha das Oster) era noiva de um oficial que estava com o seu regimento, e havia tanto tempo não dava notícias de si que quase se podia ter certeza de sua morte ou pelo menos de algum ferimento grave. Esse fato fizera Angélica cair numa profunda tristeza, mas hoje ela estava cheia de uma alegria que raiava a inconveniência, para não pequeno espanto de Verônica, que o disse a ela sem rebuços.

– Minha querida – disse Angélica –, você acha mesmo que o meu Vítor não está o tempo todo em meu coração, minha mente, minhas recordações? Mas é justamente por isso que estou tão alegre, por Deus, tão contente, tão feliz, do fundo de minha alma! Pois meu Vítor está bem, e eu o verei em pouco tempo feito capitão, adornado com todas as condecorações que sua infinita coragem lhe conquistou. Um ferimento grave, mas nada perigoso, no braço direito, causado pelo golpe de espada de um hussardo inimigo, o impede de escrever, e a constante troca de acampamento (pois ele não quer de modo algum deixar o seu regimento) torna-lhe impossível mandar-me notícias, mas hoje à noite receberá a ordem expressa de se cuidar até estar completamente curado. Amanhã partirá de volta para cá, e quando estiver para embarcar na carruagem, será informado de sua promoção para capitão.

– Mas, querida Angélica – interrompeu-a Verônica –, como você já sabe de tudo isso?

– Não ria de mim, querida amiga – prosseguiu Angélica. – Mas não, você não fará isso, pois do contrário pode ser que, como castigo, o homenzinho cinzento venha espiá-la por detrás daquele espelho. Enfim, não posso me livrar da crença em certas coisas misteriosas, pois com demasiada frequência elas se manifestam em minha vida de modo inteiramente visível, eu diria quase palpável. Sobretudo, não me parece de modo algum tão prodigioso e incrível como a tanta gente o fato de existirem pessoas dotadas de certo dom de divinação, que elas sabem pôr em ação graças a meios infalíveis dos quais têm conhecimento. Aqui na cidade vive uma velha que possui esse dom em um grau muito elevado. Ela não profetiza, como outros da sua igualha, por meio de cartas, chumbo derretido ou borra de café, e sim porque, graças a certos preparativos, dos quais o consulente participa, surge num espelho de metal bem polido uma fantástica mixórdia de imagens e figuras das mais variadas, através das quais ela decifra a resposta à pergunta. Ontem à noite estive na casa dela e recebi essas notícias do meu Vítor, de cuja veracidade não duvidei um instante sequer.

A narrativa de Angélica fez saltar no espírito de Verônica uma centelha que logo inflamou a ideia de consultar a velha a respeito de Anselmo e de suas esperanças. Soube que a velha atendia pelo nome de sra. Rauerin, morava numa rua afastada nas vizinhanças do Portão do Lago, só recebia às terças, quartas e sextas, nunca antes das sete da noite, mas a partir de então varava a noite até o nascer do sol, e preferia que as visitas fossem desacompanhadas. Era justamente uma quarta-feira, e Verônica decidiu ir procurar a velha, sob o pretexto de acompanhar as Oster até em casa, e assim fez. Mal se despediu das amigas, que moravam na Cidade Nova, diante da Ponte do Elba, ela, como se tivesse asas nos pés, tomou o rumo do Portão do Lago e logo se viu na ruazinha estreita e afastada que lhe haviam descrito, no fim da qual avistou a casinha vermelha onde devia morar a sra. Rauerin. Não pôde evitar certo sentimento de inquietude, de íntimo tremor, ao chegar diante da porta da casa. Apesar da íntima repulsa, logrou finalmente criar coragem e puxou a campainha, ao som da qual a porta se abriu, e atravessou às apalpadelas o corredor escuro em busca da escada que levava ao andar de cima, tal qual Angélica lhe descrevera.

O VASO DE OURO 47

– É aqui que mora a sra. Rauerin? – perguntou ela para dentro do corredor vazio, pois ninguém havia aparecido; em lugar de uma resposta, ouviu-se um longo e sonoro miado, e um grande gato preto pôs-se a caminhar solenemente à frente dela com o dorso encurvado para cima, a cauda espiralada a balouçar de um lado para o outro, até chegar à porta do quarto, que se abriu depois de um segundo miado.

– Ora, vejam só, já está aqui, filhinha? Entre, entre. – Assim guinchou a figura que surgiu na porta, a cuja aparição Verônica sentiu-se pregada ao chão. Uma mulher alta, esquálida, coberta de andrajos negros! Enquanto falava, seu queixo pontudo e pronunciado bambeava; a boca desdentada, à sombra de um nariz ossudo de gavião, se contorcia num sorriso sardônico, e uns olhos fulgurantes de gato bruxuleavam, lançando faíscas através dos óculos enormes. Do lenço colorido enrolado ao redor da cabeça espichavam-se uns cabelos negros hirsutos, mas o que elevava o rosto asqueroso às alturas da hediondez eram duas grandes cicatrizes de queimadura que se estendiam da bochecha esquerda até acima do nariz. Verônica perdeu o fôlego, e o grito que deveria aliviar o peito opresso transformou-se num profundo suspiro quando a mão ossuda da bruxa a agarrou e puxou para dentro do quarto. Lá dentro tudo se remexia e revolvia, era uma algazarra de grunhidos, grasnidos, miados e pipilos de enlouquecer. A velha golpeou a mesa com o punho e gritou:

– Silêncio, cambada!

Então os cercopitecos treparam gemendo no alto dossel da cama, os porquinhos-da-índia correram para baixo da estufa, e o corvo voou para cima do espelho; só o gato preto, como se a bronca não lhe dissesse respeito, permaneceu quieto sobre a grande cadeira estofada na qual subira logo ao entrar. Quando tudo se acalmou, Verônica tomou coragem; ali dentro não se sentia tão amedrontada quanto lá fora no corredor, e mesmo a velha já não lhe parecia mais tão horrorosa. Só então lançou um olhar ao redor do quarto! Uma infinidade de animais feiosos empalhados pendia do teto, estranhos instrumentos desconhecidos estavam espalhados pelo chão e na lareira ardia um parco fogo azulado que só de quando em quando crepitava lançando faíscas amarelas; mas então, do alto, veio um farfalhar, e morcegos asquerosos, semelhantes a rostos humanos desfigurados pelo riso, esvoaçaram de um lado para o outro; o fogo vez por outra se erguia, lambendo a parede fuliginosa, e então se ouviram sons lamentosos cortantes, uivantes, que encheram Verônica de medo e horror.

– Com sua permissão, *mademoiselle* – disse a velha com um sorrisinho satisfeito, pegou um espanador e, depois de mergulhá-lo numa bacia de cobre, aspergiu a lareira. Então o fogo se apagou e o quarto, como que inundado de espessa fumaça, ficou totalmente às escuras; mas logo a velha, que saíra para um cubículo contíguo, voltou com uma vela, e Verônica não viu mais nenhum animal, nenhum apetrecho, o aposento não passava de um quarto comum pobremente mobiliado. A velha se aproximou dela e disse com uma voz rascante:

– Sei muito bem o que quer de mim, filhinha; aposto que quer saber se vai se casar com Anselmo quando ele se tornar conselheiro áulico.

Verônica ficou paralisada de espanto e pavor, mas a velha continuou:

– Você já me disse tudo em sua casa, com o papai, quando tinha diante de si o bule de café; pois *eu* era o bule de café, será que não me reconheceu? Ouça, filhinha! Desista, desista de Anselmo, é um sujeito detestável que pisoteou a cara de minhas filhinhas, minhas queridas filhinhas, as maçãs com as bochechinhas vermelhas que, a cada vez que alguém as comprava, escapavam-lhe do bolso e rolavam de volta ao meu cesto. Ele está em conluio com o velho, ontem me despejou o maldito auripigmento na cara, quase me deixando cega; você ainda pode ver as marcas de queimadura, filhinha! Desista dele, desista! Ele não a ama, pois ama a serpente auriverde, ele jamais se tornará conselheiro áulico, pois está a serviço das salamandras e quer se casar com a serpente verde; desista dele, desista!

Verônica, que tinha um caráter verdadeiramente firme e constante e sabia como superar de pronto seu medo juvenil, deu um passo atrás e disse, num tom sério e comedido:

O VASO DE OURO   49

– Velha, ouvi falar de seu dom de antever o futuro e, de modo talvez muito apressado e precipitado, queria saber de você se Anselmo, que amo e que tenho em altíssima conta, um dia será meu. Se, em vez de satisfazer meu desejo, a senhora quer caçoar de mim com seu falatório tolo e absurdo, está sendo injusta, pois eu só queria aquilo que, como fiquei sabendo, concedeu a outras pessoas. Como, ao que parece, a senhora conhece meus pensamentos mais íntimos, talvez não lhe fosse difícil responder algumas perguntas que me atormentam e angustiam, mas, depois de suas calúnias levianas contra o bom Anselmo, não quero saber mais nada de sua parte. Boa noite!

Verônica queria sair correndo dali, mas então a velha, chorando e se lamentando, caiu de joelhos, agarrou a moça pelo vestido e exclamou:

– Veroniquinha, você não conhece mais a velha Lisa, que tantas vezes a carregou no colo, cuidou de você e a tratou com carinho?

Verônica quase não acreditou nos próprios olhos; pois, apesar dos estragos causados pela idade avançada e, sobretudo, pelas marcas de queimadura, reconheceu sua antiga ama, que havia muitos anos desaparecera da casa do vice-reitor Paulmann. A velha parecia agora toda mudada: em lugar do feio lenço enxovalhado, tinha na cabeça uma respeitável touca, e em lugar dos andrajos negros, um casaco florido, sua vestimenta costumeira. Ela se levantou do chão e continuou, tomando Verônica em seus braços:

– Talvez o que eu disse lhe pareça pura tolice, mas infelizmente é verdade. Anselmo me causou muitos sofrimentos, embora contra a sua vontade; ele caiu nas mãos do arquivista Lindhorst, que quer casá-lo com sua filha. O arquivista é meu maior inimigo, e eu poderia lhe contar muitas coisas a respeito dele, mas você talvez não entendesse nada, ou talvez se assustasse muito. Ele é o homem sábio, mas eu sou a mulher sábia – talvez seja esse o motivo! Pelo que vejo, porém, você ama Anselmo de verdade, e quero ajudá-la com todas as minhas forças a ser feliz e a chegar direitinho ao leito nupcial, tal qual deseja.

– Mas, Lisa, pelo amor de Deus, me diga... – começou Verônica.

50

– Quietinha, minha filha, quietinha! – interrompeu a velha. – Sei o que você quer dizer, tornei-me o que sou porque tinha de me tornar, não podia evitá-lo. Pois bem! Sei como curar Anselmo de seu insensato amor pela serpente verde e levá-lo, transformado no mais amável dos conselheiros áulicos, para os seus braços; mas você terá de ajudar.

– Diga logo, Lisa! Farei tudo, pois amo muito Anselmo – sussurrou Verônica em uma voz quase inaudível.

– Eu a conheço – continuou a velha – como uma menina corajosa, era em vão que eu tentava fazê-la dormir com histórias de bruxas, pois justamente então você abria os olhos para ver a bruxa; você ia até o último quarto dos fundos sem luz, e muitas vezes assustou o filho do vizinho com o guarda-pó de seu pai. Pois então! Se está falando sério sobre vencer o arquivista Lindhorst e a serpente verde por meio de minhas artes, se está falando sério sobre desposar Anselmo depois que ele se tornar conselheiro áulico, então dê uma escapada da casa de seu pai no próximo equinócio às onze horas da noite e venha me encontrar; irei então com você à encruzilhada que corta o campo perto daqui, faremos o que é necessário e todos os prodígios que você talvez veja não devem intimidá-la. E agora, filhinha, boa noite, seu papai a espera para o jantar.

Verônica apressou-se em sair dali, firmemente decidida a não deixar passar a noite do equinócio, pois, pensava ela, "Lisa tem razão, Anselmo está enredado em laços insólitos, mas eu o libertarei deles e o chamarei de meu para sempre e mais um dia, ele é meu e continuará a sê-lo, o Conselheiro Áulico Anselmo".

SEXTA VIGÍLIA

O jardim do arquivista Lindhorst, além de algumas aves sardônicas – O vaso de ouro – A escrita cursiva inglesa – Garranchos desprezíveis – O príncipe dos espíritos

– PODE SER TAMBÉM – DISSE O ESTUDANTE Anselmo para si mesmo – que o elixir estomacal superfino e forte que bebi um pouco

O VASO DE OURO 51

avidamente na confeitaria de *Monsieur* Conradi tenha produzido todas as loucas fantasmagorias que me assustaram diante da porta da casa do arquivista Lindhorst. Por isso, hoje permanecerei inteiramente sóbrio, e enfrentarei qualquer outra adversidade que venha a me acontecer.

Como da outra vez em que havia se equipado para a primeira visita ao arquivista Lindhorst, ele pôs nos bolsos seus desenhos a bico de pena, suas obras de arte caligráfica, seus pincéis de nanquim, suas penas de corvo bem apontadas, e já estava quase na porta quando lhe caiu sob os olhos a garrafinha contendo o licor amarelo que recebera das mãos do arquivista Lindhorst. Então lhe vieram à mente, em cores incandescentes, todas as estranhas aventuras pelas quais passara, e um sentimento indefinível de êxtase e dor lhe transpassou o peito. Involuntariamente ele exclamou, com uma voz lamentosa:

– Ai, não estou indo à casa do arquivista apenas para vê-la, bela e doce Serpentina?

Naquele momento lhe pareceu que o amor de Serpentina poderia ser o prêmio de um trabalho extenuante e perigoso que ele deveria realizar, e que esse trabalho não era senão a cópia dos manuscritos de Lindhorst. Que já ao entrar na casa, ou mesmo ainda antes de fazê-lo, muita coisa estranha poderia lhe acontecer, como poucos dias antes, disso ele estava convencido. Não pensou mais no elixir estomacal de Conradi, mas apressou-se a guardar o licor no bolso do colete, a fim de proceder segundo as prescrições do arquivista caso a mulher das maçãs feita de bronze ousasse escarnecer dele. Pois não é que, de fato, assim que ele quis pegar na aldrava às doze horas, aquele nariz pontudo se ergueu dela, e os olhos de gato chisparam?

Então, sem pensar duas vezes, ele borrifou o licor no rosto fatal, e imediatamente este se nivelou e alisou, tornando-se uma aldrava reluzente e arredondada. A porta se abriu, os sinos ressoaram docemente por toda a casa: "tlim, tlim, curumim, vem a mim, vem a mim, assim, assim, tlim, tlim". Ele subiu confiante a bela e larga escada e se deleitou com o perfume de incenso e essências raras que recendia pela casa. Parou, indeciso, no vestíbulo, pois não sabia em qual das muitas belas portas devia bater; então o arquivista Lindhorst apareceu num largo roupão de damasco e exclamou:

– Ora, veja, senhor Anselmo, fico feliz que tenha finalmente cumprido sua palavra; acompanhe-me, pois devo levá-lo imediatamente ao laboratório.

Dizendo isso, o arquivista atravessou rapidamente o longo vestíbulo e abriu uma pequena porta lateral que dava para um corredor. Anselmo o seguiu confiante; do corredor passaram a uma sala, ou melhor, a uma magnífica estufa, pois de ambos os lados maravilhosas flores de várias espécies raras, e mesmo grandes árvores com folhas e brotos dos mais singulares formatos subiam até o teto. Uma luz mágica, ofuscante, se espalhava por todos os cantos, sem que se pudesse saber de onde provinha, pois não se via uma única janela. Assim que o estudante Anselmo olhava para os arbustos e árvores, longas aleias pareciam se estender para grandes lonjuras. Na escuridão profunda de espessos grupos de ciprestes cintilavam bacias de mármore das quais se erguiam estranhas figuras, lançando jatos cristalinos que vinham cair marulhando em cálices reluzentes de flores-de-lis; estranhas vozes murmuravam e sussurravam através do bosque de plantas maravilhosas, e perfumes deliciosos revoluteavam para cima e para baixo. O arquivista desaparecera, e Anselmo via apenas um gigantesco arbusto de flores-de-lis de um vermelho incandescente. Diante daquela visão, inebriado pelos doces perfumes do jardim feérico, Anselmo se quedou, enfeitiçado. Então, de todos os lados, ouviram-se risos e troças, e vozinhas fininhas escarneciam e zombavam dele:

– Senhor *studiosus*, senhor *studiosus*, de onde foi que o senhor veio? Por que se enfeitou tanto, senhor Anselmo? Quer papear um pouco conosco, nos contar como a vovó esmagou o ovo com o bumbum e o fidalgo arranjou uma mancha no colete de domingo? Já sabe de cor a ária que aprendeu com o papai estorninho, senhor Anselmo? Está engraçadíssimo com essa peruca de vidro e essas botas de papel de carta!

Esses gritos e risos e zombarias vinham de todos os cantos, e mesmo de muito perto do estudante, que só agora se dava conta de como uma infinidade de pássaros multicores das mais

O VASO DE OURO ·   **53**

variadas espécies esvoaçava ao seu redor e ria dele às bandeiras despregadas. Nesse momento o arbusto de flores-de-lis vermelho--incandescente caminhou para junto dele, e ele então viu que era o arquivista Lindhorst, cujo resplendente roupão florido em vermelho e amarelo o havia confundido.

– Desculpe-me, caro senhor Anselmo – disse o arquivista –, por tê-lo feito esperar, mas por um momento eu só me preocupei com meu belo cacto, que deve florir esta noite, mas que tal lhe parece meu pequeno jardim doméstico?

– Ah, por Deus, tudo aqui é de uma beleza incomensurável, caríssimo senhor arquivista – respondeu o estudante –, mas essas aves multicores escarnecem a valer de minha insignificância!

– Que conversa mole é essa? – gritou o arquivista, irritado, para os arbustos. Então um grande papagaio cinzento levantou voo, foi pousar ao lado do arquivista sobre um galho de mirto e, olhando para ele com extraordinária gravidade e afetação através dos óculos que tinha sobre o bico recurvo, resmoneou:

– Não leve a mal, senhor arquivista, meus petulantes rapazes estão outra vez cheios de graça, mas a culpa é do próprio senhor *studiosus*, pois...

– Quieto! Quieto! – disse o arquivista, interrompendo o velho. – Eu conheço os patifes, mas o senhor deveria saber impor a disciplina, meu amigo! Vamos em frente, senhor Anselmo!

O arquivista ainda atravessou alguns aposentos estranhamente ornamentados, de tal modo que o estudante mal podia acompanhá-lo e ao mesmo tempo observar todos os móveis e outros objetos desconhecidos de feitio estranho e reluzente que atopetavam todos os espaços. Por fim chegaram a um grande aposento, onde o arquivista se deteve, com o olhar voltado para o alto, e Anselmo ganhou tempo para se deleitar com a vista magnífica proporcionada pela singela ornamentação daquela sala. Das paredes azul-celeste sobressaíam os troncos de bronze dourado de altas palmeiras, cujas folhas colossais, luzidias, feito esmeraldas cintilantes, se abobadavam lá no alto junto ao teto; no meio da sala, sobre três leões egípcios modelados em bronze escuro, repousava uma placa de pórfiro, em cima da qual havia um singelo vaso de ouro do qual, uma vez tendo posto os olhos nele, Anselmo não conseguia desviar a vista. Era como se figuras das mais variadas revoluteassem em milhares de reflexos cintilantes sobre o resplendente ouro polido. Por vezes ele via a si mesmo com os braços abertos, anelante, ai!... ao lado do sabugueiro... Serpentina se enrodilhava para cima e para baixo, olhando-o com seus olhos encantadores. Anselmo ficou fora de si, presa de um enlevo alucinado.

– Serpentina! Serpentina! – gritou.

O arquivista Lindhorst imediatamente se voltou para ele e disse:

– O que está dizendo, caro senhor Anselmo? Parece-me que o senhor se compraz em chamar minha filha, mas ela está do outro lado de minha casa, em seu quarto, e, neste momento, tem sua aula de piano; venha, vamos continuar.

Anselmo seguiu, quase inconscientemente, o arquivista, que se afastava dali; quase não via nem ouvia mais nada, até que o arquivista o tomou bruscamente pela mão e disse:

– Bem, aqui estamos!

Anselmo despertou como que de um sonho e então se deu conta de que se encontrava numa sala de teto elevado, cercada de estantes de livros, que não se distinguia em nada de uma biblioteca e gabinete de estudos comum. No centro dela havia uma grande mesa de trabalho e, diante desta, uma cadeira estofada.

– Esta – disse o arquivista Lindhorst – será por enquanto sua sala de trabalho; se futuramente o senhor irá trabalhar também na sala azul da biblioteca, onde gritou de repente o nome de minha filha, ainda não sei; mas por ora quero me convencer de que é capaz de realizar, inteiramente de acordo com meu desejo e minha necessidade, o trabalho do qual será incumbido.

O estudante Anselmo se encheu de ânimo e coragem, e não foi sem uma certa empáfia íntima e seguro de satisfazer o arquivista no mais alto grau com seu talento incomum que tirou do bolso seus desenhos e manuscritos. Mal pôs os olhos na primeira folha, um manuscrito na mais elegante caligrafia inglesa, o arquivista sorriu de um modo estranho e balançou a cabeça. Repetia o mesmo gesto a cada folha que examinava, fazendo com isso o sangue subir à cabeça do estudante Anselmo, que, quando o sorriso se tornou francamente sarcástico e desdenhoso, deu vazão a todo o seu desagrado:

– O senhor arquivista não parece de todo satisfeito com o meu modesto talento!

– Caro senhor Anselmo – disse o arquivista Lindhorst –, o senhor tem de fato as melhores aptidões para a arte da caligrafia, mas por ora, pelo que vejo, devo contar mais com a sua dedicação, com a sua boa vontade, que com a sua perícia. Isso talvez também se deva à má qualidade do material que o senhor utiliza.

O estudante Anselmo pôs-se a falar longamente de sua habilidade artística já bastante reconhecida, do nanquim chinês e de penas de corvo da melhor qualidade. Então o arquivista Lindhorst lhe estendeu a folha em caligrafia inglesa e disse:

– Julgue por si mesmo!

Anselmo sentiu-se como se tivesse sido atingido por um raio ao constatar o quanto sua caligrafia era deplorável. Não havia nenhuma redondez no traço, a espessura era incorreta, a relação entre maiúsculas e minúsculas desproporcional – com efeito! –, uns garranchos desleixados, dignos de um aluno da escola primária, muitas vezes estragavam as linhas mais bem desenhadas.

– Além disso – prosseguiu o arquivista Lindhorst –, sua tinta não é indelével.

Ele mergulhou o dedo num copo com água e, tocando bem de leve as letras, as fez desaparecer sem deixar vestígios. O estudante Anselmo sentiu como se estivesse sendo estrangulado por um monstro – não conseguia dizer uma palavra. Ficou paralisado, com a malfadada folha na mão, mas o arquivista Lindhorst riu alto e disse:

– Não se deixe abater por isso, caríssimo senhor Anselmo; o que o senhor não conseguiu realizar até agora talvez lhe saia melhor aqui em minha casa; além disso, encontrará um material de melhor qualidade do que aquele de que dispunha até agora! Comece seu trabalho sem medo!

O arquivista pegou uma substância líquida negra que exalava um cheiro muito peculiar, penas de pontas bem afiadas de cores singulares e uma folha de um branco e uma lisura incomuns; depois disso retirou um manuscrito árabe de um armário fechado e, assim que Anselmo se sentou para trabalhar, retirou-se do aposento. O estudante Anselmo já copiara muitas vezes a escrita árabe e, portanto, a primeira tarefa não lhe pareceu das mais difíceis de cumprir.

– Só Deus e o arquivista Lindhorst sabem como aqueles garranchos apareceram em minha bela caligrafia cursiva inglesa – disse ele –, mas que não saíram de *minha* mão, eu o garanto com minha própria vida.

A cada palavra que transcrevia com sucesso no pergaminho, sua coragem crescia, e, com ela, sua habilidade. De fato, com aquela pena se podia escrever magnificamente, e a misteriosa tinta negra como um corvo fluía submissa sobre o lustroso pergaminho branco. À medida que trabalhava com todo o afinco e com uma atenção concentrada, sentia-se cada vez mais em casa na sala solitária, e já se enfronhara totalmente na tarefa que esperava cumprir com sucesso quando soaram as três horas e o arquivista o chamou do aposento contíguo para o apetitoso almoço. À mesa o arquivista Lindhorst se mostrou de excelente humor; quis saber dos amigos do estudante Anselmo, o vice-reitor Paulmann e o tabelião Heerbrand, e contou muitas anedotas divertidas a respeito deste último. O bom vinho velho do Reno pareceu especialmente saboroso a Anselmo, e o tornou mais loquaz do que costumava ser. Quando bateram as quatro horas ele se levantou para voltar ao trabalho, e o arquivista Lindhorst deu mostras de ter ficado muito satisfeito com essa pontualidade. Se antes da refeição a cópia dos caracteres árabes lhe fora bem-sucedida, agora o trabalho caminhava ainda melhor, e ele mesmo não podia explicar a rapidez e a facilidade com as quais lograva reproduzir as linhas crespas daquela escrita estrangeira. Mas era como se, do mais fundo de sua alma, uma voz lhe sussurrasse em palavras audíveis: "Ai, você poderia fazê-lo se *ela* não estivesse em sua mente e em seus pensamentos, se não acreditasse *nela*, em seu amor?". Então uns sons leves, leves, como um murmúrio cristalino, atravessaram a sala feito uma brisa: "Estou perto de você...

perto... perto... eu o ajudo... tenha coragem... seja constante, querido Anselmo!... eu compartilho de seu esforço, para que você seja meu!". E, à medida que o estudante Anselmo, cheio de íntimo encantamento, ouvia aqueles sons, os caracteres desconhecidos se tornavam cada vez mais compreensíveis para ele. Quase já não precisava mais olhar para o original... sim, era como se as letras já estivessem escritas em um tom pálido sobre o pergaminho e ele só precisasse recobri-las de tinta negra com sua mão habilidosa. Assim, imerso em sons suaves e encorajadores, como em um doce e terno hálito, trabalhou até que os sinos bateram as seis horas e o arquivista Lindhorst entrou na sala. Ele se aproximou da mesa com um sorriso estranho, Anselmo se levantou em silêncio, o arquivista parecia continuar a olhá-lo com um sorriso de mofa, mas, mal examinou a cópia, seu sorriso se desfez em uma profunda e solene seriedade que lhe fez repuxarem os músculos da face. Nem parecia mais o mesmo. Seus olhos, que normalmente pareciam despedir faíscas, agora contemplavam Anselmo com indescritível suavidade, um leve rubor lhe tingia as faces pálidas, e, em lugar da ironia que sempre lhe contraía a boca, palavras cheias de uma sabedoria que penetrava até a alma pareciam lhe abrir os lábios graciosos e delicadamente desenhados. Sua silhueta inteira se tornou mais alta, mais digna, o largo roupão lhe caía em volumosas pregas, feito um manto real, recobrindo os ombros e o peito, e por entre os cachos grisalhos um fino aro dourado lhe cingia a fronte.

– Meu jovem –, começou a dizer o arquivista em tom solene –, meu jovem, ainda antes que você sequer suspeitasse, eu já havia descoberto todas as relações secretas que o ligam ao que tenho de mais querido, de mais sagrado! Serpentina o ama, e um estranho destino, cujos fatídicos fios foram tecidos por poderes inimigos, se cumprirá quando ela for sua e você, como dote necessário, receber o vaso de ouro que pertence a ela. Mas sua felicidade numa vida mais elevada só brotará da luta. Princípios hostis o atacam, e apenas a força interior com a qual você resiste às investidas pode salvá-lo da ruína e da vergonha. Trabalhando aqui, você cumpre seu tempo de aprendizado, a fé e o conhecimento o conduzem

ao objetivo próximo, desde que você persevere naquilo que começou. Seja fiel, tenha-a sempre em sua mente, *a ela*, que o ama, e
você poderá contemplar os magníficos prodígios do vaso de ouro
e alcançar a felicidade eterna. Fique bem! O arquivista Lindhorst
o aguarda amanhã às doze horas em seu gabinete! Fique bem!

O arquivista empurrou delicadamente o estudante Anselmo
para fora da sala e fechou a porta atrás dele, que se viu então no
cômodo em que almoçara, e cuja única porta dava para o vestíbulo. Atordoado por todos aqueles estranhos acontecimentos, ele
se deixou ficar diante da porta de entrada, quando uma janela se
abriu acima dele; olhou para o alto, e lá estava, como sempre o
vira, em seu casaco cinza-claro, o velho arquivista Lindhorst, que
gritou para ele:

– Ora, caro senhor Anselmo, em que está pensando, será que
o árabe não lhe sai da cabeça? Dê lembranças ao vice-reitor Paulmann, caso vá até a casa dele, e volte amanhã às doze horas em
ponto. O honorário de hoje já está no bolso direito de seu colete.

O estudante Anselmo, de fato, encontrou o reluzente táler de
prata no bolso indicado, mas este não lhe trouxe nenhuma alegria. "No que tudo isso vai dar, eu não faço a menor ideia", disse
de si para si, "mas mesmo que esteja imerso em loucura e delírio, a bela Serpentina vive e se agita em meu imo, e prefiro perecer a deixá-la, pois sei muito bem que o pensamento em mim é
eterno, e nenhum princípio hostil pode destruí-lo; mas será o pensamento outra coisa que não o amor de Serpentina?"

SÉTIMA VIGÍLIA

*Como o vice-reitor Paulmann bateu as cinzas do cachimbo e foi para
a cama – Rembrandt e o Bruegel dos Infernos – O jogo de espelhos e
a receita do Doutor Eckstein para uma doença desconhecida*

FINALMENTE O VICE-REITOR PAULMANN bateu as cinzas do cachimbo
e disse:

– Bem, acho que é hora de dormir.

O VASO DE OURO 59

– Sem dúvida – respondeu Verônica, preocupada com a demora do pai: pois já passava muito das dez horas. Assim que o vice-reitor foi para seu quarto de estudos e de dormir, assim que a respiração pesada de Francisquinha anunciou que ela dormia de verdade, Verônica, que fingira ter se deitado para dormir, levantou-se bem de mansinho, tornou a se vestir, pôs o capote e se esgueirou para fora da casa. Desde que deixara a morada da velha Lisa, a imagem de Anselmo pairava incessantemente diante dos olhos de Verônica, e ela própria não saberia dizer que voz estranha em seu imo dizia e repetia o tempo todo que a resistência dele era causada por uma pessoa hostil que o mantinha preso em seus laços, os quais Verônica poderia romper pelos meios misteriosos das artes da magia. Sua confiança na velha Lisa aumentava dia a dia, mesmo a impressão do sinistro e do horrível esmaecera, e assim tudo o que havia de estranho, insólito em suas relações com a velha lhe aparecia apenas sob a luz do incomum, do romanesco, pelo qual ela afinal se sentia de fato atraída. Tinha, por isso, o firme propósito de, mesmo correndo o risco de sua ausência ser percebida e causar-lhe milhares de aborrecimentos, enfrentar a aventura do equinócio.

Chegara, por fim, a noite fatídica, para a qual a velha Lisa lhe prometera ajuda e conforto, e Verônica, havia muito acostumada com a ideia da peregrinação noturna, sentia-se cheia de coragem. Percorreu feito um raio as ruas solitárias, sem ligar para a tempestade que rugia pelos ares e lhe atirava no rosto grossas gotas de chuva. Com um som estrepitoso e abafado, o sino da igreja da Santa Cruz bateu onze horas no momento em que Verônica, toda encharcada, parou diante da casa da velha.

– Oh, queridinha, queridinha, já chegou? Espere só um pouquinho – gritaram lá de cima, e logo depois a velha, carregando um cesto e acompanhada de seu gato, apareceu na porta.

– Vamos indo, então, fazer e praticar o que é preciso e prospera na noite propícia à obra!

Assim falando, a velha agarrou com sua mão gelada a trêmula Verônica, a quem entregou o cesto pesado para que o carregasse, enquanto ela, por sua vez, desembrulhava uma bacia, um tripé e

uma pá. Quando chegaram a um campo aberto, já parara de cho-
ver, mas o vendaval estava mais forte; mil vozes uivavam pelos
ares. Um som lamentoso terrível, de cortar o coração, vinha das
nuvens negras que, num voo veloz, se aglomeraram e envolveram
tudo na mais espessa treva. Mas a velha avançava rápido, gritando
com voz esganiçada:

– Luz, luz, meu menino!

Raios azuis, então, serpentearam e se entrecruzaram diante
delas, e Verônica se deu conta de que mais à frente, espalhando
fagulhas crepitantes e iluminando o caminho, saltitava o gato,
cujos gritos assustadores de chamado ela podia ouvir sempre que
o vendaval amainava por um momento. Sentiu seu fôlego quase
se esvair, era como se garras geladas lhe aferroassem as entranhas, mas, num esforço brutal, recompôs-se e, agarrando-se à
velha com mais força, disse:

– Tudo agora tem de ser consumado, aconteça o que acontecer!

– Isso mesmo, filhinha – replicou a velha –, mantenha-se
firme e eu lhe darei de presente algo de belo e, ainda por cima,
o Anselmo!

Por fim, a velha parou e disse:

– Chegamos, estamos no lugar certo.

Ela cavou um buraco na terra, encheu-o de carvão, armou sobre
ele o tripé, em cima do qual colocou o caldeirão; tudo isso acompanhado de gestos estranhos, ao mesmo tempo que o gato corria
ao redor dela. De seu rabo saltavam faíscas que formaram um círculo de fogo. Logo o carvão ficou em brasa e, finalmente, chamas
azuis se ergueram sob o tripé. Verônica teve de tirar o capote e o
véu e se agachar ao lado da velha, que lhe agarrou a mão e a apertou com força, olhando fixamente para a moça com seus olhos faiscantes. Então os estranhos materiais que a velha trouxera no cesto
e atirara no caldeirão – não era possível distinguir se eram flores,
metais, ervas, animais – começaram a ferver e borbulhar. A velha
soltou Verônica, agarrou uma colher de ferro que meteu no caldeirão e começou a remexer a massa fervente, enquanto Verônica,
seguindo suas ordens, mantinha os olhos fixos no caldeirão e voltava seus pensamentos para Anselmo. Então a velha atirou novos

O VASO DE OURO   61

metais cintilantes no caldeirão, juntamente com uma mecha de cabelo cortada do cocuruto de Verônica e um anelzinho que ela usara por muito tempo; enquanto isso, lançava para o meio da noite uns sons estrídulos, atrozes e incompreensíveis, ao passo que o gato uivava e gemia num corre-corre incessante.

Eu gostaria que você, leitor benévolo, estivesse em viagem a Dresden no dia 23 de setembro; em vão tentariam, quando já fosse noite alta, detê-lo na última estação; o amável hospedeiro o advertiria de que havia muita chuva e tempestade e, de resto, na noite do equinócio não seria seguro se embrenhar na escuridão, mas você não lhe daria atenção, pensando, com toda a razão: se eu der ao postilhão uma gorjeta de um táler, estarei em Dresden o mais tardar à uma hora da madrugada, onde uma ceia bem pre-parada e uma boa cama estão à minha espera no Anjo de Ouro, no Elmo ou no Cidade de Naumburg.[9] Quando, então, está a cami-nho no meio das trevas, você vê de repente à distância uma estra-nha luzinha tremulante. Ao chegar mais perto, vê um círculo de fogo, em cujo centro estão duas figuras sentadas junto a um cal-deirão do qual saem uma densa fumaça, centelhas cintilantes e raios vermelhos. O caminho passa diretamente através do fogo, mas os cavalos bufam, batem com os cascos e empinam... o pos-tilhão prague ja e reza, e chicoteia os cavalos; eles não saem do lugar. Involuntariamente, você salta da carruagem e corre alguns passos à frente. Então vê com nitidez a moça bonita e esbelta, em uma fina camisola branca, ajoelhada ao lado do caldeirão. A tem-pestade desfez suas tranças, e os cabelos castanhos e compridos esvoaçam livremente ao vento. Seu rosto angelical está comple-tamente imerso na luz ofuscante das chamas bruxuleantes sob o tripé, mas o pavor que derramou sobre ele sua torrente gelada o fez petrificar-se numa palidez cadavérica; e no olhar fixo, nas sobrancelhas levantadas, na boca aberta em vão para o grito de angústia mortal que não pode se desprender do peito opresso por uma tortura inominável, você vê o seu horror, seu desespero; ela ergue convulsivamente para o alto suas mãozinhas unidas,

---

9 Três conhecidas hospedarias em Dresden. (N. T.)

como se rezasse chamando seu anjo da guarda para protegê-la dos monstros infernais que, obedecendo ao poderoso feitiço, aparecerão a qualquer momento! Lá está ela, ajoelhada, imóvel feito uma estátua de mármore. Acocorada diante dela está uma mulher alta, esquálida, amarelo-cobre, com um nariz pontudo de gavião e olhos cintilantes de gato; por baixo do capote preto que a envolve, estende rigidamente os braços nus, ossudos, e, enquanto remexe a fervura infernal, ri e grita com uma voz estrídula através dos rugidos e bramidos da tempestade. Tenho certeza, leitor benévolo, de que, mesmo que você não seja uma pessoa afeita ao medo e ao temor, seus cabelos se eriçariam de pavor à vista desse quadro digno de Rembrandt ou do Bruegel dos Infernos que surgira na vida real.[10] Mas você não poderia tirar os olhos da moça enredada naquela ação infernal, e o choque elétrico que faria vibrar todas as suas fibras e nervos inflamaria em você, com a rapidez de um raio, a ideia corajosa de desafiar os poderes misteriosos do círculo de fogo; nessa ideia seu pavor se extinguiria, ou melhor, a própria ideia brotaria desse pavor e desse desespero, como um fruto deles. Seria como se você mesmo fosse o anjo da guarda a quem a moça presa de uma angústia mortal implorava, como se você tivesse de sacar imediatamente a pistola e sem mais delongas atirar na velha para matar! Mas ao pensar vivamente nisso, você gritaria: "Ei!", ou "O que está acontecendo aí?", ou "O que é que estão fazendo?". O postilhão tocaria com toda a força sua corneta, a velha cairia de cabeça em sua fervura e tudo desapareceria numa densa fumaceira. Se você teria encontrado a moça, que então procuraria com a mais ardente ansiedade na escuridão, eu não sei dizer, mas teria destruído o feitiço da velha e desfeito o encanto do círculo mágico ao qual Verônica levianamente se entregara.

---

10 Rembrandt van Rijn (1606-1669): pintor e gravador holandês; Pieter Bruegel, o Jovem (1564-1638): pintor flamengo do período de transição do Renascimento para o Barroco, foi chamado de "Bruegel dos Infernos" pelas imagens frequentes de fogueiras e figuras grotescas em seus quadros. (N. T.)

O VASO DE OURO   **63**

Mas nem você, leitor benévolo, nem ninguém mais viajava ou trilhava aquele caminho na noite tempestuosa de 23 de setembro, propícia às artes de bruxaria, e Verônica teve de esperar, presa de uma angústia mortal, junto do caldeirão, até que a obra fosse consumada. Ela ouvia muito bem os uivos e rugidos ao redor de si, a miríade de vozes infames que mugiam e grasnavam todas ao mesmo tempo, mas não abria os olhos, pois sentia que a visão do horror, da monstruosidade de que estava cercada, poderia fazê-la afundar--se numa loucura incurável e destrutiva. A velha parara de remexer o caldeirão, a fumaça se tornava cada vez mais rala e, por fim, só uma débil chamazinha de álcool ainda ardia no fundo da vasilha. Então a velha gritou:

– Verônica, minha filha! Minha querida! Olhe lá no fundo! O que você vê? O que você vê?

Mas Verônica não conseguia responder, embora lhe parecesse que uma infinidade de figuras confusas se revolvesse no caldeirão; os vultos se tornavam cada vez mais nítidos e, de repente, do fundo da vasilha, surgiu o estudante Anselmo, olhando-a gentilmente e lhe estendendo a mão. Ela então gritou:

– Ah, é Anselmo! Anselmo!

Rapidamente a velha abriu a torneira que havia no caldeirão, e o metal fervente escorreu, chiando e crepitando, para uma pequena forma que ela colocara ao lado.

Então a velha deu um pulo e guinchou, saltitando ao redor com gestos horríveis:

– A obra está consumada! Obrigada, meu menino! Você ficou de guarda! Hurra! Hurra! Aí vem ele! Mate-o a dentadas! Mate-o a dentadas!

Mas então um poderoso rumor cortou os ares, parecia que uma águia monstruosa descia sibilando, batendo com as asas ao redor de si e gritando com uma voz terrível:

– Ei, ei, cambada! Já chega! Já chega! Já para casa!

– A velha desabou uivando, mas Verônica perdeu os sentidos e a consciência. Quando voltou a si já era dia claro, ela estava deitada em sua cama e Francisquinha, em pé diante dela, segurava uma xícara de chá fumegante e dizia:

– Mas, mana, me diga uma coisa, o que é que você tem? Estou aqui há uma hora ou mais e você fica aí deitada, desmaiada, como se tivesse febre, gemendo e suspirando, quase nos matando de medo. Por sua causa, o papai não foi hoje dar sua aula, e logo estará aqui com o doutor.

Verônica tomou o chá em silêncio; enquanto o engolia, as horríveis imagens da noite surgiram vividamente diante de seus olhos.

– Será que tudo aquilo não passou de um sonho ruim que me atormentou? Mas ontem à noite eu não fui de fato à casa da velha, não era 23 de setembro? Não, ontem eu já devia estar doente, e apenas imaginei tudo, e o que me fez adoecer não foi senão eu não parar de pensar em Anselmo e na estranha velha que se fez passar por Lisa só para zombar de mim.

Francisquinha, que saíra do quarto, voltou com o capote de Verônica todo encharcado nas mãos.

– Olhe só, maninha – disse ela – o que aconteceu com seu capote; ontem à noite a tempestade abriu a janela e derrubou a cadeira sobre a qual estava o capote; então deve ter chovido aqui dentro, pois ele está todo molhado.

Verônica sentiu seu coração se apertar, pois se deu conta de que não fora um sonho que a atormentara, e ela de fato estivera com a velha. Foi acometida de medo e horror, um arrepio de febre fez tremerem todos os seus membros. Num tremor convulsivo, enrolou-se firmemente nas cobertas, mas então sentiu que alguma coisa dura lhe apertava o peito e, quando a pegou com a mão, pareceu-lhe ser um medalhão; depois que Francisquinha saiu com o capote, ela o tirou de baixo das cobertas; era um pequeno espelho redondo de metal bem polido.

– É um presente da velha – exclamou ela vivamente, e foi como se chispas de fogo saltassem do espelho e lhe penetrassem no mais fundo de seu ser, aquecendo-a beneficamente. O calafrio de febre passou e uma sensação indescritível de conforto e bem-estar a invadiu. Não podia deixar de pensar em Anselmo, e, à medida que voltava seus pensamentos cada vez mais fixamente para ele, eis que ele lhe sorriu gentilmente do espelho, como se fosse um retrato vivo em miniatura. Mas logo não era mais a imagem que ela parecia ver,

O VASO DE OURO

não! Era o próprio estudante Anselmo em carne e osso. Ele estava sentado numa sala de teto elevado, estranhamente decorada, e escrevia com afinco. Verônica quis aproximar-se dele, bater-lhe no ombro e dizer: "Senhor Anselmo, olhe um pouco ao redor de si, eu estou aqui!", mas isso era de todo impossível, pois era como se uma fulgurante torrente de fogo o circundasse, e quando Verônica olhou com mais atenção, eram apenas livros com os cortes dourados. Finalmente, contudo, Verônica logrou olhar Anselmo nos olhos; pareceu então que, ao olhá-la, ele tinha primeiro de procurar se lembrar de quem ela era, até que por fim ele sorriu e disse:

– Ah, é a senhorita, cara *mademoiselle* Paulmann? Mas por que se compraz às vezes em se fazer passar por uma serpente?

Verônica não pôde deixar de rir dessas palavras estranhas; com isso, ela como que despertou de um sonho profundo e escondeu rapidamente o espelhinho quando a porta se abriu e o vice-reitor Paulmann entrou no quarto, acompanhado pelo doutor Eckstein. O médico logo se aproximou da cama, tomou o pulso de Verônica, ficou por um longo tempo mergulhado em profundas reflexões e então disse:

– Ora, ora!

Depois disso, escreveu uma receita, tomou-lhe novamente o pulso, disse outra vez "Ora, ora!" e deixou a paciente.

Mas, dessa declaração do doutor Eckstein, o vice-reitor Paulmann não pôde compreender com clareza qual era realmente a doença de Verônica.

OITAVA VIGÍLIA

A biblioteca das palmeiras – Destinos de uma infeliz salamandra – Como a pena negra acariciou uma beterraba e o tabelião Heerbrand se embebedou a valer

O ESTUDANTE ANSELMO JÁ TRABALHAVA havia vários dias para o arquivista Lindhorst; essas horas de trabalho haviam sido para ele as mais felizes de sua vida, pois, sempre imerso em doces sons, nas palavras encorajadoras de Serpentina, e mesmo acariciado por um leve hálito dela, inundava-o uma sensação de contentamento jamais antes sentida e que não raro atingia as alturas do mais sublime êxtase. Qualquer aflição, qualquer preocupação mesquinha de sua pobre existência desaparecera de seu espírito e de seu pensamento, e na vida nova que raiara para ele como um claro raio de sol, ele compreendia todo o milagre de um mundo mais elevado que, de outro modo, o haveria enchido de espanto e mesmo de pavor. A cópia progredia velozmente, pois cada vez mais ele tinha a impressão de estar apenas escrevendo no pergaminho caracteres havia muito conhecidos, e quase não precisava olhar para o original para reproduzir tudo com a maior precisão. Fora do horário das refeições, o arquivista só de vez em quando dava o ar de sua presença, mas sempre aparecia no momento exato em que Anselmo terminava as últimas letras de um manuscrito; então, entregava-lhe outro e tornava a desaparecer sem dizer palavra, mas não sem antes ter remexido a tinta com uma varetinha negra e trocado as penas gastas por outras novas e bem apontadas. Um dia, quando já subia as escadas, logo depois de soarem as doze horas, Anselmo encontrou trancada a porta pela qual normalmente entrava, e o arquivista Lindhorst veio ter com ele pelo outro lado em seu estranho roupão estampado de flores reluzentes. Ele disse em voz alta:

– Hoje o senhor terá de entrar por aqui, caro Anselmo, pois precisamos ir à sala onde o mestre do *Bhagavad Gita* está à nossa espera.

Ele avançou pelo corredor e conduziu Anselmo através dos mesmos aposentos e salas pelos quais haviam passado da primeira vez. Uma vez mais o estudante Anselmo se espantou com a maravilhosa magnificência do jardim, mas agora via com toda a clareza que algumas flores estranhas que pendiam dos arbustos escuros eram, na verdade, esplêndidos insetos que se exibiam batendo as asinhas de um lado para o outro e, dançando e girando em rebuliço, pareciam acariciar uns aos outros com seus ferrões. Já os pássaros cor-de-rosa e azul-celeste, por sua vez, eram flores perfumadas, e o aroma que espalhavam se evolava de seus cálices em sons leves e doces que se misturavam ao rumorejo das fontes

O VASO DE OURO   67

distantes, com o murmúrio dos altos arbustos e das árvores em acordes misteriosos de um anelo profundamente lamentoso. As aves escarninhas que tanto haviam zombado e caçoado dele tornaram a revoar ao redor de sua cabeça, gritando incessantemente com suas vozinhas agudas:

– Senhor *studiosus*, senhor *studiosus*... não corra tanto... não olhe assim para as nuvens... o senhor pode cair de cara no chão. Ei, ei, senhor *studiosus*... vista o guarda-pó... o compadre Coruja lhe penteará o topete.

E assim continuaram a proferir os maiores disparates até Anselmo deixar o jardim. Finalmente o arquivista Lindhorst entrou na sala azul-celeste; o pórfiro com o vaso de ouro desaparecera; no lugar dele havia uma mesa coberta com uma toalha de veludo violeta sobre a qual se encontravam os utensílios de escrita já conhecidos de Anselmo e, diante dela, uma cadeira forrada do mesmo tecido.

– Caro senhor Anselmo – disse o arquivista Lindhorst –, para minha grande satisfação, o senhor copiou alguns manuscritos rápida e corretamente; o senhor conquistou minha confiança; mas o mais importante ainda está por fazer, a saber, a cópia, ou melhor, a reprodução perfeita de certas obras escritas em caracteres especiais que eu conservo nesta sala e só podem ser copiadas aqui mesmo. Por isso, de hoje em diante o senhor trabalhará aqui, mas devo recomendar-lhe o maior cuidado e atenção; um traço errado ou, que o céu nos guarde, uma mancha de tinta que respingue no original o fará cair em desgraça.

Anselmo notou que dos troncos dourados das palmeiras sobressaíam pequenas folhas verde-esmeralda; o arquivista pegou uma das folhas, e Anselmo se deu conta de que a folha era na verdade um rolo de pergaminho, que o arquivista desenrolou e estendeu sobre a mesa diante dele. Não foi pequeno o espanto de Anselmo ao contemplar os estranhos e intrincados caracteres, e, à vista dos diversos pontinhos, traços, travessões e arabescos que pareciam representar ora plantas, ora tufos de musgo, ora animais, quase perdeu a coragem de tentar reproduzi-los. Diante deles, mergulhou em profunda meditação.

– Coragem, meu rapaz! – exclamou o arquivista. – Se você tiver fé constante e um amor verdadeiro, Serpentina o ajudará!

A voz dele soava como metal vibrante, e quando Anselmo, tomado de um repentino pavor, ergueu os olhos, viu diante de si o arquivista Lindhorst em sua figura de monarca, tal como lhe aparecera na sala da biblioteca em sua primeira visita. Anselmo sentiu que deveria se ajoelhar diante dele, cheio de reverência, mas então o arquivista Lindhorst subiu no tronco de uma palmeira e despareceu lá no alto, em meio à folhagem verde-esmeralda. Anselmo compreendeu que o príncipe dos espíritos lhe falara e, em seguida, subira para seu gabinete de trabalho, talvez a fim de conferenciar com os raios que alguns planetas haviam enviado a sua presença como embaixadores para tratar do que deveria acontecer com ele e a doce Serpentina. "Pode ser também", pensou ainda, "que haja notícias das nascentes do Nilo à sua espera ou que um mago da Lapônia tenha vindo visitá-lo. Quanto a mim, convém que me ponha a trabalhar com afinco." Pensando assim, começou a estudar os caracteres estranhos do pergaminho. A maravilhosa música do jardim chegava até ele e o envolvia com perfumes doces e suaves; também se podia ouvir o riso das aves escarninhas, mas ele não entendia suas palavras, o que, aliás, muito lhe agradava. Por vezes também tinha a impressão de que as folhas das palmeiras murmuravam e de que os sons dos sinos de cristal que ouvira sob o sabugueiro naquele fatídico dia da Ascensão irradiavam pela sala. Maravilhosamente fortalecido por aqueles sons e aquelas luzes, o estudante Anselmo voltou cada vez mais firmemente o espírito e os pensamentos para o título do rolo de pergaminho, e logo sentiu, como que vindo do mais íntimo de seu ser, que os caracteres não podiam significar outra coisa senão: "Do casamento da Salamandra com a Serpente Verde". Ouviu-se então um forte trítono de claros sinos de cristal.

– Anselmo, querido Anselmo – sussurraram-lhe da folhagem e, oh, maravilha! A serpente verde descia, enroscando-se pelo tronco da palmeira.

– Serpentina! Doce serpentina! – gritou Anselmo, como se tivesse enlouquecido de tão sublime encantamento, pois, assim que ele aguçou a vista, viu flutuar em sua direção uma moça linda e adorável, contemplando-o com os olhos azul-escuros que viviam no fundo de sua alma, cheios de um indizível anelo.

As folhas pareciam descer e se expandir, espinhos brotavam em todas as partes dos troncos, mas Serpentina se desviava e deslizava agilmente entre eles, puxando para si e colando ao corpo esbelto suas roupas esvoaçantes, como um esplêndido manto de cores cintilantes, de tal modo que em nenhum momento elas se enroscavam nos espinhos e nas farpas da palmeira. Ela se sentou ao lado de Anselmo, na mesma cadeira que ele, enlaçando-o com os braços e o apertando junto a si, de modo que ele sentia o hálito que lhe brotava dos lábios, o calor elétrico de seu corpo.

– Querido Anselmo! – disse Serpentina. – Logo você será todo meu, com sua fé, com seu amor você me conquistará e eu lhe trarei o vaso de ouro, que nos fará felizes para sempre.

– Oh, doce, querida Serpentina – disse Anselmo –, se eu a tiver, que me importa todo o resto? Se você for minha, submergirei de bom grado em tudo que de maravilhoso e estranho me cerca desde o momento em que a vi.

– Eu sei muito bem – continuou Serpentina – o quanto tudo de estranho e maravilhoso com que meu pai o rodeou, muitas vezes apenas para satisfazer seus caprichos, o encheu de pavor e desespero, mas agora, espero, isso não mais se repetirá, pois neste momento estou aqui, meu querido Anselmo, para lhe contar com todos os pormenores, do fundo do meu ser, do fundo de minha alma, tudo o que você precisa saber para conhecer inteiramente meu pai e ver com toda a clareza o que de fato se passa com ele e comigo.

Anselmo sentia como se estivesse tão inteiramente enlaçado e envolvido por aquela doce e adorável figura que só poderia ser e se mover com ela, como se fosse apenas o pulsar do coração dela que vibrasse através de suas próprias fibras e nervos; não perdia nenhuma das palavras dela, que ressoavam até o mais íntimo de seu ser e, como um raio luminoso, acendiam nele o êxtase do céu. Ele pusera os braços ao redor de seu corpo mais esbelto que a esbeltez, mas o tecido brilhante e cambiante de sua roupa era tão liso, tão escorregadio, que ele sentia como se ela pudesse a qualquer momento se libertar dele e escapar-lhe continuamente, e esse pensamento o fez estremecer.

– Ah, não me abandone, doce Serpentina – exclamou ele –, só você é minha vida!

– Por hoje – disse Serpentina – não o farei antes de contar-lhe tudo o que você, em seu amor por mim, pode compreender. Saiba então, querido, que meu pai descende da maravilhosa estirpe das salamandras, e que eu devo minha existência ao amor dele pela serpente verde. Em tempos remotos reinava no país maravilhoso de Atlântida o poderoso Fósforo, príncipe dos espíritos, a quem serviam os espíritos elementares. Certa vez, a salamandra, que ele amava mais que qualquer outra criatura (era meu pai), passeava pelo magnífico jardim que a mãe de Fósforo ornamentara esplendidamente com as suas mais belas dádivas, e ouviu o que uma grande flor-de-lis cantava em tons suaves: "Feche bem os olhinhos, até que meu amado, o vento da manhã, o desperte". Ele se aproximou; tocado pelo seu hálito incandescente, a flor-de-lis abriu suas pétalas e ele viu a filha dela, a serpente verde, que dormia em seu cálice. Então a salamandra foi tomada de um amor ardente pela bela serpente e a roubou da flor-de-lis, cujos perfumes, com lamentos indescritíveis, chamaram em vão pela filha em todo o jardim. Pois a salamandra a levara ao castelo de Fósforo e lhe pedira: "Case-me com minha amada, para que ela seja minha por todo o sempre". "Louco, o que está me pedindo?", disse o príncipe dos espíritos. "Saiba que outrora a flor-de-lis foi minha amada e reinava comigo, mas a centelha que eu lancei nela ameaçava destruí-la, e apenas a vitória sobre o dragão negro, que os espíritos da terra mantêm agora acorrentado, preservou a flor-de-lis, tornando suas pétalas fortes o bastante para abrigar e guardar em si a centelha. Mas se você abraçar a serpente verde, seu calor consumirá o corpo dela e um novo ser, brotando rapidamente, fugirá de você." A salamandra não deu ouvidos à advertência do príncipe dos espíritos; cheia de um desejo ardente, estreitou a serpente verde em seus braços; ela se desfez em cinzas, e uma criatura alada, nascida das cinzas, voou para longe através dos ares. Então a loucura do desespero acometeu a salamandra, e ela correu, espalhando fogo e chamas pelo jardim, devastando-o em sua fúria selvagem, de modo que as mais belas flores caíram queimadas e os lamentos delas encheram os ares. O príncipe dos espíritos, irado, agarrou a salamandra cheio de cólera e disse: "Seu fogo está extinto... apagadas suas chamas... seus raios se consumiram... desça para junto dos espíritos da terra, que eles zombem e escarneçam de você e a mantenham prisioneira até que a matéria ígnea se inflame outra vez e com você, como com um novo ser, volte a elevar da terra o seu fulgor". A pobre salamandra caiu ao chão, apagada, mas então um espírito da terra velho e ranzinza, que era o jardineiro de Fósforo, se aproximou e disse: "Senhor, quem mais deveria se queixar da Salamandra além de mim? Pois não adornei todas as belas flores que ela queimou com meus mais belos metais, não protegi e cuidei de seus germes com desvelo, não lhes prodigalizei algumas das mais belas cores? E, no entanto, tenho pena da pobre salamandra, a quem apenas o amor – do qual o senhor mesmo tantas vezes se viu prisioneiro – levou ao desespero com que ela devastou o jardim. Poupe-a de castigo tão duro!". "Seu fogo agora está apagado", disse o príncipe dos espíritos. "Nos tempos infelizes em que a linguagem da natureza não será mais compreensível à degenerada espécie humana, em que os espíritos elementares, exilados em suas regiões, só falarão aos seres humanos de uma grande distância em sons abafados, quando, alijado do círculo harmônico, apenas uma infinita nostalgia lhe dará uma notícia obscura do reino maravilhoso em que ele podia viver quando a fé e o amor ainda habitavam sua alma... nesses tempos infelizes a matéria ígnea da salamandra novamente se inflamará, mas será apenas como ser humano que ela brotará e deverá, integrando-se inteiramente à sua miserável existência, suportar seus flagelos. Mas não lhe restará apenas a recordação de sua condição primeva, ela também revive na sagrada harmonia com toda a natureza, compreende os seus milagres, e o poder dos espíritos irmanados está à sua disposição. Num arbusto de flores-de-lis, então, ela reencontra a serpente verde, e o fruto de sua união com ela são três irmãs que aparecem aos seres humanos sob a figura da mãe. Na primavera elas se aninharão na escura folhagem de um sabugueiro e erguerão suas doces vozes de cristal. Se, então, nesses pobres tempos mesquinhos de enrijecimento íntimo, se encontrar um jovem que ouça o canto delas, sim, se uma das serpentezinhas o fitar com seus doces olhos, se esse olhar acender nele o pressentimento do maravilhoso país distante, para o qual ele pode corajosamente se elevar caso atire para longe o fardo da vida comum, se com o amor pela serpente brotar nele a fé ardente e vívida nos milagres da natureza, sim, na sua própria existência no seio desses milagres, então a serpente será sua. Mas só quando três desses jovens forem encontrados e se casarem com as três filhas a salamandra poderá atirar para longe seu pesado fardo e ir para junto de seus irmãos."

"Permita-me, senhor", disse o espírito da terra, "oferecer a essas três filhas uma dádiva que lhes glorificará a vida com o esposo que encontrarem. Cada uma delas recebe de mim um vaso do mais belo metal que possuo, e eu o polirei com os raios que retirei do diamante; em seu brilho nosso reino maravilhoso se espelhará, num reflexo deslumbrante e glorioso, tal como existe hoje, em consonância com a natureza inteira, mas de seu interior brotará, na hora do casamento, uma flor-de-lis vermelha cuja floração eterna envolverá em doces perfumes o jovem de comprovada virtude. Ele logo então compreenderá a sua linguagem, os milagres de nosso reino, e irá ele próprio viver com sua amada em Atlântida." Acho que agora você já sabe, querido Anselmo, que meu pai é justamente a salamandra cuja história lhe contei. Apesar de sua natureza elevada, ele teve de se submeter às preocupações mesquinhas da vida comum, e a isso se deve o humor malicioso com que zomba de certas pessoas. Ele me disse muitas vezes que hoje em dia se emprega uma expressão infelizmente desvirtuada com muita frequência para definir a íntima disposição espiritual estabelecida por Fósforo, o príncipe dos espíritos, como condição para o casamento comigo e com minhas irmãs: chamam-na de índole infantil poética. Uma índole assim pode com frequência ser encontrada em jovens que, pela elevada simplicidade de seus costumes, e por lhes faltar de todo a chamada

O VASO DE OURO

73

mundanidade, são ridicularizados pela turba. Ah, Anselmo querido! Sob o salgueiro você compreendeu meu canto... meu olhar... você ama a serpente verde, você acredita em mim e quer ser meu para todo o sempre! A bela flor-de-lis florescerá do fundo do vaso de ouro, e viveremos unidos, felizes e venturosos em Atlântida! Mas não posso esconder de você que na horrível luta com as salamandras e os espíritos da terra o dragão negro se libertou e fugiu pelos ares. Fósforo o tem novamente prisioneiro, mas das penas negras que se espalharam pela terra durante a luta brotaram espíritos inimigos que em toda parte se opõem às salamandras e aos espíritos da terra. Aquela mulher que tem tão grande inimizade por você, querido Anselmo, e que, como meu pai bem sabe, almeja a posse do vaso de ouro, deve a sua existência ao amor de uma das penas caídas das asas do dragão por uma beterraba. Ela conhece sua origem e seu poder, pois nos gemidos, nos espasmos do dragão aprisionado lhe são revelados os segredos de certas constelações maravilhosas, e ela recorre a todos os meios para agir de fora para dentro, ao passo que meu pai a combate com os raios que irrompem do interior da salamandra. Ela recolhe todos os princípios hostis que habitam as ervas daninhas e os animais peçonhentos e, combinando-os sob constelações favoráveis, conjura certos sortilégios malignos que acometem a mente das pessoas com pavor e horror e as submetem ao poder daqueles demônios que o dragão gerou ao ser derrotado no combate. Cuidado com a velha, ela é sua inimiga, pois sua índole infantil piedosa, Anselmo querido, já destruiu alguns de seus feitiços malignos. Seja fiel... fiel... a mim, e logo você alcançará seu objetivo.

– Oh, minha... minha Serpentina! – exclamou o estudante Anselmo. – Como eu poderia deixá-la, como poderia não a amar eternamente?

Um beijo lhe ardeu sobre os lábios e ele despertou como que das profundezas de um sonho. Serpentina desaparecera, soaram as seis horas e ele ficou consternado por não haver feito nenhuma cópia; olhou cheio de preocupação para a folha, pensando no que o arquivista diria e – oh, milagre! – a cópia do misterioso manuscrito estava concluída com perfeição; pareceu-lhe, ao observar mais de perto os caracteres, ter copiado a narrativa de Serpentina a respeito de seu pai, o predileto de Fósforo, príncipe dos espíritos no maravilhoso país de Atlântida. Nesse momento o arquivista Lindhorst entrou vestido com seu capote cinza-claro, o chapéu na cabeça, a bengala na mão; examinou o pergaminho copiado por Anselmo, tomou uma grande pitada de rapé e disse rindo:

– Foi isso mesmo o que pensei! Tome, aqui está seu táler de prata, senhor Anselmo, agora ainda iremos ao Linkisches Bad... acompanhe-me!

O arquivista atravessou rapidamente o jardim, no qual havia um tal tumulto de cantos, assobios e discursos sobrepostos que o estudante Anselmo ficou atordoado e agradeceu aos céus quando se viu na rua. Mal deram alguns passos e encontraram o tabelião Heerbrand, que amigavelmente se juntou a eles. Diante do portão, encheram seus cachimbos; o tabelião Heerbrand se queixou de não ter nenhum isqueiro consigo, ao que o arquivista Lindhorst exclamou de mau humor:

– Isqueiro para quê? Aqui há todo o fogo que o senhor quiser!

Dizendo isso, estalou os dedos, dos quais brotaram grandes faíscas que logo acenderam os cachimbos.

– Veja só que truque de química! – disse o tabelião Heerbrand, mas o estudante Anselmo pensou, não sem um íntimo tremor, na salamandra.

No Linkisches Bad, o tabelião Heerbrand bebeu doses tão generosas de uma cerveja forte, encorpada, que ele, normalmente um homem tranquilo e bonachão, pôs-se a cantar canções estudantis com uma voz cacarejante de tenor e a perguntar calorosamente a qualquer um se eram amigos ou não, até que, por fim, teve de ser levado para casa pelo estudante Anselmo, depois que o arquivista Lindhorst já se fora havia muito.

O VASO DE OURO

NONA VIGÍLIA

Como o estudante Anselmo chegou a ter alguma sensatez – Reunião social regada a ponche – Como o estudante Anselmo tomou o vice-reitor Paulmann por uma coruja, para grande irritação deste – O borrão de tinta e suas consequências

TODAS AS COISAS ESTRANHAS E MARAVILHOSAS com as quais o estudante Anselmo se deparava todos os dias o haviam afastado por completo da vida comum. Não via mais nenhum de seus amigos e toda manhã esperava impaciente pela décima segunda hora do dia, que lhe franqueava a entrada em seu paraíso. Porém, enquanto toda a sua mente estava voltada para a doce Serpentina e para as maravilhas do reino feérico da casa do arquivista Lindhorst, em certos momentos ele não podia deixar de, involuntariamente, pensar em Verônica, parecia-lhe até que ela vinha ter com ele e confessava, enrubescendo, quanto o amava do fundo de seu coração e quanto buscava libertá-lo dos fantasmas que tanto zombavam e escarneciam dele. Vez por outra parecia que uma força estranha o tomava de assalto e o arrastava irresistivelmente para a esquecida Verônica, obrigando-o a segui-la aonde quer que ela fosse, como se estivesse acorrentado à moça. Logo na primeira noite depois de ele ter visto Serpentina pela primeira vez na forma de uma donzela maravilhosamente bela, depois de lhe ter sido revelado o maravilhoso segredo do casamento da salamandra com a serpente verde, Verônica lhe apareceu diante dos olhos mais vívida do que nunca. Sim! Só depois de acordar teve plena consciência de haver apenas sonhado, pois até então estivera convencido de ter Verônica verdadeiramente ao seu lado a se lamentar com uma expressão da mais profunda dor, que lhe dilacerava a alma, por ele sacrificar o sincero amor dela às fantásticas aparições produzidas tão somente por sua perturbação interior, que, além de tudo, ainda o haveriam de levar à ruína e à infelicidade. Verônica estava mais adorável do que ele jamais a vira; mal podia tirá-la do pensamento, e essa situação lhe causou um tormento do qual ele esperava se libertar fazendo um passeio matinal. Um misterioso poder mágico o levou para diante do Portão de Pirna, e quando ele já estava para tomar uma travessa, o vice-reitor Paulmann, vindo atrás dele, gritou:

– Ei, ei! Caríssimo senhor Anselmo! *Amice! Amice!*... Pelo amor de Deus, onde foi que o senhor se escondeu que já não dá mais o ar de sua graça?... Sabe que Verônica tem uma vontade imensa de cantar outra vez com o senhor?... Venha, venha, o senhor não queria ir à minha casa?

O estudante Anselmo, premido pelas circunstâncias, acompanhou o vice-reitor. Quando entraram na casa, Verônica veio ao encontro deles, vestida com tanto cuidado e apuro que o vice-reitor Paulmann perguntou, espantado:

– Mas, por que tão bem arrumada, estava esperando visitas? Pois bem, eu trouxe comigo o senhor Anselmo!

Quando o estudante Anselmo beijou a mão de Verônica com decoro e cortesia, sentiu uma leve pressão que lhe vibrou por todas as fibras e nervos. Verônica era a alegria, a graça em pessoa e, quando Paulmann foi para o seu gabinete de trabalho, ela soube animar Anselmo de tal maneira com toda sorte de ditos petulantes e maliciosos que ele se esqueceu de todo o seu acanhamento e se pôs a correr ao redor da sala com a extrovertida garota. Mas logo o demônio da falta de jeito mais uma vez lhe fez das suas; ele se chocou com a mesa, e a graciosa caixinha de costura de Verônica veio ao chão. Anselmo a apanhou, a tampa se abrira e, de dentro dela, cintilou um pequeno espelho redondo de metal, para o qual ele olhou com um prazer todo seu. Verônica se aproximou por trás dele sem fazer ruído, pôs a mão em seu braço, achegou-se firmemente a ele e também olhou, por cima de seu ombro, para o espelho. Anselmo sentiu que uma luta se iniciava em seu interior... ideias... imagens... emergiam cintilando e tornavam a desaparecer... o arquivista Lindhorst... Serpentina... a serpente verde. Por fim, tudo se acalmou e todas aquelas coisas confusas se ajustaram e tomaram uma forma precisa em sua consciência. Tornou-se claro para ele, então, que o tempo todo ele só pensara em Verônica, sim, que também era Verônica a figura que lhe aparecera no dia anterior na sala azul e que a saga fantástica do casamento da

O VASO DE OURO

salamandra com a serpente verde também fora apenas escrita por ele, e de modo algum narrada. Espantou-se com seus próprios devaneios e os atribuiu ao seu estado de alma exaltado pelo amor por Verônica e também ao trabalho para o arquivista Lindhorst, em cujas salas se respiravam aromas muito estranhamente inebriantes. Não pôde deixar de rir francamente da louca ilusão de estar apaixonado por uma pequena serpente e tomar um eminente arquivista privado por uma salamandra.

– Sim, sim, é Verônica! – exclamou ele, e, ao virar a cabeça, olhou diretamente nos olhos azuis de Verônica, nos quais brilhavam o amor e o enlevo.

Um "Ah!" abafado saiu dos lábios dela, que, no mesmo instante, arderam sobre os dele.

– Oh, feliz de mim! – suspirou o estudante extasiado. – O que ontem era apenas um sonho hoje se torna realidade e de fato me pertence.

– E você quer mesmo se casar comigo quando se tornar conselheiro áulico? – perguntou Verônica.

– Sem dúvida – respondeu o estudante Anselmo.

Nesse momento a porta rangeu, e o vice-reitor Paulmann entrou, proferindo estas palavras:

– Pois bem, caríssimo senhor Anselmo, hoje não o deixo ir embora, o senhor se conformará com uma sopa em minha casa, e depois Verônica nos fará um delicioso café, que degustaremos em companhia do tabelião Heerbrand, pois ele nos prometeu vir aqui hoje.

– Ah, prezado senhor vice-reitor – respondeu o estudante Anselmo –, então o senhor não sabe que tenho de ir à casa do arquivista Lindhorst, por causa das cópias?

– Olhe só, *amice*! – disse o vice-reitor Paulmann, mostrando o relógio de bolso, que marcava meio-dia e meia.

O estudante Anselmo se deu conta de que era tarde demais para ir à casa do arquivista Lindhorst, e acedeu às vontades do vice-reitor de bom grado, sobretudo porque assim poderia contemplar Verônica o dia inteiro e talvez receber de volta algum olhar furtivo, algum terno aperto de mão ou até mesmo um beijo.

A esse ponto se elevavam agora os desejos do estudante Anselmo, e ele sentia-se tanto mais contente quanto mais se convencia de que logo estaria livre de todas as ilusões fantásticas que de fato poderiam ter feito dele um louco rematado e varrido. O tabelião Heerbrand, com efeito, chegou logo depois do almoço, e depois de terem tomado o café, já ao cair da tarde, ele declarou, sorrindo e esfregando alegremente as mãos, ter trazido consigo algo que, depois de misturado e devidamente moldado pelas belas mãos de Verônica, bem como numerado e rubricado, lhes proporcionaria muito prazer nas frias noites de outubro.

– Pois venha de lá esse ente misterioso que trouxe consigo, excelentíssimo senhor tabelião – exclamou o vice-reitor Paulmann. Então o tabelião enfiou a mão no fundo bolso de seu casaco e, repetindo três vezes seu gesto, tirou dele uma garrafa de áraque, limões e açúcar. Mal se passara meia hora, um delicioso ponche fumegava sobre a mesa dos Paulmann. Verônica servia a bebida e em pouco tempo os amigos entabularam uma conversação alegre e agradável sobre vários assuntos. Mas à medida que o espírito da beberagem subia à cabeça de Anselmo, as imagens de todas as coisas estranhas e maravilhosas que ele vivera pouco tempo antes retornaram. Ele via o arquivista Lindhorst em seu roupão de damasco que brilhava feito fósforo... via a sala azul-celeste, as palmeiras douradas, sim, ele sentia novamente que tinha de acreditar em Serpentina... seu íntimo bramia e fermentava. Verônica lhe estendeu um copo de ponche e, ao pegá-lo, ele tocou de leve a mão dela. "Serpentina! Verônica!", suspirou ele para dentro de si, e mergulhou em sonhos profundos, mas o tabelião Heerbrand disse em voz alta:

– O arquivista Lindhorst continua sendo um velho esquisito, que ninguém é capaz de decifrar. Pois bem, à saúde dele! Toque aqui, senhor Anselmo!

Então o estudante Anselmo despertou de seus sonhos e disse, tocando o copo do tabelião Heerbrand com o seu:

– Isso porque, ilustre senhor tabelião, o senhor arquivista Lindhorst é na verdade uma salamandra que, num acesso de cólera, devastou o jardim de Fósforo, o príncipe dos espíritos, depois que a serpente verde fugiu dele pelos ares.

O VASO DE OURO

– Como?... O quê?... – perguntou o vice-reitor Paulmann.

– Sim – continuou o estudante Anselmo –, por isso ele agora tem de trabalhar como arquivista a serviço do rei e se arranjar aqui em Dresden com suas três filhas, que não são senão pequenas serpentes auriverdes que tomam sol nos sabugueiros, cantam sedutoramente e cativam os moços feito as sereias.

– Senhor Anselmo, senhor Anselmo – chamou o vice-reitor Paulmann –, está com algum parafuso solto? Pelo amor de Deus, que besteirada é essa que o senhor está falando?

– Ele tem razão – interveio o tabelião Heerbrand. – Aquele sujeito, o arquivista, é uma maldita salamandra que estala os dedos para soltar fagulhas que esburacam o capote da gente feito iscas de fogo. Sim, sim, você tem razão, maninho Anselmo, e quem não acreditar nisso é meu inimigo!

Dizendo isso, o tabelião Heerbrand deu um soco na mesa, fazendo os copos tinirem.

– Tabelião! Ficou maluco? – gritou o vice-reitor, furioso. – Senhor *studiosus*, senhor *studiosus*, lá vem o senhor de novo com suas histórias!

– Ah! – disse o estudante. – O senhor também não passa de um pássaro, uma coruja que penteia o topete, senhor vice-reitor!

– O quê? Eu, um pássaro? Uma coruja? Um cabeleireiro? – gritou o vice-reitor, encolerizado. – O senhor está louco, louco!

– Mas a velha dará um jeito nele – exclamou o tabelião Heerbrand.

– Sim, a velha é poderosa – completou o estudante Anselmo –, apesar de sua baixa condição, pois seu papai não é nada mais que um espanador miserável e sua mãe não passa de uma beterraba desprezível; contudo, ela deve a maior parte de sua força às mais variadas espécies de criaturas hostis, uma canalha venenosa da qual vive cercada.

– Isso é uma calúnia infame! – exclamou Verônica, com os olhos ardentes de cólera. – A velha Lisa é uma mulher sábia, e o gato preto não é uma criatura hostil, e sim um rapaz culto de costumes refinados, e é primo-irmão dela.

80

E. T. A. HOFFMANN

– E o gato pode devorar salamandras sem queimar os bigodes e perecer miseravelmente? – perguntou o tabelião Heerbrand.

– Não, não! – exclamou o estudante Anselmo. – Nem agora nem nunca ele poderá fazê-lo; e a serpente verde me ama, pois eu tenho uma índole infantil e olhei para os olhos de Serpentina!

– O gato os arrancará – exclamou Verônica.

– Salamandra, salamandra, subjugue todos eles... todos! – rugiu o vice-reitor Paulmann, cheio de cólera. – Mas será que estou num hospício? Será que eu mesmo estou louco? Que coisas absurdas estou dizendo? Sim, eu também estou louco, também estou louco!

Dizendo isso, o vice-reitor Paulmann se pôs em pé de um salto, arrancou a peruca da cabeça e a atirou para o teto da sala, fazendo as madeixas esmagadas gemerem e, totalmente arruinadas, espalharem o pó para todos os lados. Então o estudante Anselmo e o tabelião Heerbrand pegaram a terrina do ponche e os copos e os atiraram, com gritos de júbilo e regozijo, contra o teto, fazendo os cacos saltarem para todos os lados, tinindo e retinindo.

– *Vivat* salamandra, *pereat*, *pereat* a velha.[11] Quebrem o espelho de metal, arranquem os olhos do gato! Passarinhos... passarinhos do ar... *Eheu*, *eheu*, *evoé*... salamandra!

Assim gritavam e rosnavam os três ao mesmo tempo, feito possessos. Francisquinha saiu correndo dali, chorando e soluçando, enquanto Verônica se deixava cair prostrada sobre o sofá, gemendo de dor e aflição. Então a porta se abriu, tudo ficou em silêncio, e um homenzinho com um capote cinzento entrou. Sua fisionomia tinha algo de uma estranha solenidade, e sobretudo seu nariz encurvado, sobre o qual repousava um grande par de óculos, suplantava qualquer outro nariz jamais visto. Usava também uma peruca tão bizarra que mais parecia um gorro de penas.

– Olá, muito boa tarde – crocitou o burlesco homenzinho. – É aqui que posso encontrar o *studiosus* senhor Anselmo? Trago as mais obsequiosas recomendações do senhor arquivista Lindhorst;

---

11 Viva a salamandra! Morra, morra a velha! (N. T.)

O VASO DE OURO

81

hoje ele esperou em vão pelo senhor Anselmo, mas para amanhã ele lhe pede encarecidamente que não perca a hora aprazada.

Depois de dizer isso, o homenzinho tornou a sair pela porta, e todos puderam ver que ele era na verdade um papagaio cinzento. O vice-reitor Paulmann e o tabelião Heerbrand soltaram uma gargalhada que trovejou pela sala, e de entremeio Verônica soluçava e gemia como que dilacerada por uma aflição indescritível, ao passo que o estudante Anselmo, desvairado por um íntimo horror, saiu correndo pela porta afora e ganhou a rua. Como um autômato, chegou a sua casa, ao seu quarto. Logo em seguida Verônica veio ter com ele e lhe perguntou, serena e amigavelmente, por que, em sua embriaguez, ele a assustara daquela maneira, e recomendou que se precavesse contra novas ilusões quando estivesse trabalhando para o arquivista Lindhorst.

– Boa noite, boa noite, querido amigo – sussurrou Verônica e bafejou um beijo sobre os lábios dele.

Ele quis estreitá-la em seus braços, mas a imagem de sonho desaparecera, e ele despertou, alegre e fortalecido. Não pôde deixar de rir gostosamente dos efeitos do ponche, mas, quando pensou em Verônica, sentiu-se tomado por uma sensação de conforto. "Somente graças a ela", disse para si mesmo, "eu despertei de minhas tolas obsessões. De fato, não estava melhor do que aquele sujeito que pensava ser feito de vidro ou aquele que, acreditando ser um grão de cevada, não saía de seu quarto por medo de ser devorado pelas galinhas.[12] Mas, assim que me tornar um conselheiro áulico, eu desposarei sem demora *mademoiselle* Paulmann e serei feliz." Quando, então, ao meio-dia, atravessou o jardim do arquivista Lindhorst, ele não podia deixar de se admirar por tudo ter-lhe parecido tão estranho e maravilhoso. Não via senão vasos comuns de plantas, uma infinidade de gerânios, murtas e outras

---

12 Referências, respectivamente, a "El licenciado Vidriera" ("O licenciado Vidraça"), uma das *Novelas exemplares* (1613) de Miguel de Cervantes (1547-1616), e ao tratado *Über die Erkenntnis und Kur der Fieber* (*Sobre o conhecimento e a cura da febre*, 5 vols., 1799-1815), do médico Johann Christian Reil (1759-1813). (N. T.)

semelhantes. Em lugar dos esplêndidos pássaros coloridos que costumavam zombar dele, só alguns pardais esvoaçavam de um lado para o outro e, ao ver Anselmo, chilrearam incompreensível e desagradavelmente. A sala azul-celeste também lhe pareceu muito diferente, e ele não entendia como o azul vivo e os troncos das palmeiras de um dourado antinatural com as cintilantes folhas informes puderam lhe agradar um único momento que fosse. O arquivista o fitou com um olhar irônico muito próprio dele e perguntou:

– E então, gostou do ponche de ontem, caro Anselmo?

– Ah, com certeza foi o papagaio... – já ia respondendo Anselmo, todo envergonhado, mas se interrompeu, pois pensou que também a aparição do papagaio poderia ser apenas uma alucinação de seus sentidos perturbados.

– Ora, eu mesmo estava na reunião – interveio o arquivista Lindhorst. – Será que o senhor não me viu? Mas, com aquela balbúrdia doida que vocês aprontaram, eu quase saí gravemente ferido; pois eu estava na terrina do ponche no momento exato em que o tabelião Heerbrand a pegou e a atirou contra o teto, e tive de me refugiar às pressas no fornilho do cachimbo do vice-reitor Paulmann. E agora, *adieu*, senhor Anselmo! Seja dedicado, também pelo dia perdido de ontem eu lhe pagarei um táler de prata, pois até agora o senhor tem trabalhado muito bem!

"Como pode o arquivista falar tanta besteira?", disse o estudante Anselmo para si mesmo e se sentou à mesa para começar a cópia do manuscrito que o arquivista, como de costume, abrira diante dele. Mas no rolo de pergaminho ele viu uma tal confusão de caracteres e arabescos estranhos e intrincados que, sem oferecer um único ponto de repouso para o olhar, embaralhavam a visão a ponto de lhe parecer impossível copiar aquilo com precisão. Sim, olhando o pergaminho como um todo, ele se parecia com uma peça de mármore cortada por veias coloridas ou uma pedra salpicada de musgo. Apesar disso, ele queria tentar fazer o possível, e mergulhou confiante a pena na tinta, mas essa não queria fluir de modo algum. Ele sacudiu a pena impaciente e – oh, céus! – uma gorda gota caiu sobre o original aberto diante dele.

O VASO DE OURO

83

Um raio azul se ergueu sibilando e uivando da mancha e serpenteou ruidosamente pela sala em direção ao teto. Das paredes brotou um denso vapor, as folhas começaram a farfalhar como que sacudidas por um vendaval, e delas saltaram basiliscos cintilantes feito chamas bruxuleantes, incendiando o vapor e fazendo as grandes massas de fogo redemoinharem crepitando ao redor de Anselmo. Os troncos dourados das palmeiras se transformaram em serpentes gigantescas que entrechocavam suas cabeças horripilantes, produzindo um estridente som metálico, e que se enrodilharam em torno de Anselmo com seus corpos escamosos.

– Louco! Aguente agora o castigo por aquilo que você fez em insolente irreverência! – Assim gritou a terrível voz da salamandra coroada que surgiu como um raio ofuscante no meio das chamas acima das serpentes, cujas goelas escancaradas despejaram então cataratas de chamas sobre Anselmo, e parecia que torrentes de fogo se adensavam ao redor do corpo dele e se transformavam em sólidas massas congeladas. Mas, à medida que os membros de Anselmo mais e mais se contraíam e enrijeciam, seus pensamentos se esmaeciam. Quando voltou a si, não podia se mexer nem se mover, estava como que envolto por um halo reluzente contra o qual se chocava sempre que tentava erguer a mão ou fazer qualquer outro movimento. Ah! Ele estava dentro de uma garrafa de cristal muito bem arrolhada sobre uma estante da biblioteca do arquivista Lindhorst.

DÉCIMA VIGÍLIA

Os sofrimentos do estudante Anselmo na garrafa de vidro – A vida feliz dos estudantes do Liceu da Santa Cruz e dos aprendizes – A batalha na sala da biblioteca do arquivista Lindhorst – Vitória da salamandra e libertação do estudante Anselmo

TENHO RAZÕES PARA DUVIDAR, leitor benévolo, de que você tenha sido algum dia aprisionado numa garrafa de vidro, a não ser que algum vívido sonho travesso o tenha envolvido numa tal calamidade feérica. Se foi este o caso, você poderá sentir a miséria do estudante Anselmo em toda a sua intensidade; mas, se jamais sonhou com isso, então faça um favor a mim e a Anselmo e encerre por alguns momentos sua viva fantasia no cristal. Você está mergulhado numa luz ofuscante, todos os objetos ao seu redor lhe aparecem iluminados e banhados pelas resplandecentes cores do arco-íris – tudo treme e oscila e ressoa sob a luz –, você boia imóvel e inerte como que num éter congelado que o comprime a tal ponto que o espírito em vão dá ordens ao corpo morto. O fardo de toneladas, cada vez mais pesado, lhe aperta o peito – a respiração cada vez mais consome o pouquinho de ar que ainda paira e circula no reduzido espaço –, suas veias intumescem e, trespassado por um pavor atroz, cada nervo vibra e sangra em luta mortal. Leitor benévolo! Tenha compaixão do estudante Anselmo, a quem esse martírio indescritível acometeu em sua prisão de vidro; mas ele sentia muito bem que nem a morte poderia libertá-lo, pois quando despertou do profundo desmaio no qual seu desmesurado tormento o mergulhara, assim que o sol da manhã iluminou a sala com sua luz clara e amiga, seu martírio recomeçou. Não podia mexer um membro, mas seus pensamentos batiam no vidro, atordoando-o com sons dissonantes; e, em lugar das palavras que o espírito sempre pronunciara do fundo de seu ser, ouvia apenas o ruído surdo da loucura. Então, em seu desespero, ele gritou:

– Oh, Serpentina, Serpentina, salve-me desse tormento infernal!

E então foi como se ao seu redor soprassem leves suspiros que se colavam à garrafa como folhas de sabugueiro verdes e transparentes; os sons cessaram, a luz ofuscante e perturbadora desapareceu e ele respirou mais livremente. "Não sou eu mesmo o único culpado de minha miséria – ai! –, não pequei contra você, doce, amada Serpentina? Não alimentei dúvidas infames a seu respeito? Não perdi a fé e, com ela, tudo, tudo o que deveria me trazer a mais sublime felicidade? Ai, agora você jamais será minha, para mim o vaso de ouro está perdido, jamais poderei ver novamente seus prodígios. Ai, queria vê-la uma única vez, ouvir sua voz doce e suave, bela Serpentina!" Assim se lamentava o estudante

O VASO DE OURO

85

Anselmo, presa de uma dor profunda e dilacerante, quando ouviu alguém dizer bem ao seu lado:

– Não consigo entender o que o senhor quer; por que se lamenta tanto além do razoável, senhor *studiosus*?

O estudante Anselmo se deu conta de que ao seu lado, na mesma prateleira, havia ainda outras cinco garrafas, dentro das quais ele viu três alunos do Liceu Santa Cruz e dois aprendizes.

– Ah, meus senhores e companheiros de infelicidade! – exclamou ele. – Como podem estar tão tranquilos, tão contentes, como posso ver pela expressão alegre de seus rostos? Tanto quanto eu, vocês estão fechados em garrafas de vidro e não podem nem se mexer nem se mover, não podem, aliás, nem mesmo pensar razoavelmente sem provocar um barulho assassino feito de tinidos e clangores e sem que sua cabeça se encha de zunidos e murmúrios. Mas vocês decerto não acreditam na salamandra e na serpente verde.

– Está dizendo uma porção de bobagens, meu caro senhor *studiosus* – replicou um aluno do Liceu Santa Cruz. – Nunca nos sentimos melhor do que agora, pois o táler de prata que recebemos do arquivista maluco por uma série de cópias disparatadas vem bem a calhar; não precisamos agora aprender de cor coros italianos, vamos todos os dias ao Joseph ou a qualquer outra taberna, saboreamos uma boa cerveja encorpada, trocamos olhares com alguma garota bonita, cantamos, como verdadeiros estudantes, o *Gaudeamus igitur* e nos damos por satisfeitos do fundo da alma.

– Esses senhores têm toda a razão – interveio um aprendiz. – Eu também recebi uma boa quantia de táleres de prata, bem como o caro colega aqui ao meu lado, e vou assiduamente passear no Weinberg em vez de ficar sentado entre quatro paredes escrevendo autos tediosos.

– Mas, meus prezadíssimos e excelentíssimos senhores – perguntou o estudante Anselmo –, será que não percebem que todos vocês, sem exceção, estão presos em garrafas de vidro e não podem se mexer nem se mover, que dirá passear por aí?

A estas palavras os alunos do liceu e os aprendizes deram uma gargalhada e exclamaram:

– O *studiosus* está louco, ele pensa que está preso numa garrafa de vidro, e na verdade está na ponte do Elba com os olhos pregados na água; vamos embora!

– Ai! – suspirou o estudante. – Eles nunca viram a doce Serpentina, não sabem o que é a liberdade, nem a vida na fé, nem o amor, por isso não sentem a opressão do cárcere em que a salamandra os encerrou por sua estupidez e seu senso comum; mas eu, infeliz de mim, vou perecer na vergonha e na miséria se *ela*, que eu amo indescritivelmente, não me salvar.

Então a voz de Serpentina soprou e sussurrou na sala:

– Anselmo! Creia, ame, confie!

E cada som se irradiava para dentro do cárcere de Anselmo, e o cristal teve de ceder à sua força e se expandir, de modo que o peito do prisioneiro pôde se mover e se elevar! O tormento de sua situação se tornava cada vez menor, e ele viu com clareza que Serpentina ainda o amava e que não era outra senão *ela* quem lhe tornava suportável a permanência no cristal. Não se preocupou mais com seus levianos companheiros de desdita e voltou seus sentidos e seus pensamentos somente para a doce Serpentina. Mas, de repente, do outro lado, começou um murmúrio abafado e indecoroso. Ele logo pôde perceber que o murmúrio vinha de um bule de café com a tampa meio quebrada, colocado sobre um pequeno armário em frente a ele. À medida que aguçava a vista, iam se tornando mais nítidos os traços repulsivos do rosto encarquilhado de uma velha, e num átimo a vendedora de maçãs do Portão Negro surgiu diante da estante. Ela sorriu e explodiu numa gargalhada, gritando com sua voz esganiçada:

– Ora, ora, rapazinho! Vai se aguentando bem? Eis seu final, no cristal! Eu não o tinha augurado há muito tempo?

– Pode zombar e escarnecer, bruxa maldita! – respondeu o estudante Anselmo. – Você é a culpada de tudo, mas a salamandra a encontrará, sua beterraba indecente!

– Ei, ei – replicou a velha –, não seja tão orgulhoso! Você pisoteou o rosto de minhas criancinhas, você queimou meu nariz e, apesar de tudo, eu o quero bem, seu patife, porque você era de resto um rapaz direito, e minha filhinha também o quer bem. Mas

O VASO DE OURO

você não escapará do cristal, a não ser que eu o ajude; não posso alcançá-lo aí no alto, mas minha comadre, a senhora ratazana, que mora no sótão, logo mais acima, vai roer essa tábua, você vai despencar aqui para baixo, eu o apanharei no meu avental para que não arrebente o nariz e mantenha lindo e liso esse rostinho e logo em seguida o levarei para *mademoiselle* Verônica, com quem você deve se casar quando se tornar conselheiro áulico.

– Deixe-me, rebento de Satanás! – gritou o estudante Anselmo cheio de cólera. – Foram tão somente suas artes infernais que me levaram ao pecado que tenho agora de expiar. Mas suportarei tudo pacientemente, pois é só aqui que posso estar, onde a doce Serpentina me envolve com amor e conforto! Ouça, velha, e se desespere! Eu desafio seu poder, amo apenas Serpentina, para sempre... não quero me tornar jamais conselheiro áulico... não quero nunca mais ver Verônica, que em conluio com você me atraiu para o mal! Se a serpente verde não puder ser minha, quero perecer de dor e saudade! Suma daqui... suma daqui... aborto do inferno!

A essas palavras a velha deu uma gargalhada que sibilou através da sala e gritou:

– Pois então fique preso aí e pereça, mas agora é tempo de pôr mãos à obra, pois meu assunto aqui é de outra ordem.

Ela despiu o manto negro, exibindo uma nudez repulsiva, e, em seguida, pôs-se a correr em círculos; grandes códices despencaram das estantes, dos quais ela arrancou algumas folhas de pergaminho; cosendo-as todas com rapidez em um arranjo artificial e cingindo-as ao seu corpo, logo estava vestida como que com uma estranha armadura de escamas. Lançando chamas, o gato preto saltou do tinteiro que havia sobre a mesa e uivou para a velha, que soltou um grito de júbilo e desapareceu porta afora. Anselmo percebeu que ela fora para a sala azul, e logo ouviu à distância silvos e rugidos. Os pássaros gritavam no jardim, o papagaio grasnava:

– Socorro! Socorro! Ladra! Ladra!

Nesse momento a velha voltou para a sala com o vaso de ouro nos braços, fazendo gestos pavorosos e gritando para os ares:

– Vá! Vá, filhinho, boa sorte! Mate a serpente verde! Vamos, filhinho, vamos!

Anselmo pensou ouvir um fundo gemido, pensou ouvir a voz de Serpentina. Horror e desespero tomaram conta dele. Juntou todas as suas forças e arremeteu contra o cristal, como se seus nervos e suas veias fossem estourar – um ruído estridente ressoou pela sala e o arquivista apareceu na porta com seu esplêndido roupão de damasco.

– Ei, ei! Cambada, bestas-feras! Bruxaria! Para cá! Hurra!

Assim gritou ele. Os cabelos pretos da velha se eriçaram feito um ouriço, seus olhos injetados brilharam com um fogo infernal, e, rilhando os dentes pontudos da vasta bocarra, ela sibilou:

– Isca, isca! Cisca, cisca! – E ria e balia com escárnio e desdém e apertava firmemente o vaso de ouro junto ao corpo, tirando dele punhados de uma terra brilhante que atirava no arquivista; mas, assim que tocava o roupão dele, a terra se transformava em flores que caíam ao chão. Então as flores-de-lis do roupão bruxulearam e se incendiaram, e o arquivista arremessou as crepitantes flores incandescentes contra a bruxa, que urrou de dor; mas quando ela saltou para o alto e sacudiu a armadura de pergaminho, as flores se apagaram e se desfizeram em cinzas.

– Isca, isca, meu filho! – guinchou a velha, e então o gato adejou pelo ar e por sobre a cabeça do arquivista em direção à porta, mas o papagaio cinzento voejou de encontro a ele e o agarrou pela nuca com o bico recurvo, fazendo jorrar sangue de seu pescoço, e então a voz de Serpentina gritou:

– Salvo! Salvo!

A velha saltou, cheia de cólera e desespero, sobre o arquivista, atirou o vaso para trás e, retesando os dedos da mão esquálida, quis cravar as garras no homem, mas num átimo ele despiu o roupão e o arremessou contra a velha. Então, das folhas de pergaminho, silvaram e estalaram e chisparam chamas azuis crepitantes, e a velha rodopiou urrando lamentosamente, tentando tirar mais e mais terra do vaso, arrancar mais e mais folhas de pergaminho dos livros para abafar as labaredas que se ergueram, e quando ela conseguia atirar terra ou folhas de pergaminho sobre si mesma, o fogo se apagava. Mas então, como que de dentro do arquivista, raios bruxuleantes saltaram, silvando, para cima da velha.

O VASO DE OURO

– Ei, ei! Pra cima! Pega! Vitória à salamandra! – trovejou a voz do arquivista por toda a sala, e milhares de raios serpentearam em círculos de fogo ao redor da velha que se esgoelava. Zunindo e zumbindo, o gato e o papagaio corriam em círculos numa luta feroz, mas por fim o papagaio golpeou o gato com suas fortes asas e o atirou ao chão, segurou-o e imobilizou-o em suas garras, fazendo-o urrar e gemer horrivelmente, e arrancou com seu bico aguçado os olhos esbraseados, de cujas órbitas jorrou uma espuma incandescente. Uma densa fumaceira subiu do lugar em que a velha caíra no solo embaixo do roupão, seus uivos, seus terríveis gritos estridentes de lamento se perderam ao longe. A fumaça que se espalhara com um fedor penetrante se dissipou, o arquivista ergueu o roupão, e sob ele havia uma repulsiva beterraba.

– Excelentíssimo arquivista, trago aqui o inimigo vencido – disse o papagaio, entregando com o bico um cabelo negro ao arquivista Lindhorst.

– Muito bem, meu caro – respondeu o arquivista. – Aqui está também a minha inimiga vencida; cuide agora do restante; ainda hoje o senhor receberá a pequena prenda de seis cocos e um novo par de óculos, pois vejo que o gato vergonhosamente lhe quebrou as lentes.

– Ao seu dispor por toda a vida, digníssimo amigo e protetor – respondeu o papagaio muito satisfeito; depois, com o bico, pegou a beterraba e saiu voando pela janela que o arquivista abrira para ele.

O arquivista então pegou o vaso de ouro e chamou com uma voz potente:

– Serpentina, Serpentina!

Mas, quando o estudante Anselmo, felicíssimo com o fim que levara a velha indigna que lhe causara a ruína, pôs os olhos sobre o arquivista, lá estava novamente a elevada e majestosa figura do príncipe dos espíritos, que o contemplava com indescritível graça e dignidade.

– Anselmo – disse o príncipe dos espíritos. – Não foi você o culpado por sua descrença, e sim um princípio hostil que, com força destrutiva, procurava penetrar no seu íntimo e o fazer desavir-se consigo mesmo. Você conservou sua fidelidade, seja livre e feliz.

Um raio vibrou no imo de Anselmo, o magnífico trítono dos sinos de cristal soou mais forte e poderoso do que ele jamais o ouvira... suas fibras e nervos estremeceram... o som do acorde, porém, mais e mais se avolumava através da sala, o vidro que aprisionava Anselmo se estilhaçou e ele caiu nos braços da bela e doce Serpentina.

DÉCIMA PRIMEIRA VIGÍLIA

O desgosto do vice-reitor Paulmann pela loucura que acometeu sua família – Como o tabelião Heerbrand se tornou conselheiro áulico e, no maior frio, andava por aí de sapatos e meias de seda – As confissões de Verônica – Noivado diante da terrina de sopa fumegante

– MAS ME DIGA UMA COISA, CARÍSSIMO TABELIÃO! Como foi que ontem o maldito ponche nos subiu à cabeça e nos levou a fazer a maior balbúrdia?

Isso era o que dizia o vice-reitor Paulmann na manhã seguinte ao entrar na sala, onde ainda havia cacos de louça espalhados por todos os cantos e onde, no meio deles, a infeliz peruca nadava em ponche dissolvida em seus componentes originais. Depois que o estudante Anselmo saíra pela porta, o vice-reitor Paulmann e o tabelião Heerbrand correram e cambalearam por toda a sala gritando feito possessos e batendo as cabeças, até que Francisquinha, com muito esforço, levou o papai bem grogue para a cama, e o tabelião, exaurido, se deixou cair sobre o sofá que Verônica, fugindo para o seu quarto, deixara vago. O tabelião Heerbrand tinha o seu lenço azul enrolado ao redor da cabeça, estava muito pálido e melancólico, e gemeu:

– Ah, caro vice-reitor, não foi o ponche, que *mademoiselle* Verônica preparou tão bem, não! Aquele maldito estudante foi o único culpado por toda a desgraça. O senhor ainda não tinha percebido que ele é um mentecapto, e não é de agora? E o senhor não

O VASO DE OURO

sabe que a loucura é contagiosa? Um louco produz muitos outros – desculpe-me, é um velho ditado –, sobretudo depois de beber um copinho; você cai na loucura com muita facilidade e realiza as manobras e os exercícios seguindo o estúpido guia da tropa. O senhor acredita, vice-reitor, que ainda fico zonzo só de pensar no papagaio cinzento?

– Ora, mas que papagaio? – interveio o vice-reitor. – Uma farsa! Era apenas o fâmulo velho e baixinho do arquivista Lindhorst vestindo um capote cinza que veio à procura do estudante Anselmo.

– Pode ser – replicou o tabelião Heerbrand –, mas devo confessar que estou num estado deplorável; durante toda a noite ouvi sons estranhos de realejos e apitos.

– Era eu – disse o vice-reitor –, pois eu ronco muito.

– Bem, pode ser – continuou o tabelião –, mas vice-reitor, vice-reitor! Não foi sem motivos que ontem eu quis nos proporcionar um pouco de alegria... mas Anselmo estragou tudo. O senhor não sabe, oh, vice-reitor, vice-reitor!

O tabelião Heerbrand se levantou de um salto, arrancou o lenço da cabeça, abraçou o vice-reitor, apertou-lhe calorosamente a mão, exclamou mais uma vez de um modo comovente: "Oh, vice-reitor, vice-reitor!" e foi embora correndo, depois de pegar o chapéu e a bengala.

"Anselmo não põe mais os pés em minha casa", disse o vice-reitor de si para si, "pois, pelo que estou vendo, com sua loucura obstinada e profunda ele faz as melhores pessoas perderem o pouco juízo que têm; agora o tabelião também já sucumbiu – eu até agora ainda resisti, mas o diabo que ontem, durante minha embriaguez, bateu à porta, poderia no fim das contas tê-la arrombado e feito das suas. Portanto, *apage Satanas!*[13] Fora, Anselmo!"

Verônica andava muito pensativa, não dizia palavra, só vez por outra sorria estranhamente e preferia estar sozinha.

– Ela não tira Anselmo da cabeça – disse o vice-reitor, cheio de maldade –, mas é bom mesmo que ele não dê as caras por aqui,

---

13 Palavras de Jesus a Satanás (cf. Mateus 4, 10): "Afasta-te, Satanás!". (N. T.)

92 E. T. A. HOFFMANN

está com medo de mim esse Anselmo, tenho certeza, e por isso não aparece por aqui.

Essas últimas palavras do vice-reitor Paulmann foram ditas em voz alta, então os olhos de Verônica, que estava presente, se encheram de lágrimas, e ela suspirou:

– Ah, como é que Anselmo poderia vir aqui? Já está há muito tempo preso na garrafa de vidro.

– O quê? Como? – exclamou o vice-reitor Paulmann. – Ah, meu Deus, ah, meu Deus, ela fala tantas bobagens quanto o tabelião, não demora para ter um surto. Ah, maldito, abominável Anselmo!

Correu à casa do doutor Eckstein, que sorriu e tornou a dizer:

– Ora, ora!

E não receitou nenhum remédio, apenas acrescentou ao pouco que dissera:

– Crises nervosas! Passarão por si mesmas... sair para o ar livre... passear... distrair-se... teatro... *O sortudo... As irmãs de Praga...*[14] Vai passar!

"É raro ver o doutor tão falante", pensou o vice-reitor Paulmann, "um verdadeiro tagarela."

Muitos dias e semanas e meses se passaram, Anselmo estava desaparecido, mas também o tabelião Heerbrand não dava os ares de sua graça, até que, no dia 4 de fevereiro, ele apareceu na sala do vice-reitor Paulmann em um traje novo, moderno, do melhor tecido, de sapatos e meias de seda, apesar do frio intenso que fazia, levando na mão um grande ramalhete de flores vivas, ao meio--dia em ponto; não foi pequena a surpresa do vice-reitor ao ver seu amigo tão bem-vestido. O tabelião Heerbrand caminhou solenemente em direção ao vice-reitor Paulmann, abraçou-o com elegante dignidade e disse:

– Hoje, no dia do onomástico de sua prezada e querida filha, *mademoiselle* Verônica, quero dizer francamente tudo o que há muito carrego no coração! Naquela noite infeliz em que trouxe

---

14 *O sortudo* (*Des Sonntagskind*, 1793); *As irmãs de Praga* (*Die Schwestern von Prag*, 1794): *Singspiele* (semióperas) de Wenzel Müller (1759-1835) com libretos de Joachim Perinet (1763-1816). (N. T.)

O VASO DE OURO   93

no bolso de meu casaco os ingredientes para o nefasto ponche, eu tinha a intenção de lhes dar uma notícia feliz e de festejar com alegria o abençoado dia; já então havia sido comunicado que me tornaria conselheiro áulico; agora recebi a patente desta promoção *cum nomine et sigillo principis*[15] e a trago em meu bolso.

– Ah, ah! Senhor tabe... quero dizer: senhor conselheiro áulico Heerbrand – tartamudeou o vice-reitor.

– Mas o senhor, prezado vice-reitor – continuou o agora conselheiro áulico Heerbrand –, o senhor pode tornar completa a minha felicidade. Há muito tempo amo *demoiselle* Verônica em silêncio, e posso me gabar de certos olhares amáveis que ela me lançou e que me mostraram claramente que ela não alimenta aversão por mim. Em suma, prezado vice-reitor, eu, o conselheiro áulico Heerbrand, peço a mão de sua adorável filha, *demoiselle* Verônica, que, se o senhor não tiver nada a opor, pretendo desposar em breve.

O vice-reitor Paulmann juntou as mãos cheio de admiração e exclamou:

– Ei... ei... ei... senhor tabe... quero dizer: senhor conselheiro áulico, quem teria imaginado? Bem, se Verônica de fato o ama, eu, de minha parte, não tenho objeções a fazer; talvez a sua melancolia de agora seja apenas amor secreto pelo senhor, prezado conselheiro áulico! Já conhecemos essas dissimulações.

Nesse momento Verônica entrou, pálida e perturbada, como era agora o seu natural. Então o conselheiro áulico Heerbrand caminhou ao encontro dela, mencionou num discurso bem elaborado o seu onomástico e lhe ofereceu o perfumado ramalhete de flores, junto com um pacotinho que ela abriu e dentro do qual viu cintilar um esplêndido par de brincos. Um rubor fugaz lhe coloriu as faces, os olhos brilharam com mais vida e ela exclamou:

– Ah, meu Deus! São os mesmos brincos que eu usei semanas atrás e de que gostei tanto!

– Como é possível – respondeu o conselheiro áulico Heerbrand, um pouco atônito e melindrado –, se faz apenas uma hora que comprei essas joias na Schlossgasse por uma soma considerável?

---

15 Com a assinatura e o selo do príncipe. (N. T.)

Mas Verônica não o ouviu, já estava diante do espelho para observar o efeito dos brincos que já colocara nas orelhinhas. O vice-reitor Paulmann lhe revelou com um semblante solene e um tom de voz circunspecto a promoção do amigo Heerbrand e seu pedido de casamento. Verônica contemplou o conselheiro áulico com um olhar penetrante e disse:

– Eu já sabia havia muito tempo que o senhor queria se casar comigo. Pois que seja! Eu lhe prometo meu coração e minha mão, mas tenho antes de lhes revelar, a ambos, ao pai e ao noivo, algo que me pesa nos pensamentos e na consciência, e tem de ser agora, pouco importando se, para isso, tenhamos de deixar esfriar a sopa que, como vejo, Francisquinha já está pondo na mesa.

Sem esperar pela resposta do vice-reitor e do conselheiro áulico, embora visivelmente as palavras lhes pairassem nos lábios, Verônica continuou:

– O senhor pode acreditar, papai querido, que eu amava Anselmo de todo o coração, e, quando o então tabelião e agora conselheiro áulico Heerbrand assegurou que Anselmo haveria de se tornar alguém, eu decidi que apenas ele, e mais ninguém, seria meu marido. Mas parecia que seres estranhos e hostis o queriam tirar de mim, e eu busquei socorro com a velha Lisa, minha antiga ama, agora uma mulher sábia, uma grande feiticeira. Ela prometeu ajudar-me e entregar Anselmo inteiramente nas minhas mãos. No equinócio, à meia-noite, fomos a uma encruzilhada, ela conjurou os espíritos infernais e, com a ajuda do gato preto, forjamos um pequeno espelho de metal, no qual bastava-me olhar, voltando meus pensamentos para Anselmo, para dominar por completo sua mente e seus pensamentos. Mas agora eu me arrependo sinceramente de ter feito tudo isso e abjuro todas as artes satânicas. A salamandra venceu a velha, eu ouvi seus gritos de lamento, mas ninguém podia ajudá-la; assim que ela, transformada em beterraba, foi devorada pelo papagaio, meu espelho de metal se partiu com um ruído estridente.

Verônica foi buscar os dois pedaços do espelho partido e uma madeixa em sua caixinha de costura e, entregando-os ao conselheiro áulico Heerbrand, continuou:

O VASO DE OURO   95

– Tome, querido conselheiro áulico, os pedaços do espelho. Hoje, à meia-noite, vá à ponte do Elba e, daquele ponto onde está a cruz, atire-os no rio, que ali não está congelado; mas a madeixa, conserve-a junto ao seu peito devotado. Mais uma vez abjuro todas as artes satânicas, e a Anselmo desejo sinceramente a felicidade, agora que ele está unido à serpente verde, muito mais bela e mais rica do que eu. Ao senhor, querido conselheiro áulico, quero amar e honrar como uma boa esposa.

– Ah, meu Deus! Ah, meu Deus! – gritou o vice-reitor Paulmann cheio de dor. – Ela enlouqueceu, ela enlouqueceu... jamais poderá vir a ser a senhora conselheira áulica... ela enlouqueceu!

– De modo algum – interveio o conselheiro áulico Heerbrand. – Eu bem sei que *demoiselle* Verônica tinha alguma inclinação pelo estouvado Anselmo, e pode ser que ela, num momento de ansiedade extrema, tenha recorrido à velha sábia, que, se não estou enganado, só pode ser a cartomante e cafeomante do Portão do Lago – em suma, a velha Rauerin. Também não se pode negar a existência real das artes ocultas, que de fato têm uma grande influência maléfica sobre as pessoas, podemos ler a esse respeito já nos autores da Antiguidade, mas o que *demoiselle* Verônica diz sobre a vitória da salamandra e a união de Anselmo com a serpente verde talvez não passe de uma alegoria poética, quase que um poema no qual ela se despede definitivamente do estudante.

– Entenda-o como quiser, caríssimo conselheiro áulico – interveio Verônica –, talvez como um sonho estúpido.

– De modo algum o farei – replicou o conselheiro áulico Heerbrand –, pois sei muito bem que Anselmo também foi aprisionado por forças misteriosas que, para escarnecer dele, o levaram a cometer as mais rematadas tolices.

O vice-reitor Paulmann não pôde se conter por mais tempo e explodiu:

– Parem, pelo amor de Deus, parem! Será que abusamos outra vez do maldito ponche ou é a loucura de Anselmo que age sobre nós? Senhor conselheiro áulico, que coisas são essas que está dizendo? Quero crer que é o amor que lhe assombra o cérebro, e que com o casamento isso acabará, caso contrário eu receearia

96   E. T. A. HOFFMANN

que o senhor também, excelentíssimo conselheiro áulico, tivesse enlouquecido, e ficaria apreensivo pela sua prole, que poderia herdar a moléstia dos pais. Pois bem, dou minha bênção paterna ao feliz enlace e lhes dou a permissão de se beijarem como noiva e noivo.

Isso se deu imediatamente, e ainda antes que a sopa servida na mesa esfriasse, o noivado foi formalmente consumado. Poucas semanas depois, a senhora conselheira áulica Heerbrand estava de fato, como ela própria já se vira em pensamentos, sentada no balcão de uma bela casa no Mercado Novo, e olhava sorrindo para os janotas que passavam, olhavam para cima através de seus lornhões e diziam:

– Que mulher divina essa conselheira áulica Heerbrand!

DÉCIMA SEGUNDA VIGÍLIA

Notícia da herdade em que foi morar Anselmo, o genro do arquivista Lindhorst, e de como ele vive nela com Serpentina – Conclusão

COMO SENTI NO FUNDO DA ALMA A GRANDE VENTURA do estudante Anselmo, que, em íntima união com a doce Serpentina, fora habitar o misterioso e maravilhoso reino que reconheceu como sua pátria e ao qual seu peito, cheio de estranhas intuições, aspirava havia tanto tempo! Mas seria baldado todo o esforço de com palavras lhe dar, leitor benévolo, uma ideia aproximada de todas as maravilhas das quais Anselmo está cercado. Contrariado, percebi a palidez de qualquer expressão. Senti-me cerceado pela pobreza da mesquinha vida cotidiana, adoeci de um torturante descontentamento, perambulei de um lado para o outro como um sonhador, em suma, caí no mesmo estado do estudante Anselmo que lhe descrevi, leitor benévolo, na quarta vigília. Afligi-me de verdade quando reli as onze vigílias que compus com sucesso e pensei que talvez jamais me seria dado acrescentar como arremate a décima segunda, pois, por mais assiduamente que eu me sentasse à noite para concluir a obra, era como se espíritos insidiosos (poderiam ser parentes – quem sabe primos-irmãos da bruxa

O VASO DE OURO 97

morta) colocassem diante de mim um metal polido, brilhante, no qual eu visse meu eu, pálido, tresnoitado e melancólico como o tabelião Heerbrand depois do pileque de ponche. Eu então atirava a pena para um lado e corria para a cama para ao menos sonhar com o venturoso estudante Anselmo e com a doce Serpentina. Isso já durava vários dias e noites quando recebi um bilhete de todo inesperado do arquivista Lindhorst, no qual ele me dizia o seguinte:

Sua Excelência, segundo fiquei sabendo, descreveu em onze vigílias os destinos de meu bom genro, o então estudante e hoje poeta Anselmo, e agora se esforça aflitivamente para dizer, na décima segunda e última vigília, algo a respeito de sua vida feliz em Atlântida, onde hoje ele mora com minha filha na bela herdade que lá possuo, embora me desagrade que o senhor tenha revelado ao mundo leitor minha verdadeira existência, o que talvez venha a me causar milhares de contrariedades em meu serviço como arquivista privado, e talvez venha mesmo a suscitar no colegiado o esclarecimento de uma questão: até que ponto é lícito que uma salamandra preste juramento, na forma da lei e com consequências inevitáveis, como servidor do Estado, e até que ponto se pode mesmo confiar a ela funções relevantes, uma vez que, segundo Gabalis e Swedenborg,[16] os espíritos elementares não são de modo algum confiáveis – sem levar em conta que meus melhores amigos agora irão evitar meu abraço, com medo de que eu, tomado de um súbito mau humor, possa relampejar um pouco e lhes estragar o penteado e o fraque domingueiro –; sem levar em conta tudo isso, digo, quero auxiliar Sua Excelência na conclusão de sua obra, pois ela contém

---

16 Gabalis: *Le Comte de Gabalis, ou Entretiens sur les sciences secrètes* (*O conde de Gabalis, ou conversações sobre as ciências ocultas*, Paris, 1670) é uma obra paródica sobre a magia, a alquimia, a astrologia e as artes divinatórias de autoria do abade Henri de Montfaucon de Villars (ca. 1638-1673), que contém também uma crítica à doutrina de Paracelso sobre os "espíritos elementares", assim chamados por habitarem os quatro elementos (terra, água, ar e fogo); Emanuel Swedenborg (1688-1772): cientista, místico e teosofista sueco. (N. T.)

muita coisa boa a meu respeito e a respeito de minha querida filha casada (gostaria de já estar livre das outras duas). Por isso, se o senhor quiser escrever a décima segunda vigília, desça seus cinco malditos lances de escada, deixe o seu quartinho e venha a minha casa. Na sala azul das palmeiras, que o senhor já conhece, encontrará os materiais necessários para escrever e então, com poucas palavras, poderá informar os leitores do que viu, isso lhe sairá melhor do que a descrição exaustiva de uma vida que, afinal de contas, o senhor só conhece de ouvir falar.

Com estima e consideração
Seu dedicado servidor
A salamandra Lindhorst
Pro tempore arquivista privado real

Esse bilhete um tanto rude, mas, apesar disso, amigável do arquivista Lindhorst foi extremamente agradável para mim. De fato, parecia certo que o estranho velho tivesse plena ciência da maneira singular pela qual eu tomara conhecimento dos destinos de seu genro e que, estando obrigado ao silêncio, deveria ocultar até mesmo de você, leitor benévolo, mas ele não levou tanto a mal quanto eu não podia deixar de temer que o fizesse. Afinal, ele próprio me estendia a mão para ajudar-me a concluir minha obra, e daí era lícito deduzir que ele, bem pesadas as coisas, não se opunha a que se desse a conhecer através do prelo sua existência no mundo dos espíritos. Pode ser, pensei, que ele próprio alimente a esperança de que assim as outras duas filhas encontrem mais rapidamente um marido, pois quem sabe uma centelha venha a cair no peito deste ou daquele jovem e a inflamar o anelo pela serpente verde, que esse jovem então irá procurar e encontrar no sabugueiro no dia da Ascensão. Da desgraça que se abateu sobre Anselmo quando ele foi banido para a garrafa de vidro ele poderá tirar a advertência de se precaver seriamente contra qualquer dúvida, contra qualquer descrença. Às onze horas em ponto, apaguei a lâmpada do meu quarto de estudos e me encaminhei à casa do arquivista, que já me esperava no vestíbulo.

O VASO DE OURO 99

– Seja bem-vindo, digníssimo! Bem, alegra-me que não tenha entendido mal minhas boas intenções. Entre, entre!

Com essas palavras ele me conduziu através do jardim repleto de esplendores ofuscantes até a sala azul-celeste na qual avistei a escrivaninha lilás em que Anselmo trabalhara. O arquivista Lindhorst desapareceu, mas logo voltou trazendo na mão uma bela taça de ouro na qual crepitava uma chama azul.

– Aqui – disse ele –, trago-lhe a bebida favorita de seu amigo, o mestre de capela Johannes Kreisler.[17] É áraque ardente, ao qual acrescentei um pouco de açúcar. Experimente um pouquinho, eu vou já tirar meu roupão e, para meu prazer e também a fim de desfrutar de sua companhia enquanto o senhor se senta e observa e escreve, subir e descer na taça.

– Como lhe aprouver, prezado senhor arquivista – repliquei –, mas, se eu quiser provar da bebida, o senhor não vai...

– Não se preocupe, caríssimo – exclamou o arquivista e, despindo num átimo o roupão, subiu, para não pouca surpresa minha, na taça e desapareceu nas chamas. Provei da bebida sem medo, soprando de leve para afastar o fogo; era deliciosa!

*

Não oscilam ciciando e farfalhando suavemente as folhas esmeraldinas das palmeiras, como se acariciadas pelo sopro da aragem matinal? Despertadas do sono, elas se erguem e agitam e

---

17 O mestre de capela Johannes Kreisler é talvez a mais célebre personagem de Hoffmann. Aparece como um gênio da música nas novelas *Kreisleriana* (1813) e *Johannes Kreisler, des Kapellmeisters Musikalische Leiden* (*Os sofrimentos musicais do mestre de capela Johannes Kreisler*, 1815) e no romance *Lebens-Ansichten des Katers Murr* (1822; edição brasileira: *Reflexões do gato Murr*, tradução de Maria Aparecida Barbosa, São Paulo: Estação Liberdade, 2013); nesta última, Hoffmann lhe atribui uma de suas próprias composições musicais, as *6 canzoni per 4 voci a cappella* (*Seis canções para quatro vozes à capela*, 1808). A *Kreisleriana* inspirou o ciclo homônimo de oito peças para piano composto em 1838 por Robert Schumann (1810-1856), uma das obras-chave da música romântica. (N. T.)

sussurram misteriosamente a respeito dos prodígios que, como de uma longa distância, os doces sons de uma harpa anunciam! O azul-celeste se solta das paredes e paira como névoa vaporosa em sobe e desce, mas raios ofuscantes cortam a bruma que, numa alegria jubilosa de criança, redemoinha e rodopia e ascende até as alturas imensuráveis que se arqueiam em abóbada por sobre as palmeiras. Mas, cada vez mais ofuscantes, raio se segue a raio até que à clara luz do sol se abre o imenso bosque em que avisto Anselmo. Jacintos e tulipas e rosas incandescentes erguem suas belas cabeças e seu perfume exclama em doces sons ao venturoso: vagueie, vagueie entre nós, bem-amado que nos entende... nosso perfume é o anelo do amor... nós o amamos e somos para sempre seus! Os raios dourados ardem em sons incandescentes: somos fogo aceso pelo amor. O perfume é o anelo, mas o desejo é fogo, e não habitamos nós o seu peito? Sim, nós lhe pertencemos! Os arbustos escuros, as árvores altas ciciam e aliciam: vem a nós... venturoso... amado! Fogo é o desejo, mas nossa fresca sombra é esperança! Envolvemos sua cabeça em murmúrios, porque você nos entende, pois o amor habita seu peito. As fontes e os arroios marulham e arrulham: não passe tão ligeiro por nós, bem-amado, olhe para o nosso cristal, sua imagem habita em nós e a guardamos com amor, pois você nos entendeu! Pássaros multicores cantam e gorjeiam num coro jubilante: ouça-nos, ouça-nos, somos a alegria, o êxtase, o encanto do amor! Mas Anselmo olha ansiosamente para o magnífico templo que se ergue bem ao longe. As primorosas colunas parecem árvores, capitéis e cornijas semelham folhas de acanto que, em maravilhosos volteios e figuras, formam magníficos ornamentos. Anselmo corre em direção ao templo, contempla com íntimo êxtase o mármore mosqueado, os degraus maravilhosamente musgosos.

– Ah, não – grita ele em desmesurado encanto –, ela já não está mais longe!

Então, em toda a sua sublime beleza e graça, Serpentina sai do interior do templo, trazendo o vaso de ouro do qual brota uma magnífica flor-de-lis. O êxtase indescritível do infinito anelo

O VASO DE OURO

101

chameja nos lindos olhos, e assim ela contempla Anselmo, dizendo:

– Ah, meu bem-amado! A flor-de-lis abriu seu cálice. Consumou-se o absoluto, haverá bem-aventurança que se compare à nossa?

Anselmo a cinge em seus braços com o fervor do mais ardente desejo – a flor-de-lis arde em raios flamejantes sobre sua cabeça. E com maior rumor se agitam árvores e arbustos, e mais claras e alegres exultam as fontes... os pássaros... miríades de insetos multicores dançam nos vórtices dos ventos... um tumulto alegre, feliz, jubiloso no ar... nas águas... na terra, celebra a festa do amor! Relâmpagos tremulam em toda parte, fulgurando através dos arbustos... diamantes espreitam da terra feito olhos cintilantes! Altos repuxos brotam das fontes... estranhos perfumes sopram com um ruidoso ruflar de asas... são os espíritos elementares que aclamam a flor-de-lis e anunciam a felicidade de Anselmo. Então Anselmo ergue a cabeça como que banhada pelo esplendor da transfiguração. São olhares? São palavras? É um cântico? Nitidamente se ouve:

– Serpentina! A fé em você e o amor por você me revelaram o âmago mais profundo da natureza! Você me trouxe a flor-de-lis que brotou do ouro, da energia primeva da terra ainda antes que Fósforo acendesse o pensamento. Ela é o conhecimento da sagrada consonância de todos os seres, e nesse conhecimento eu viverei para sempre com a suprema bem-aventurança. Sim, eu, felicíssimo, reconheci o absoluto... eu devo amá-la eternamente, oh, Serpentina! Nunca mais empalidecerão os raios dourados da flor-de-lis, pois, como a fé e o amor, é eterno o conhecimento.

*

A visão que me pôs Anselmo em carne e osso na sua herdade em Atlântida diante dos olhos, eu a devo sem dúvida às artes da salamandra, e foi maravilhoso encontrá-la depois que tudo se dissolveu feito uma névoa, descrita por minha própria mão com clareza e nitidez no papel que repousava sobre a escrivaninha lilás.

Mas então me senti subitamente transpassado e dilacerado por uma dor aguda.

– Ah, feliz Anselmo, você que atirou para longe de si o fardo da vida cotidiana, que por amor a Serpentina alçou asas audaciosas e agora vive em êxtase e alegria na sua herdade em Atlântida! Mas eu, pobre de mim! Em breve – sim, em poucos minutos – terei saído desta bela sala, que nem de longe é uma herdade na Atlântida, estarei restituído à minha ínfima água-furtada, e as mesquinharias da insatisfatória vida aprisionam meus sentidos, e meu olhar está tão velado por milhares de desgraças, como por uma espessa névoa, que eu decerto jamais verei a flor-de-lis.

Então o arquivista Lindhorst me bateu de leve no ombro e disse:

– Calma, calma, meu caro! Não se lamente assim! O senhor não estava agora mesmo em Atlântida, e não tem lá ao menos uma quinta como propriedade poética de seu ser mais profundo? Será a felicidade de Anselmo outra coisa que não a vida na poesia, para a qual a sagrada consonância de todos os seres se revela como o mistério mais profundo da natureza?

FIM DO CONTO DE FADAS

E.T.A. HOFFMANN

Princesa Brambilla
Um capriccio *inspirado em Jacques Callot*

*Com oito calcografias baseadas em
desenhos originais de Callot* [1]

---

1 Jacques Callot (1592-1635), desenhista e gravurista francês que inspirou muitas das obras de Hoffmann. As oito calcografias que acompanham os capítulos de *Princesa Brambilla* foram feitas a partir de oito das 24 gravuras originais da série *Balli di Sfessania* (1620-1622), cujo título se refere ao nome napolitano de uma dança popular e que descrevem personagens inspiradas na *commedia dell'arte*. (N. T.)

PREFÁCIO

O CONTO DE FADAS *O pequeno Zacarias, chamado Cinábrio* (Berlim, F. Dümmler, 1819) não contém senão a realização livre e solta de uma ideia divertida. Por isso, não foi pequena a surpresa do autor ao se deparar com uma resenha na qual esse divertimento concebido com ligeireza e sem maiores pretensões além de proporcionar um entretenimento momentâneo era interpretado com um ar de seriedade e importância, e todas as fontes das quais ele teria bebido eram escrupulosamente mencionadas. Essas informações, aliás, vieram muito a propósito, pois deram ao autor a oportunidade de estudar ele próprio as tais fontes e, assim, enriquecer seus conhecimentos. Agora, porém, para prevenir qualquer mal-entendido, o editor dessas páginas declara de antemão que, tanto quanto *O pequeno Zacarias*, *Princesa Brambilla* não é um livro para quem atribui seriedade e importância a qualquer coisa. Ao leitor amigo, propenso e disposto a renunciar por algumas horas à seriedade e se entregar ao jogo atrevido e caprichoso de um espírito quimérico, por vezes talvez demasiado insolente, o editor pede, porém, com toda a humildade, que não perca de vista a base do conjunto, a saber, os desenhos fantasticamente caricaturescos de Callot, e tenha sempre em mente o que o músico espera de um *capriccio*.

Se o editor ousa recordar aqui a máxima de Carlo Gozzi (no prefácio ao *Re de' geni*), segundo a qual um arsenal inteiro de disparates e assombrações não basta para dar alma a um conto de fadas, pois tal alma só poderia ser o produto de uma base profunda, de uma ideia principal colhida em uma concepção filosófica da vida, isso apenas indica o que ele almejou, não o que logrou alcançar.

Berlim, setembro de 1820

PRIMEIRO CAPÍTULO

---

*Efeito mágico de um vestido suntuoso sobre uma jovem modista –
Definição do ator que interpreta personagens enamorados – Da
smorfia das moças italianas – Como um homenzinho venerável sentado sobre uma tulipa se dedica às ciências, e senhoras distintas
fazem rendas entre as orelhas de um asno – O charlatão Celionati e
o dente do príncipe assírio – Azul celeste e rosa – Pantaleão e a garrafa de vinho com um conteúdo maravilhoso*

CAÍA O CREPÚSCULO, OS SINOS DOS MOSTEIROS SOAVAM a Ave-Maria:
então a bela e meiga menina chamada Giacinta Soardi atirou de
lado o suntuoso vestido de pesado cetim rubro em cujos adereços
estivera trabalhando com afinco e lançou um olhar contrariado do
alto da janela para a viela estreita, deserta, despovoada lá embaixo.

Enquanto isso, a velha Beatrice juntava escrupulosamente as
fantasias coloridas de toda espécie que estavam espalhadas sobre
as mesas e cadeiras do pequeno ateliê e as ajeitava uma ao lado
da outra no cabideiro. Depois, contemplou com as mãos na cintura o armário aberto e disse com um sorriso satisfeito:

– Desta vez, Giacinta, nós de fato trabalhamos bastante; tenho
a impressão de ter aqui diante de mim metade daquele mundo
alegre do Corso. Mas também é verdade que nunca antes mestre
Bescapi nos tinha feito uma encomenda tão rica. Pois ele sabe

que este ano nossa bela Roma outra vez resplandecerá cheia de alegria, luxo e pompa. Preste atenção, Giacinta, como amanhã, no primeiro dia do Carnaval, a alegria haverá de transbordar! E amanhã – amanhã mestre Bescapi nos despejará no colo um bom punhado de ducados. Preste atenção, Giacinta! Mas o que deu em você, menina? Está cabisbaixa, aborrecida... mal-humorada? Na véspera do Carnaval?

Giacinta se deixara cair na sua cadeira de trabalho e, com a cabeça apoiada nas mãos, olhava fixamente para o chão, sem dar atenção às palavras de Beatrice. Mas, como a velha não parava de falar das alegrias iminentes do Carnaval, ela disse:

– Nem me fale, velha, nem me fale de uma data que pode ser muito divertida para os outros, mas para mim só traz aborrecimento e tédio. De que me adianta trabalhar dia e noite? De que nos adiantam os ducados de mestre Bescapi? Não somos pobres de amargar? Não temos de cuidar para que os ganhos desses dias bastem para nos alimentar sofrivelmente durante o ano todo? O que sobra para nosso lazer?

– Mas o que... – replicou a velha – o que tem nossa pobreza a ver com o Carnaval? Pois então no ano passado não passeamos de um lado para o outro desde de manhã cedo até tarde da noite, e eu não estava chique e imponente fantasiada de *Dottore*? Íamos de braços dados, e você era a mais encantadora das jardineiras... hihi! E as máscaras mais lindas corriam atrás de você fazendo as declarações mais açucaradas. Então, não foi divertido? E o que nos impede de fazer o mesmo este ano? Só preciso dar uma boa escovada no meu *Dottore* para fazer sumir qualquer sinal dos horríveis confetes que choveram sobre ele, e sua jardineira também ainda está pendurada no cabideiro. Umas fitas novas, umas flores frescas... de que mais você precisa para ficar bonita e graciosa?

– O que está dizendo, velha – exclamou Giacinta –, o que está dizendo? Quer que eu bote a cara para fora da porta com aqueles trapos miseráveis? Não! Um belo vestido espanhol que se ajuste bem ao corpo e se acabe num mar de pregas tufadas, mangas largas fendidas de onde brotem magníficos dentelos... um chapeuzinho com plumas atrevidas e esvoaçantes, um cinto, uma

PRINCESA BRAMBILLA

gargantilha de diamantes reluzentes... é assim que Giacinta gostaria de sair para o Corso e se exibir diante do Palácio Ruspoli. Como os cavalheiros não haveriam de se juntar ao redor dela? "Quem é a dama? Decerto uma condessa... uma princesa". Até mesmo Polichinelo haveria de se encher de respeito e deixar de lado suas chacotas mordazes.

– Estou ouvindo – interrompeu-a a velha –, eu a ouço com o maior espanto, senhorita. Diga-me, desde quando foi possuída por esse maldito demônio da arrogância? Pois bem, se a senhorita se tem em tão alta conta a ponto de querer se medir com condessas e princesas, tenha então a bondade de arrumar um amante que por amor aos seus belos olhos não hesite em meter a mão na bolsa de Fortunato[2] e mande embora o *signor* Giglio, o pobretão que, se por acaso se pilha com um par de ducados no bolso, esbanja tudo em cremes perfumados e guloseimas, e que ainda me deve dois *paoli* pelos colarinhos rendados que lavei para ele.

Enquanto conversavam, a velha preparara o candeeiro e o acendera. Quando a luz clara iluminou o rosto de Giacinta, a velha viu que lágrimas amargas lhe rolavam dos olhos.

– Giacinta – exclamou a velha –, por todos os santos, Giacinta, o que aconteceu, o que você tem? Olhe, menina, eu não quis ser tão rude. Acalme-se, não trabalhe com tanto afinco; o vestido ficará pronto no prazo, sim.

– Ai – disse Giacinta, sem tirar os olhos do trabalho que recomeçara –, ai, acho que foi justamente o vestido, o nefasto vestido que me encheu a cabeça de ideias absurdas. Diga-me, minha velha, você já viu em toda a sua vida algum vestido que se igualasse a este em beleza e luxo? Mestre Bescapi de fato se superou; um espírito extraordinário o guiou quando ele cortou esse cetim maravilhoso. E que dizer dos magníficos dentelos, dos galões cintilantes, das pedras preciosas que ele nos confiou para

---

2 Herói de um romance popular publicado em 1509. Fortunato recebe da deusa Fortuna um saquinho de moedas cujo conteúdo nunca se esgota. (N. T.)

o acabamento? Daria tudo no mundo para saber quem será a feliz criatura que se embelezará com esse vestido divino.

– O que nos importa sabê-lo? – interrompeu-a a velha. – Fazemos o trabalho e recebemos nosso dinheiro. Mas também é verdade que mestre Bescapi estava tão cheio de mistérios, tão estranho... Bem, deve ser no mínimo uma princesa que usará este vestido e, embora eu quase nunca seja curiosa, gostaria que mestre Bescapi me dissesse o nome dela; amanhã não o deixarei em paz enquanto ele não o disser.

– Ah, não, não – exclamou Giacinta. – Não quero saber de nada, não, prefiro imaginar que nenhuma mortal jamais vestirá esta roupa e que estou trabalhando na misteriosa vestimenta de uma fada. De fato, tenho até a impressão de que um sem-número de criaturinhas fabulosas estão me espiando das pedras brilhantes, sorrindo e sussurrando: "Costure, costure bravamente para nossa bela rainha, nós a ajudaremos, nós a ajudaremos!". E quando eu entrelaço os dentelos com os galões, parece-me ver pequenos e graciosos elfozinhos saltitando de cambulhada com gnomos em armaduras de ouro e... Ai! Ai!

Fora Giacinta que gritara assim. Justamente ao coser a fita no busto ela se picara o dedo com força, fazendo o sangue jorrar como que de um chafariz.

– Deus nos acuda! – gritou a velha. – Deus nos acuda, ai, o lindo vestido! –Ela aproximou o candeeiro para iluminá-lo, e grossas gotas de óleo caíram sobre ele.

– Deus nos acuda, ai, o lindo vestido! – gritou Giacinta, quase desmaiando de pavor.

Mas, embora fosse certo que tanto o sangue quanto o óleo haviam respingado no vestido, nem a velha nem Giacinta encontraram nele qualquer sinal de alguma mancha. Então Giacinta continuou a costurar com rapidez até que, com um alegre "Pronto! Pronto!", pôs-se de pé e ergueu o vestido bem alto.

– Oh, que lindo! – exclamou a velha. – Oh, que esplêndido, que magnífico! Não, Giacinta, nunca antes suas mãozinhas delicadas fizeram nada parecido. E sabe de uma coisa? Tenho a impressão de que o vestido foi feito, sem tirar nem pôr, para o seu corpo,

PRINCESA BRAMBILLA

como se mestre Bescapi não tivesse tirado as medidas de ninguém mais a não ser você.

– Ora, e por que não? – replicou Giacinta, enrubescendo até a raiz dos cabelos. – Está sonhando, velha? Eu lá sou tão alta e esbelta quanto a dama para quem o vestido foi destinado? Tome, tome, guarde-o com cuidado até amanhã. Queira o céu que à luz do dia também não se encontre nenhuma maldita mancha! Que faríamos então, pobres de nós? Tome!

A velha hesitou.

– No entanto – disse Giacinta, observando o vestido detidamente –, enquanto trabalhava nele, tive algumas vezes a impressão de que o vestido serviria em mim. Quanto ao talhe, eu talvez seja esbelta o suficiente, já quanto à altura...

– Giacintinha – exclamou a velha com os olhos brilhantes. – Giacintinha, você adivinhou meus pensamentos, e eu, os seus. Seja lá quem for que vá vesti-lo, princesa, rainha, fada, não importa, minha Giacintinha tem de ser a primeira a resplandecer nesse vestido.

– Jamais – disse Giacinta.

Mas a velha lhe tirou o vestido das mãos, colocou-o com todo o cuidado sobre a poltrona e começou a soltar os cabelos da moça, que depois arranjou em graciosas tranças; então tirou do armário o chapeuzinho enfeitado de plumas e flores que a pedido de Bescapi ela arranjara para combinar com o vestido e o prendeu sobre os cachos castanhos de Giacinta.

– Minha filha, só o chapeuzinho já fica uma graça em você! Mas agora tire a blusinha – disse a velha, e começou a despir Giacinta, que, cheia de um cativante pudor, já não podia contradizê-la.

– Hmmm – murmurou a velha. – Essa curvatura suave da nuca, esses seios brancos como lírios, esses braços de alabastro; os da Vênus de Médici não têm formas mais belas, Giulio Romano não os pintou com maior esplendor. Gostaria de saber que princesa não invejaria minha doce menina por tudo isso.

Quando ela cobriu o corpo da moça com o esplêndido vestido, parecia que espíritos invisíveis a auxiliavam na tarefa. Tudo caía e se ajustava perfeitamente, cada alfinete encontrava de imediato seu lugar, cada prega se formava por si mesma, ninguém acreditaria que o vestido pudesse ter sido feito para outra pessoa que não fosse Giacinta.

– Por todos os santos! – exclamou a velha ao ver a moça tão esplendidamente vestida diante de si. – Por todos os santos, você não pode ser a minha Giacinta! Ah... ah... como a senhorita é linda, minha nobre princesa! Mas espere... espere! É preciso que meu ateliê esteja todo iluminado.

Dizendo isso, a velha foi buscar todas as velas consagradas que guardara das festas da Virgem e as acendeu, envolvendo Giacinta numa luz resplandecente.

Surpreendida pela grande beleza de Giacinta, e ainda mais pelo modo gracioso e, ao mesmo tempo, distinto com que ela andava de um lado para o outro do ateliê, a velha juntou as mãos e exclamou:

– Oh, se ao menos alguém pudesse vê-la, se ao menos o Corso inteiro pudesse vê-la!

No mesmo instante a porta se abriu de supetão, Giacinta fugiu com um grito para junto da janela e, mal tendo dado dois passos para dentro da sala, um jovem parou como que pregado ao chão, petrificado feito uma estátua.

Enquanto o jovem se queda ali mudo e paralisado, você, caríssimo leitor, pode observá-lo detidamente. Verá que ele mal completou 24 ou 25 anos de idade e tem uma aparência muito bonita e galante. Por isso mesmo, não se pode deixar de considerar muito esquisita sua indumentária, pois, embora quanto à cor e ao corte não se possa censurar nenhuma de suas partes, o todo não combina de maneira alguma, pelo contrário, oferece um espetáculo de cores ostensivamente disparatado. Nota-se também, apesar do grande asseio, uma certa pobreza; pelo colarinho rendado se pode constatar que ele não tem senão uma peça de muda, e a pluma que adorna fantasticamente o chapéu enterrado de través na cabeça só se mantém ali porque foi fixada com todo o cuidado por meio de arame e alfinetes. Você talvez chegue à conclusão, leitor benévolo, de que o jovem assim vestido não pode ser senão um ator um tanto

PRINCESA BRAMBILLA

vaidoso, cujos honorários não são dos mais elevados; e de fato é assim. Em uma palavra, ele é o próprio Giglio Fava, que ainda deve à velha Beatrice dois *paoli* pela lavagem de um colarinho de renda.

– Oh! O que estou vendo? – disse por fim Giglio Fava com tanta ênfase quanto se estivesse no palco do Teatro Argentina. – Oh! O que estou vendo? Será um sonho que mais uma vez vem me iludir? Não! É ela mesma, a divina – posso atrever-me a lhe dirigir ousadas palavras de amor? Princesa... oh, princesa!

– Deixe de besteiras – exclamou Giacinta, virando-se bruscamente – e guarde suas palhaçadas para os próximos dias!

– Acha que não sei – respondeu Giglio com um sorriso forçado depois de tomar fôlego – que é você, minha bela Giacinta? Mas o que significa esse vestido tão luxuoso? De fato, você nunca me pareceu tão encantadora, gostaria de vê-la sempre assim.

– Como? – questionou Giacinta, irritada. – Então o seu amor é por meu vestido de cetim, por meu chapeuzinho emplumado?

Dizendo isso, ela correu para o quartinho contíguo e logo voltou despida de todos os enfeites, em suas roupas cotidianas. Nesse entretempo, a velha apagara todas as velas e passara uma descompostura em regra no indiscreto Giglio por ele ter frustrado a alegria de Giacinta em vestir a roupa destinada a alguma dama distinta e, ainda por cima, ter cometido a indelicadeza de insinuar que todo aquele luxo tinha o condão de aumentar os encantos da moça e fazê-la parecer mais sedutora do que ela normalmente era. Giacinta apoiou decididamente o sermão da velha, até que o pobre Giglio, cheio de humildade e arrependimento, por fim se acalmou o bastante para convencê-las de que seu espanto se devia a uma estranha coincidência de circunstâncias excepcionais.

– Deixe-me contar! – disse ele. – Deixe-me contar a você, minha linda menina, minha doce vida, o sonho fabuloso que tive ontem à noite quando, cansado e exaurido pelo papel de príncipe Taer que, como você e todo mundo sabem, eu represento melhor que ninguém, deixei-me cair na cama.[3] Em meu sonho eu ainda estava

---

3 Príncipe Taer: personagem da comédia *Il mostro turchino* (*O monstro azul*, 1764) de Carlo Gozzi (1720-1806). (N. T.)

no palco e brigava com o pão-duro asqueroso do *impresario*, que se recusava terminantemente a me adiantar um mísero par de ducados. Ele me fazia uma infinidade de acusações estúpidas; então, para melhor me defender, eu quis fazer um belo gesto, mas minha mão tocou, sem querer, a bochecha direita dele, produzindo o som e a melodia de uma bela bofetada; o *impresario*, sem pensar duas vezes, veio para cima de mim com um grande punhal, eu recuei e meu belo barrete de príncipe, aquele mesmo que você, doce esperança minha, enfeitou com as mais lindas plumas que já foram arrancadas de um avestruz, caiu no chão. Furioso, o monstro, o bárbaro, lançou-se sobre ele e cravou o punhal no pobrezinho, que estrebuchava e gemia aos meus pés, presa dos cruéis tormentos da agonia. Eu queria – precisava – vingar o infeliz. Com a capa enrolada no braço esquerdo, a espada de príncipe em punho, ataquei o desalmado assassino. Ele, porém, correu a se refugiar numa casa, de cujo balcão disparou a espingarda de Trufaldino contra mim.[4] Estranhamente, o clarão do disparo ficou paralisado e espargia seus raios de luz sobre mim como rútilos diamantes. E, à medida que a fumaça se dissipava, eu fui me dando conta de que aquilo que me parecera ser o clarão da espingarda de Trufaldino não era senão o precioso adorno do chapeuzinho de uma dama. "Oh, por todos os deuses, por todos os céus!", ouvi uma doce voz dizer – não, cantar! Não, exalar o perfume do amor em som e tom. "Oh, Giglio... meu Giglio!" E vi uma criatura de beleza tão divina, de uma graça tão sublime que o siroco escaldante de um amor fervoroso percorreu-me todas as veias e nervos e a torrente de fogo se solidificou em lava brotada do vulcão de meu coração incendiado. "Eu sou", disse a deusa, aproximando-se de mim, "eu sou a princesa..."

– Como? – gritou Giacinta, furiosa, interrompendo o enlevo do rapaz. – Como? Você ousa sonhar com outra que não eu? Você ousa se apaixonar só de contemplar uma simples e estúpida miragem disparada pela espingarda de Trufaldino?

---

4 Trufaldino: personagem da comédia *Il servitore di due padroni* (*O servidor de dois amos*, 1745), de Carlo Goldoni (1707-1793). (N. T.)

E então despejou uma chuva de acusações e queixas e censuras e pragas, de nada adiantando todas as afirmações e todos os juramentos do pobre Giglio de que a princesa de seu sonho estava vestida exatamente como sua Giacinta no momento em que ele entrou na sala. Mesmo a velha Beatrice, em geral pouco inclinada a tomar o partido do *signor* Pobretão (como costumava se referir a Giglio), sentiu-se tomada de piedade e não deixou em paz a obstinada Giacinta enquanto ela não perdoou o sonho do namorado, sob a condição de que ele jamais voltasse a dizer uma palavrinha que fosse a respeito dele. A velha preparou um bom prato de macarrão e, uma vez que, ao contrário do sonho, o *impresario* de fato lhe adiantara um par de ducados, Giglio tirou do bolso do casaco um saquinho de confeitos e um frasco cheio de um vinho agradável ao paladar.

– Estou vendo que você pensa, sim, em mim, meu bom Giglio – disse Giacinta, pondo na boquinha uma fruta cristalizada.

Ela até permitiu que Giglio lhe beijasse o dedo picado pela malvada agulha, e todo o enlevo e a beatitude retornaram. Mas, sempre que o diabo entra na dança, o mais belo passo termina em lambança. Foi o perverso Inimigo em pessoa que inspirou Giglio a falar assim, depois de ter bebido algumas taças de vinho:

– Eu jamais havia pensado, minha doce vida, que você sentisse tanto ciúme de mim. Mas você tem razão. Eu tenho uma bela aparência, a natureza me dotou de muitos talentos apreciáveis e, ainda por cima... sou um ator. O ator jovem que, como eu, interpreta divinamente príncipes enamorados, com os indefectíveis "Oh!" e "Ah!", é um romance ambulante, uma intriga sobre duas pernas, uma canção de amor com lábios para beijar e braços para abraçar, é uma aventura saída da encadernação para a vida, vívida diante dos olhos da linda leitora mesmo quando ela já fechou o livro. Daí vem a magia irresistível que exercemos sobre as pobres mulheres, todas elas loucas por tudo quanto somos, por tudo o que há em nós, nosso temperamento, nossos olhos, nossos falsos brilhantes, plumas e fitas. Pouco importa a classe ou a posição social; lavadeira ou princesa – dá tudo no mesmo! Pois eu lhe digo, minha querida menina, que, se certas intuições misteriosas não me iludem, se um espírito malicioso não se diverte às minhas custas, o coração da mais bela princesa de fato arde de amor por mim. Caso isso já tenha acontecido ou ainda venha a acontecer, você, minha mais bela esperança, não levará a mal se eu não deixar de aproveitar a mina de ouro que se oferece a mim, se eu a negligenciar por um momento, uma vez que uma pobre costureirinha...

Giacinta o ouvira com crescente atenção, aproximando-se cada vez mais de Giglio, em cujos olhos brilhantes se refletia a imagem de sonho da noite; então, com um pulo, deu uma tal bofetada no feliz amante da linda princesa que todas as fagulhas da maldita espingarda de Trufaldino saltitaram diante dos olhos dele; depois disso, correu para o quarto. De nada mais adiantaram renovadas juras e súplicas.

– Seja bonzinho e vá para casa, ela tem sua *smorfia*, e não se pode fazer mais nada – disse a velha, iluminando a estreita escadaria para o triste Giglio descer.

Acontece algo de muito particular com a *smorfia*, essa disposição de ânimo estranhamente caprichosa e um tanto despachada das moças italianas; pois os conhecedores são unânimes em afirmar que justamente dessa disposição de ânimo emana uma maravilhosa magia, uma graça tão irresistível, que o cativo dela, em vez de romper seus laços com fúria, se enreda mais e mais neles, e o amante enredado de um modo tão indigno, em vez de proferir um eterno *addio*, apenas suspira e implora com ardor ainda mais intenso, como naquela cançãozinha popular: *Vien quà, Dorina bela, non far la smorfiosella!*[5] Este que lhe fala, querido leitor, presume que aquele gosto pelo desgosto só pode florescer no alegre Sul, e que esse belo fruto de uma matéria pacífica não logra brotar em nosso Norte. Pelo menos no lugar onde vive, tendo com frequência a oportunidade de observar o estado de ânimo das jovens mal saídas da infância, nada pôde encontrar de comparável àquela gentil *smorfiosidade*. Se o céu lhes concedeu uma fisionomia agradável, elas a contorcem de um modo inaceitável; para elas, tudo no mundo é ora estreito demais, ora

---

5 Venha aqui, bela Dorina, não fique tão bravinha! (N. T.)

largo demais, não há nele nenhum lugar adequado a suas pessoinhas, preferem suportar a tortura de um sapato muito apertado a uma palavra amável ou mesmo inteligente, e levam terrivelmente a mal que todos os rapazes e homens no perímetro urbano da cidade estejam mortalmente apaixonados por elas – o que elas, aliás, pensam consigo mesmas sem se contrariar. Não há expressão para definir esse estado de ânimo do belo sexo. O substrato de indelicadeza nele contido se reflete no espelho côncavo dos meninos na idade que os mestres-escolas grosseiros definem com a palavra "aborrecência". E, contudo, não se poderia censurar o pobre Giglio por, no estranho estado de excitação em que se encontrava, sonhar acordado com princesas e aventuras maravilhosas. Naquele mesmo dia, quando passeava pelo Corso, por fora já aparentando uma boa metade do príncipe Taer, por dentro sendo-o por inteiro, aconteceram-lhe de fato muitas coisas extraordinárias.

Aconteceu que, diante da igreja de São Carlos, bem no cruzamento da Via Condotti com o Corso, entre as tendas de vendedores de salsicha e de cozinheiros de macarrão, o *ciarlatano* conhecido em toda Roma pelo nome de *signor* Celionati armara o seu estrado e contava ao povo reunido ao seu redor as mais disparatadas fábulas a respeito de gatos alados, gnomos saltitantes, raízes de mandrágora etc., ao mesmo tempo que vendia arcanos para amores desesperados e dor de dente, contra bilhetes brancos de loteria e gota. Então, longe dali, ouviu-se uma estranha música de címbalos, pífanos e tambores, e o povo se dispersou e se precipitou feito uma torrente Corso acima em direção à Porta del Popolo, gritando:

– Olhem, olhem! Então o Carnaval já começou? Olhem, olhem!

O povo tinha razão, pois o cortejo que subia o Corso lentamente através da Porta del Popolo não podia ser considerado senão a mais estranha mascarada jamais vista. Sobre doze pequenos unicórnios brancos como a neve com ferraduras de ouro estavam montadas umas criaturas encobertas por talares de cetim vermelho, soprando com muita graça pífanos prateados e tocando címbalos e pequenos tambores. Quase à maneira dos irmãos penitentes, os talares tinham aberturas apenas para os olhos, e estas eram circundadas por galões dourados, o que produzia um efeito muito singular. Quando o vento levantou um pouco o talar de um dos pequenos cavaleiros, surgiu sob ele o pé de um pássaro cujas garras estavam enfeitadas com anéis de brilhantes. Atrás desses doze encantadores músicos, dois vigorosos avestruzes puxavam uma grande tulipa de ouro reluzente fixada sobre um andor com rodas, na qual estava sentado um pequenino ancião de longas barbas brancas, vestindo um talar de tecido prateado e tendo um funil de prata enfiado à maneira de barrete na venerável cabeça. Com óculos gigantescos sobre o nariz, o velho lia com muita atenção um grande livro que tinha aberto diante de si. Seguiam-no doze mouros ricamente vestidos, armados de longas lanças e curtos sabres; a cada vez que o velho virava uma página do livro, ao mesmo tempo que soltava um agudíssimo e penetrante "Kurri – pire – ksi – li – li – i i i", os mouros cantavam com voz potente e tonitruante: "Bram – bure – bil – bal – Ala monsa Kikiburra – son – ton!". Atrás dos mouros, montados em doze palafréns cuja cor parecia ser a de pura prata, havia doze figuras quase tão encobertas quanto os músicos, mas cujos talares eram ricamente bordados de pérolas e diamantes sobre fundo prateado e cujos braços estavam nus até os ombros. A maravilhosa plenitude e a beleza daqueles braços enfeitados com magníficos braceletes já bastariam para revelar que sob os talares deviam estar escondidas as mais belas damas; além disso, porém, cada uma das figuras sobre os cavalos fazia rendas com afinco, e, para esse fim, entre as orelhas dos palafréns estavam fixadas grandes almofadas de veludo. A seguir vinha um grande coche que parecia todo feito de ouro, puxado por oito belíssimos muares cobertos de xairéis dourados, que pequenos pajens graciosamente vestidos com um gibão de plumas coloridas conduziam por arreios guarnecidos de diamantes. Os animais sabiam sacudir as grandes orelhas com indescritível dignidade, e então se ouviam sons semelhantes aos de uma harmônica aos quais os próprios animais e os pajens que os conduziam juntavam gritos correspondentes, tudo soando junto na mais graciosa consonância. O povo se apinhava ao redor

PRINCESA BRAMBILLA

do cortejo, com o intuito de olhar para dentro do coche, mas não via nada a não ser o Corso e a si mesmo, pois as janelas não passavam de espelhos. Alguns que olhavam assim pensavam por um momento estar eles próprios sentados no magnífico coche e ficavam fora de si de alegria, o mesmo acontecendo com todo o povo ao ser saudado com graça e cortesia incomuns por um pequeno Polichinelo extremamente simpático que estava em pé sobre o teto do veículo. Em meio à alegria geral e despreocupada, quase ninguém mais prestou atenção ao brilhante cortejo, mais uma vez composto por músicos, mouros e pajens, vestidos de maneira semelhante aos primeiros, entre os quais, contudo, se encontravam ainda macacos esmeradamente vestidos com as cores mais delicadas, que dançavam com uma expressiva mímica sobre as patas traseiras e eram inigualáveis nas cambalhotas que davam. Assim o cortejo fantástico desceu o Corso e enveredou pelas ruas, chegando até a Piazza Navona, onde se deteve diante do palácio do príncipe Bastianello di Pistoia.

As portas do palácio se escancararam, a alegria do povo emudeceu de súbito, e, no silêncio mortal do mais profundo espanto, todos se puseram a contemplar o espetáculo prodigioso que se desenrolava diante de seus olhos. Unicórnios, cavalos, mulas, coche, avestruzes, damas, mouros, pajens, tudo, subindo pelos degraus de mármore, entrou sem qualquer dificuldade pela porta estreita, e um "ah!" proferido a mil vozes encheu os ares quando a porta se fechou com um grande estrondo depois da passagem em fila indiana dos últimos 24 mouros.

O povo, depois de espiar ali por um bom tempo em vão, embasbacado, enquanto no palácio reinava a maior calma e silêncio, mostrou-se bastante inclinado a tomar de assalto o cenário daquele conto de fadas, e só com muito esforço foi dispersado pelos esbirros.

A torrente humana então voltou a subir o Corso. Diante da igreja de São Carlos, o *signor* Celionati ainda estava em cima de seu estrado, gritando e sapateando terrivelmente:

– Povo burro, povo simplório! Gente, o que está acontecendo, por que vocês correm como uns loucos ignorantes e abandonam seu bravo Celionati? Vocês deveriam ter ficado aqui e ouvido da boca do maior dos sábios, do mais experiente dos filósofos e iniciados o que significa aquilo que contemplaram de olhos arregalados e bocas escancaradas, como se fossem um bando de crianças tolas! Mas eu ainda lhes quero explicar tudo... ouçam... ouçam, quem entrou no Palácio Pistoia... ouçam, ouçam... quem sacode a poeira das mangas de suas roupas no Palácio Pistoia!

Essas palavras fizeram cessar de súbito o turbilhão fervilhante do povo, que então se juntou ao redor do estrado de Celionati e olhou para cima cheio de curiosidade.

– Cidadãos de Roma! – começou Celionati com ênfase. – Alegrem-se, celebrem, atirem bem alto seus bonés, chapéus ou o que quer que tenham sobre a cabeça! Um grande bem lhes foi concedido, pois quem adentrou os muros de sua cidade foi a mundialmente famosa princesa Brambilla da distante Etiópia, um prodígio de beleza, e possuidora de um tesouro tão colossal que sem prejuízo ela poderia mandar pavimentar o Corso inteiro com os mais preciosos diamantes e brilhantes – e sabe-se lá o que mais ela poderia fazer para a alegria de vocês! Eu sei que no meio de vocês há muitos que não são burros, e sim conhecedores da história. Estes saberão que a sereníssima princesa Brambilla é uma bisneta do sábio rei Cophetua,[6] que construiu Troia, e que seu tio-avô, o grande rei de Serendipo, um senhor muito amável, diversas vezes comeu seu macarrão no meio de vocês, meus queridos filhos, bem aqui, diante da igreja de São Carlos! Se eu ainda acrescentar que quem levou a excelsa senhora Brambilla à pia batismal não foi ninguém menos que a rainha do tarô, chamada Tartagliona,[7] e que Polichinelo a ensinou a tocar o alaúde, vocês já saberão o bastante para perder o juízo. Faça isso, minha gente! Graças à minha ciência, a magia branca, negra, amarela e azul, eu sei que

---

6 A história do rei africano Cophetua, que se apaixona pela mendiga Penelophon, é contada numa balada popular inglesa do século XVI, *The King and the Beggar-maid* (*O rei e a mendiga*). (N. T.)

7 Personagem da comédia *L'augellino bel verde* (*O pássaro verde*, 1765), de Carlo Gozzi. (N. T.)

PRINCESA BRAMBILLA

ela veio porque está certa de encontrar entre os mascarados do Corso o dono de seu coração, seu noivo, o príncipe assírio Cornelio Chiapperi, que partiu da Etiópia a fim de extrair um dente molar aqui em Roma, o que eu levei a cabo com o maior sucesso! Vejam, aqui está ele!

Celionati abriu uma pequena caixinha dourada, tirou dela um grande dente pontudo muito branco e o levantou bem alto. O povo gritou de alegria e encanto, e comprou avidamente as cópias do dente principesco que Celionati lhes oferecia.

– Vejam! – continuou Celionati. – Veja, minha boa gente, depois que o príncipe assírio Cornelio Chiapperi suportou a operação com coragem e serenidade, ele se perdeu, sem nem mesmo saber como. Procure, minha gente, procure o príncipe assírio Cornelio Chiapperi, procurem-no em suas salas, quartos, cozinhas, porões, armários e gavetas! Quem o encontrar e o reconduzir ileso à presença da princesa Brambilla receberá uma recompensa de cinco vezes cem mil ducados. Esse é o valor que ela estabeleceu para a cabeça dele, sem contar o seu conteúdo agradável, nada desprezível, de inteligência e espírito. Procure, minha gente, procure! Mas, será que conseguirão encontrar o príncipe assírio Cornelio Chiapperi, mesmo que o tenham diante do nariz? Sim! Será que conseguirão enxergar a sereníssima princesa Brambilla se ela passar bem perto de vocês? Não, não conseguirão se não estiverem usando os óculos feitos pelo mago indiano Ruffiamonte com suas próprias mãos; e eu quero oferecê-los a vocês por puro amor ao próximo e magnanimidade, desde que vocês não sejam avaros com os *paoli*.

E então o *ciarlatano* abriu uma caixa e exibiu uma infinidade de óculos de tamanho descomunal.

Se o povo já havia disputado acirradamente os molares principescos, tanto mais acirradamente disputou os óculos. Da disputa se passou aos empurrões e à pancadaria, até que, por fim, bem à moda italiana, os punhais reluziram e os esbirros tiveram mais uma vez de intervir e dispersar o povo, como já haviam feito diante do Palácio Pistoia.

Enquanto tudo aquilo se passava, Giglio Fava continuava parado em frente ao Palácio Pistoia, mergulhado em sonhos profundos, e contemplava fixamente as paredes que haviam, de um modo absolutamente inexplicável, engolido a mais estranha de todas as mascaradas. Parecia-lhe maravilhoso que ele não pudesse dominar um sentimento estranho e, contudo, doce, que se apossara por inteiro de seu âmago; mais maravilhoso ainda que ele estabelecesse uma ligação arbitrária entre o sonho da princesa que brotara do clarão da espingarda e se atirara em seus braços com o cortejo fantástico e, mais ainda, que ele fosse tomado por um pressentimento de que no coche com as janelas espelhadas não estava senão a imagem de seu sonho. Uma leve batida em seu ombro o acordou de seu devaneio; diante dele estava o *ciarlatano*.

– Ei – disse Celionati –, ei, meu bom Giglio, o *signor* não fez bem em me deixar e não comprar nem o dente do príncipe nem os óculos mágicos.

– Oh, vá embora – respondeu Giglio –, vá embora com suas brincadeiras infantis, com as loucas bobagens que conta ao povo a fim de empurrar-lhe suas mercadorias inúteis.

– Ora, ora – continuou Celionati –, não seja tão orgulhoso, meu jovem! Eu gostaria que o *signor* tivesse, das minhas mercadorias, que lhe apraz chamar de inúteis, alguns excelentes arcanos, sobretudo aquele talismã que lhe daria o poder de ser um ator excelente, bom ou pelo menos sofrível, uma vez que o *signor* também se compraz em representar seus heróis trágicos, atualmente, de modo deplorável.

– O quê? – exclamou Giglio, furioso. – O quê? *Signor* Celionati, então ousa me considerar um ator deplorável? Eu, o ídolo de Roma?

– Meu benzinho – replicou Celionati sem perder a calma –, isso é o que o *signor* pensa; não há uma palavra verdadeira nisso tudo. Se vez por outra um espírito excepcional o inspirou e o fez ser bem-sucedido em algum papel, hoje perderá para sempre o pequeno aplauso ou a pouca reputação que angariou graças a ele. Pois, veja, o *signor* esqueceu por completo o seu príncipe; se ainda há uma imagem dele em sua mente, tal imagem se tornou incolor, muda e rígida, e o *signor* não consegue dar-lhe vida. Todo o seu ser está tomado por uma estranha imagem de sonho que pensa

PRINCESA BRAMBILLA

ter entrado com o coche de espelhos no Palácio Pistoia. Percebe como enxergo o que lhe vai pela alma?

Giglio abaixou os olhos, enrubescendo.

– *Signor* Celionati – murmurou ele –, o *signor* é de fato um homem muito estranho. Deve dispor de poderes miraculosos que lhe permitem adivinhar meus pensamentos mais secretos. Mas, por outro lado, há esse seu modo de ser e de agir diante do povo. Não consigo estabelecer uma consonância entre eles... Sim... dê-me um de seus grandes óculos!

Celionati soltou uma gargalhada.

– Sim! – exclamou ele. – Sim, vocês são todos iguais! Enquanto andam por aí com a cabeça lúcida e o estômago saudável, não acreditam em nada que não possam tocar com as mãos. Mas, se os acomete uma indigestão moral ou física, então recorrem avidamente a tudo que lhes é oferecido. Ora, ora! Aquele *professore* que esconjurou todos os meus recursos sobrenaturais ou quaisquer outros que há no mundo se encaminhou furtivamente no dia seguinte com uma seriedade contrariada e patética para as margens do Tibre e, conforme lhe foi aconselhado por uma velha mendiga, atirou o pé esquerdo de suas pantufas na água, acreditando que assim afogaria a febre maligna que o atormentava tanto; e o mais sábio *signor* entre os sábios *signori* levava pó de crucíferas numa dobra de seu casaco para melhor poder soltar balões. Eu sei, *signor* Fava, que o *signor* gostaria de ver através de meus óculos a princesa Brambilla, a imagem de seu sonho; mas não poderá fazê-lo de imediato! Entretanto, tome-os e tente!

Giglio tomou avidamente os belos e enormes óculos reluzentes que Celionati lhe oferecia e olhou para o palácio. Miraculosamente as paredes pareciam se transformar em cristal transparente; mas nada surgia diante de seus olhos a não ser um emaranhado vago e confuso das mais variadas figuras, e só uma ou outra vez um choque elétrico lhe atravessava o âmago, anunciando a doce imagem de sonho que parecia lutar em vão para se libertar daquele caos alucinante.

– Que todos os diabos do inferno lhe torçam o pescoço! – gritou de repente uma voz horrível bem ao lado de Giglio, que, absorto em sua contemplação, sentiu-se de súbito agarrado pelos ombros. – Que todos os diabos do inferno lhe torçam o pescoço! O *signor* me leva à ruína. Em dez minutos a cortina deve subir; a primeira cena é sua e o *signor* fica aqui feito um doido varrido olhando para as velhas paredes desse palácio vazio!

Era o *impresario* do teatro no qual Giglio atuava, que, banhado pelo suor de um medo mortal, correra por toda Roma em busca do *primo amoroso* desaparecido e o encontrara justamente ali onde menos esperava.

– Espere um momento! – exclamou Celionati enquanto também agarrava pelos ombros, com mão de ferro, o pobre Giglio, que, feito uma estaca cravada na terra, não conseguia se mexer. – Espere um momento!

E acrescentou, baixinho:

– *Signor* Giglio, é bem possível que amanhã o *signor* veja sua imagem de sonho no Corso. Mas seria um grande tolo se quisesse se pavonear numa bela fantasia, isso lhe custaria a chance se ser visto por tão linda pessoa. Quanto mais extravagante, quanto mais repulsiva, melhor! Um portentoso nariz que suporte com decoro e serenidade meus óculos! Pois estes o *signor* não deve esquecer!

Celionati soltou Giglio e, num piscar de olhos, o *impresario*, veloz como um tornado, sumiu dali com seu *amoroso*.

Logo no dia seguinte Giglio não se esqueceu de providenciar uma fantasia para si que, conforme o conselho de Celionati, pareceu-lhe suficientemente extravagante e repulsiva. Uma estranha carapuça enfeitada com duas grandes penas de galo, uma carantonha da qual se destacava um nariz vermelho, indecentemente recurvo, comprido e pontudo, cujas dimensões ultrapassavam em muito todos os excessos admissíveis da arquitetura nasal, um gibão com botões enormes, lembrando o de Briguela, uma espada larga de madeira – a abnegação de Giglio ao envergar todas essas peças só se esgotou quando umas calças largas que lhe desciam até os pés ameaçaram encobrir o mais gracioso pedestal sobre o qual jamais se equilibrou e perambulou um *primo amoroso*.

– Não – exclamou Giglio –, não, não é possível que Sua Alteza não dê o menor valor a uma silhueta bem proporcionada, que ela

PRINCESA BRAMBILLA

não se apavore com uma desfiguração tão perversa. Quero imitar aquele ator que, ao se enfiar na mais detestável indumentária a fim de representar o monstro azul na peça de Gozzi, soube exibir por baixo da pata sarapintada de tigre a mão graciosa com a qual a natureza o presenteara e, assim, conquistou o coração das damas ainda antes de sua metamorfose! O que a mão fez por ele, fará por mim o pé!

Então Giglio vestiu belas calças azuis de seda com faixas escarlate, combinando-as com meias cor-de-rosa e sapatos brancos com grandes laços escarlate, tudo muito bonito, mas em estranha dissonância com o resto da indumentária.

Giglio pensava nada diferente de que a princesa Brambilla iria ao seu encontro em toda a sua pompa e magnificência, acompanhada pela mais ilustre comitiva; mas, não vendo nada disso, concluiu que quando Celionati lhe dissera que só poderia enxergar a princesa através dos óculos mágicos, estava aludindo a algum estranho disfarce sob o qual a bela se esconderia.

Giglio então percorreu o Corso para cima e para baixo, inspecionando toda e qualquer fantasia feminina, não dando a mínima para nenhuma chacota, até finalmente chegar a um ponto mais afastado.

– Prezado *signor*, meu caro, meu prezado *signor*! – ouviu rosnarem para ele.

Viu diante de si um sujeito cujo aspecto burlesco superava tudo que já vira no gênero. A máscara com a barba pontuda, os óculos, o cabelo feito pelo de cabra, assim como a postura do corpo, inclinado, com uma corcova nas costas e o pé direito adiantado, pareciam indicar um Pantaleão; porém, o chapéu enfeitado com duas penas de galo, cuja parte posterior terminava em ponta, não combinava com a figura. O gibão, as calças, a pequena espada de madeira na cintura, eram claramente próprios do querido Polichinelo.

– Prezado *signor* – disse o Pantaleão (vamos chamar assim o mascarado, apesar dos trajes modificados) a Giglio –, meu prezado *signor*! que dia feliz este que me concede o prazer, a honra de contemplá-lo! O *signor* não seria um membro da minha família?

PRINCESA BRAMBILLA

– Por mais que me encantasse – respondeu Giglio, fazendo uma mesura cortês –, pois o prezado *signor* me agrada imensamente, não tenho ideia de que modo algum tipo de parentesco...

– Meu Deus! – interrompeu-o Pantaleão. – Meu Deus, caro *signor*, já esteve alguma vez na Assíria?

– Tenho uma vaga recordação – respondeu Giglio – de ter algum dia iniciado uma viagem para lá, mas de só ter chegado até Frascati, onde o pilantra do *vetturino* me atirou para fora da carruagem diante do portal, de modo que este nariz...[8]

– Meu Deus! – exclamou Pantaleão. – Então é verdade? Esse nariz, essas penas de galo... meu caríssimo príncipe! Oh, meu Cornelio! Mas estou vendo que o *signor* empalidece de alegria por me haver reencontrado... oh, meu príncipe! Só um golinho, um único golinho!

Dizendo isso, Pantaleão ergueu o garrafão revestido de palha trançada que tinha diante de si e o estendeu para Giglio. No mesmo instante um vapor fino e avermelhado saiu do garrafão e se condensou, tomando a forma da doce fisionomia da princesa Brambilla; a imagenzinha delicada se elevou, mas apenas até a metade do corpo, e estendeu os bracinhos para Giglio. Ele, completamente fora de si de encantamento, exclamou:

– Oh, venha completamente para fora, para que eu possa contemplá-la em sua beleza!

Então uma voz potente trovejou em seu ouvido:

– Seu almofadinha covarde em azul-celeste e rosa, como ousa se fazer passar pelo príncipe Cornelio? Vá para casa, durma, seu paspalho!

– Grosseirão! – indignou-se Giglio.

Mas então uma onda de máscaras se interpôs entre eles, e Pantaleão desapareceu com o garrafão sem deixar vestígios.

---

8 *Vetturino*: cocheiro que conduz uma carruagem pública. (N. T.)

SEGUNDO CAPÍTULO

Do estranho estado no qual, uma vez tomados por ele, machucamos os pés chutando pedras pontiagudas, deixamos de cumprimentar pessoas distintas e batemos a cabeça em portas fechadas – Influência de um prato de macarrão sobre o amor e o entusiasmo – Arlequim e os terríveis tormentos do inferno dos atores – Como Giglio não encontrou sua amada, mas foi dominado pelos alfaiates e submetido a uma sangria – O príncipe na caixa de confeitos e a amada perdida – Como Giglio quis ser o cavaleiro da princesa Brambilla porque lhe brotara uma bandeira nas costas

NÃO SE EXASPERE, AMADO LEITOR, se aquele que assumiu a tarefa de lhe contar a aventurosa história da princesa Brambilla exatamente como a encontrou sugerida nos ousados bicos de pena de mestre Callot lhe impõe logo de cara que ao menos até as últimas frases do livrinho você se entregue de bom grado ao maravilhoso e, além do mais, acredite nele em certa medida. Mas talvez já desde o momento em que o conto de fadas se instalou no Palácio Pistoia, ou quando a princesa se elevou dos vapores violáceos do garrafão de vinho, você tenha exclamado: "Que tolice mais despropositada!" e posto de lado o livro, cheio de irritação e sem levar em conta as belas calcografias. Nesse caso, tudo o que eu estou pronto a lhe dizer a fim de despertar seu interesse para a insólita magia do *capriccio* de Callot viria tarde demais, e isso seria de fato muito ruim para mim e para a princesa Brambilla! Mas talvez você espere que o autor, intimidado por alguma aparição maluca que possa lhe haver cruzado inesperadamente o caminho, tenha apenas tomado um atalho através da mata cerrada e, recobrando a sobriedade, vá retornar à estrada larga e plana, e isso o incentive a continuar com a leitura! Que boa sorte! Então posso lhe dizer, leitor benévolo, que vez por outra já logrei (e talvez você já o saiba por experiência própria) apreender e configurar aventuras fabulosas no momento exato em que elas, imagens etéreas do espírito excitado, estavam para se dissolver no nada, a fim de que qualquer olho dotado de visão para coisas dessa espécie as pudesse de fato contemplar na vida e, justamente por isso, acreditar nelas. Talvez me venha daí a coragem para continuar a praticar em público meu agradável convívio com toda sorte de figuras extravagantes e com uma infinidade de imagens das mais esdrúxulas, convidando até mesmo as pessoas mais sisudas para essa companhia de assombrosa variedade; quanto a você, meu muito amado leitor, não tome minha bravura por bravata, e sim pelo perdoável esforço de atraí-lo para fora do círculo estreito da rotina mais banal e diverti-lo de um modo muito particular numa região estranha que, afinal de contas, está contida no reino que o espírito humano governa, segundo sua livre vontade, na vida e na existência verdadeiras. Mas, se tudo isso de nada valer, eu só posso, na angústia que me aflige, recorrer a livros da maior seriedade nos quais se encontram coisas semelhantes e contra cuja evidente credibilidade ninguém pode levantar a menor dúvida. No que diz respeito, por exemplo, à passagem sem qualquer dificuldade do cortejo da princesa Brambilla, com todos os seus unicórnios, cavalos e veículos, pelas portas estreitas do Palácio Pistoia, podemos evocar a história maravilhosa de Peter Schlemihl, cuja narração devemos ao valoroso viajante ao redor do mundo Adelbert von Chamisso, na qual se fala de certo simpático homenzinho em trajes cinzentos que realizava uma prestidigitação capaz de envergonhar

PRINCESA BRAMBILLA 131

qualquer mago.[9] Como é sabido, ele tirava sempre do mesmo bolso de seu casaco, com toda a comodidade e sem obstáculos, qualquer coisa que se desejasse, emplasto inglês, telescópio, tapete, tenda e, por fim, carruagem e cavalos. Quanto à princesa Brambilla... Mas basta! Seria preciso acrescentar ainda, contudo, que em nossa vida muitas vezes nos encontramos subitamente diante do portão aberto de um maravilhoso reino mágico e nos é concedido lançar um olhar para o recanto mais íntimo da morada do poderoso espírito cujo hálito nos envolve misteriosamente nos mais estranhos pressentimentos; mas talvez você pudesse, amado leitor, afirmar com toda a razão jamais ter visto sair daquele portão um *capriccio* tão louco quanto esse que eu afirmo ter contemplado. Prefiro então perguntar-lhe se nunca em sua vida você foi embalado por um sonho cuja origem não se podia atribuir nem a um desarranjo do estômago nem aos efeitos do vinho ou da febre, e que, contudo, lhe fazia crer que a meiga imagem mágica cuja voz você ouvira tão somente em vagas premonições se apossava, em misterioso conúbio com seu espírito, de todo o âmago de seu ser, e, em sua tímida volúpia amorosa, você não pensou nem ousou abraçar a doce noiva que invadira, em esplêndidas vestes, a triste e sombria oficina dos pensamentos – *essa oficina*, porém, se inundara de uma luz radiosa diante do esplendor da imagem mágica, e todo anelo, toda esperança, o desejo ardente de capturar o inefável despertaram e se agitaram e relampejaram em raios incandescentes, e você desejou perecer em uma dor indescritível e ser apenas *ela*, apenas a doce imagem mágica! De que lhe adiantava despertar do sonho? Não permanecia em você o indizível encantamento, uma dor cortante, que na vida exterior revira a alma; não permanecia em você tal encantamento? E tudo ao seu redor não lhe parecia vazio, triste, incolor? E em seu delírio não lhe parecia que tão somente aquele sonho era a sua verdadeira existência, e tudo aquilo que você pensava ser sua vida não

---

9 Referência à novela *A história maravilhosa de Peter Schlemihl* (*Peter Schlemihls wundersame Geschichte*, 1814) de Adelbert von Chamisso (1781-1838), citada com frequência nas obras de Hoffmann. (N. T.)

passava de um mal-entendido de sua mente perturbada? E as irradiações de seus pensamentos não confluíam todas no mesmo ponto
fulcral que, cálice de fogo do supremo ardor, encerrava em si seu
doce segredo, longe da atividade cega e desolada do mundo cotidiano? Hã? Num tal estado sonhador podemos muito bem ferir o
pé dando uma topada numa pedra pontuda, esquecemos de tirar
o chapéu diante de pessoas distintas, damos bom-dia aos nossos amigos em plena meia-noite, batemos a cabeça na primeira
porta que encontramos por nos esquecermos de abri-la; em suma:
o espírito leva o corpo como se fosse uma roupa desconfortável,
larga demais, comprida demais, desajustada demais.

Num tal estado se encontrava então o jovem ator Giglio Fava
depois de buscar em vão durante vários dias seguidos descobrir
o mais tênue rastro da princesa Brambilla. Tudo de maravilhoso
com que ele deparava no Corso lhe parecia tão somente a continuação daquele sonho que lhe trouxera a bem-amada, cuja imagem agora se elevava do mar sem fundo do anelo em que ele
queria naufragar, se desvanecer. Apenas seu sonho era sua vida,
tudo o mais não passava de um nada insignificante e vazio; e
assim podemos pensar que ele negligenciava por completo até
mesmo seu ofício de ator. Mais que isso; em vez de dizer as frases de seu papel, ele falava da imagem de seu sonho, da princesa
Brambilla, jurava, no desatino de seus pensamentos, se apoderar
do príncipe assírio e se tornar então ele próprio o príncipe, per-
dia-se no labirinto de um discurso embaralhado e descomedido.
Todos o tomavam por louco, sobretudo o *impresario* que, por fim,
o pôs para correr sem mais aquela, e assim seus módicos rendi-
mentos se esgotaram de vez. Os poucos ducados que o *impresario*,
por pura magnanimidade, atirara-lhe quando o despediu só basta-
vam para um breve intervalo, a mais amarga das penúrias estava a
caminho. Normalmente isso teria causado ao pobre Giglio muita
preocupação e angústia, mas agora ele nem pensava nisso, pois
pairava num céu onde ninguém precisava de ducados terrenos.

Quanto às necessidades comezinhas da vida, Giglio, não sendo
nenhum comilão, costumava saciar sua fome de passagem em
algum dos *fritteroli* que, como se sabe, costumam instalar suas

barraquinhas no passeio público. Certo dia, então, ele pensou em comer um bom prato de macarrão cujo aroma exalava de uma dessas barraquinhas. Ele se aproximou, mas, quando abriu a bolsa para pagar seu frugal almoço, não foi pequeno seu embaraço ao descobrir que não havia nela um único tostão. No mesmo instante, porém, o princípio físico, que mantém o espiritual, por mais orgulhoso que seja, em vergonhosa escravidão aqui na terra, mostrou-se vivo e poderoso. Giglio sentiu, como nunca antes lhe acontecera ao comer de verdade um respeitável prato de macarrão absorto em pensamentos sublimes, que tinha uma fome extraordinária, e assegurou ao dono da barraquinha que, por acaso, não tinha nenhum dinheiro no bolso, mas que pagaria com certeza num outro dia o prato que pensava consumir. O dono da barraquinha, contudo, riu na cara dele e disse: se não tinha dinheiro, ele ainda assim poderia saciar seu apetite, desde que lhe deixasse o belo par de luvas ou o chapéu ou o casaquinho que estava usando. Só então o pobre Giglio se deu conta plenamente da situação difícil em que se encontrava. Viu a si mesmo, feito um mendigo andrajoso, recebendo à porta de um convento algumas colheradas de sopa. Cortou-lhe ainda mais fundo o coração, porém, ao despertar de seu sonho, ver como Celionati, em seu lugar de costume diante da igreja de São Carlos, entretinha o povo com suas patacoadas e, ao perceber que era observado, lançava-lhe um olhar no qual Giglio pensou ler o mais cruel escárnio. A meiga imagem do sonho se desfez em nada, todos os seus doces pressentimentos soçobraram; ele teve a certeza de que o perverso Celionati o atraíra com uma série de prestidigitações diabólicas e, aproveitando-se da tola vaidade dele com uma sardônica alegria malévola, engambelara-o indignamente com a história da princesa Brambilla.

Pôs-se a correr feito louco; não tinha mais fome, pensava apenas em como poderia se vingar do velho bruxo.

Ele mesmo não saberia dizer que estranho sentimento penetrou em seu íntimo através de toda a raiva e de toda a fúria e o fez deter-se, como se de repente uma desconhecida magia o enfeitiçasse. Um nome brotou-lhe do fundo do peito.

– Giacinta!

Estava diante da casa em que a moça morava e cujas escadas íngremes tantas vezes subira envolto numa penumbra familiar. Recordou-se então de como a enganosa imagem de sonho deixara a moça contrariada e de como ele então a deixara, não mais a vira, não mais pensara nela, de como perdera a namorada e se precipitara na aflição e na miséria, tudo por causa das loucas e malfadadas tramoias de Celionati. Desfeito em dor e melancolia, não conseguiu recobrar o ânimo enquanto não se decidiu a subir naquele mesmo instante e, custasse o que custasse, reconquistar as boas graças de Giacinta. Dito e feito! Mas, quando bateu à porta, tudo lá dentro permaneceu num silêncio sepulcral. Encostou o ouvido à porta, não se ouvia um sopro. Então chamou lamentosamente o nome de Giacinta várias vezes, e, mais uma vez não recebendo nenhuma resposta, pôs-se a fazer as mais comoventes confissões de sua estupidez; afirmou que o diabo em pessoa, na figura do maldito vigarista Celionati, o enganara e se desmanchou então nas mais hiperbólicas juras de seu profundo arrependimento e de um amor ardente.

Então ouviu-se uma voz vinda lá de baixo:

– Mas quem é esse jumento que vem aqui à minha casa gemer suas lamúrias e se lamentar antes da hora, faltando ainda tanto tempo para a Quarta-Feira de Cinzas?

Era o *signor* Pasquale, o gordo proprietário da casa, que subia penosamente as escadas e, ao ver Giglio, gritou para ele:

– Ah, é o *signor* Giglio? Diga-me, que mau espírito o leva a choramingar aqui neste quarto vazio um papel cheio de ohs! e ahs! de sei lá que tragédia idiota?

– Quarto vazio? – exclamou Giglio. – Quarto vazio? Por todos os santos, *signor* Pasquale, diga, onde está Giacinta? Onde está ela, minha vida, meu tudo?

O *signor* Pasquale encarou Giglio fixamente, e então disse, com toda a tranquilidade:

– *Signor* Giglio, eu sei o que lhe aconteceu, toda Roma ficou sabendo que teve de se afastar dos palcos porque não está batendo bem da cabeça. Vá ao médico, vá ao médico, deixe que lhe retirem umas duas libras de sangue, enfie a cabeça na água fria!

– Se ainda não estou louco – disse Giglio, exaltado –, vou ficar, caso o *signor* não me diga agora mesmo onde Giacinta foi parar.

– Não me venha fingir, *signor* Giglio – continuou tranquilamente o *signor* Pasquale –, que não sabe de que modo Giacinta foi embora de minha casa já há oito dias, e que a velha Beatrice se foi com ela.

Mas quando Giglio, encolerizado, gritou: "Onde está Giacinta?" e agarrou rudemente o gordo senhorio, este gritou "Socorro! Socorro! Assassino!" com tanta força que a casa inteira ficou em polvorosa. Um sujeito parrudo, criado da casa, chegou de um salto, agarrou o pobre Giglio, arrastou-o escada abaixo e o atirou para fora da casa com tanta facilidade como se o que tivesse nas mãos não passasse de uma bonequinha de pano.

Sem se preocupar com seu rude tombo, Giglio se levantou e, guiado agora de fato por uma semiloucura, pôs-se a correr pelas ruas de Roma. Uma espécie de instinto, nascido do hábito, o levou a tomar o rumo do teatro e do camarim dos atores justamente na hora em que normalmente deveria se apresentar lá. Só então reconheceu o lugar onde estava, mas apenas para logo a seguir ser tomado pelo mais profundo assombro quando, em lugar dos costumeiros heróis trágicos, cobertos de adereços em ouro e prata, a circular com toda a gravidade recitando versos grandiloquentes, com os quais esperavam provocar espanto e *furore* no público, viu enxamear ao redor de si Pantaleão e Arlequim, Trufaldino e Colombina, em suma, todas as máscaras da comédia e da pantomima italianas. Ele ficou lá, fincado no chão, olhando em torno com olhos arregalados, como alguém que de repente desperta do sono e se vê rodeado de uma gente estranha, desconhecida, louca.

A aparência desorientada, pesarosa de Giglio talvez tenha despertado algum remorso no coração do *impresario*, que se transformou de súbito num homem muito cordial e sensível.

– Está admirado? – disse ele ao jovem. – Está admirado, *signor* Fava, por encontrar tudo aqui tão diferente do que era antes, quando nos deixou? Tenho de confessar-lhe que todas aquelas cenas patéticas das quais meu teatro tanto se vangloriava tinham começado a entediar infinitamente o público, e que esse tédio também me contagiou, sobretudo porque minha bolsa, ainda por cima, se viu reduzida a uma condição de verdadeira indigência. Por isso, mandei ao diabo toda aquela tralha trágica e consagrei meu teatro ao livre divertimento, à graciosa gaiatice de nossas máscaras, e estou muito bem assim.

– Ha! – exclamou Giglio com as faces ardentes. – Ha! *Signor impresario*, confesse, minha perda destruiu sua tragédia. Com a falta do herói também a massa que o seu hálito vivificava se desfez em nada, não é verdade?

– Não precisamos investigar isso tão a fundo! – respondeu o *impresario* com um sorriso. – Mas o *signor* parece estar de mau humor, por isso lhe peço, vá lá para baixo e assista à minha pantomima. Talvez isso o alegre, ou talvez o *signor* mude de ideia e volte para a minha companhia, embora de um modo muito diferente; pois seria bem possível que... Mas vá, vá! Tome aqui um ingresso permanente, venha ao meu teatro sempre que tiver vontade.

Giglio fez o que lhe mandavam, mais por uma surda indiferença em relação a tudo que o cercava do que por desejar verdadeiramente ver a pantomima.

Não muito longe dele estavam duas máscaras entretidas numa animada conversação. Giglio ouviu dizerem seu nome mais de uma vez; isso o despertou de sua letargia, e ele se aproximou de mansinho, cobrindo o rosto com o capote até a altura dos olhos a fim de ouvir tudo sem ser reconhecido.

– O senhor tem razão – disse um deles –, o senhor tem razão: o Fava é o culpado por não vermos mais nenhuma tragédia neste teatro. Mas, ao contrário do senhor, eu não procuro nem encontro essa culpa em seu abandono do palco, e sim, muito mais, em sua presença nele.

– O que o senhor quer dizer? – perguntou o outro.

– Bem – continuou o primeiro –, eu, por minha vez, sempre considerei esse Fava, apesar de ele ter muitas vezes conseguido causar *furore*, o ator mais lastimável que já existiu. Será que dois olhos brilhantes, pernas bem torneadas, uma vestimenta graciosa, penas coloridas no barrete e fitas vistosas nos sapatos já bastam para fazer um herói trágico? De fato, quando o Fava emergia

PRINCESA BRAMBILLA

do fundo do teatro com passos de dança bem medidos, quando ele, não prestando atenção a nenhum de seus parceiros de palco, lançava olhares de esguelha para os camarotes e, fazendo uma pose graciosa, dava às beldades o ensejo de admirá-lo, francamente, ele me lembrava um galinho novo de quintal, tolo e colorido, que se pavoneia e se refestela ao sol. Quando ele então, de olhos revirados, serrando o ar com as mãos, ora se erguendo na ponta dos pés, ora se dobrando feito um canivete, declamando com inépcia e hesitação os versos trágicos, diga-me, como ele poderia com isso tocar o coração de uma pessoa sensata? Mas nós, italianos, somos assim: queremos o exagero que por um momento nos abala com violência e que passamos a desprezar tão logo percebemos não passar de uma boneca sem vida, governada de fora por fios artificiais, aquilo que pensávamos ser carne e osso, e que nos iludia com seus movimentos estranhos. O mesmo se teria passado com Fava, pouco a pouco morreria miseravelmente se não tivesse ele mesmo acelerado sua morte prematura.

– A mim parece – prosseguiu o outro – que o senhor julga o pobre Fava com demasiada severidade. Quando o acusa de ser vaidoso e afetado, quando afirma que ele jamais representava seu papel, mas somente a si mesmo, e que sempre buscava o aplauso de maneira não propriamente louvável, o senhor pode até ter razão; mas ele também podia ser considerado de fato um belo talento, e se, por fim, mergulhou na mais rematada loucura, ele merece a nossa compaixão, sobretudo porque talvez tenham sido as fadigas da representação a causa de sua loucura.

– Não acredite nisso! – replicou o outro, rindo. – O Fava, imagine só, enlouqueceu por pura presunção amorosa. Ele acredita que uma princesa está apaixonada por ele, e agora a procura por todos os cantos. E como não faz mais nada a não ser isso, está tão empobrecido que hoje teve de deixar as luvas e o chapéu na barraca de *fritteroli* em troca de um prato de macarrão borrachento.

– O que o senhor está dizendo? – exclamou o outro. – Será possível uma loucura dessa? Mas deveríamos, de uma forma ou de outra, arranjar alguns trocados para o pobre Giglio, que apesar de tudo nos divertiu em tantas noites. O cachorro do *impresario*, cujos bolsos ele encheu de ducados, deveria ampará-lo e pelo menos não deixar que ele morresse de fome.

– Não será necessário – disse o primeiro –, pois a princesa Brambilla, que sabe de sua loucura e de sua miséria e, como todas as mulheres, considera qualquer desatino amoroso não apenas perdoável, mas até bonito, e por conta disso se entrega de bom grado à compaixão, acaba de mandar que lhe deem uma bolsinha cheia de ducados.

Ao ouvir essas palavras do desconhecido, Giglio, com um gesto mecânico, involuntário, apalpou os bolsos e de fato encontrou a bolsinha cheia de moedas tilintantes que recebera da quimérica princesa Brambilla. Sentiu que algo como uma descarga elétrica lhe percorria todos os membros. Não pôde dar vazão à alegria por aquele bem-vindo milagre, que de súbito o salvava de uma situação desesperada, pois o sopro do pavor o enregelou. Viu-se transformado em joguete de poderes obscuros, quis se atirar sobre as máscaras desconhecidas, mas no mesmo instante percebeu que as duas figuras que travavam aquele diálogo fatal tinham desaparecido sem deixar vestígios.

Giglio não ousava tirar a bolsinha do bolso a fim de se convencer de um modo ainda mais inapelável de sua existência, temendo que a miragem se desfizesse em nada entre seus dedos. Mas, abandonando-se por inteiro a seus pensamentos e recobrando a calma pouco a pouco, começou a pensar que tudo aquilo que ele se inclinava a considerar artimanha de poderes mágicos galhofeiros não passava de tramoia, que no fim das contas era apenas o esquisito e caprichoso Celionati quem, do fundo escuro dos bastidores, puxava os fios invisíveis que o conduziam. Pensou que, no rebuliço da multidão, o próprio estranho podia muito bem ter-lhe enfiado a bolsinha na algibeira, e que tudo quanto ele dissera sobre a princesa Brambilla não passava de continuação da tramoia começada por Celionati. Mas à medida que, em sua mente, toda a magia parecia se transformar naturalmente num fato da vida cotidiana e se dissolver nela, ele tornava a sentir toda a dor das feridas que o implacável crítico impiedosamente abrira nele. O inferno dos atores não pode conter um tormento mais terrível que um ataque à

PRINCESA BRAMBILLA

sua vaidade desferido diretamente contra o coração. E até a vulnerabilidade desse ponto, a sensação de nudez, amplifica em desgosto exacerbado a dor dos golpes, que faz a vítima sentir, mesmo quando tenta aguentar firme ou atenuá-la por meios adequados, que de fato foi ferida. Assim, Giglio não conseguia se livrar da imagem fatal do galinho novo, tolo e colorido a se espreguiçar gostosamente ao sol, e se exasperava e se afligia enormemente com ela, ainda mais porque, no fundo, sem querer, talvez tivesse de reconhecer que a caricatura de fato correspondia ao original.

Naquele estado de excitação, Giglio naturalmente mal podia ver o teatro nem prestar atenção à pantomima, embora a sala muitas vezes chegasse a trepidar com os risos, aplausos e gritos de alegria do público.

A pantomima não representava senão as aventuras amorosas repetidas em centenas e centenas de variações do excelente Arlequim com a doce, travessa e bela Colombina. A encantadora filha do velho e rico Pantaleão já havia recusado a mão do cavalheiro em trajes vistosos e do sábio *dottore*, tendo declarado em alto e bom som que não amaria nem se casaria com nenhum outro que não fosse o espevitado homenzinho da cara preta e das roupas feitas de centenas de retalhos; Arlequim já fugira com sua fiel namorada e, protegido por uma poderosa magia, escapara ileso das perseguições de Pantaleão, de Trufaldino, do *dottore* e do cavalheiro. Era inevitável, contudo, que Arlequim, trocando carícias com sua amada, fosse por fim surpreendido pelos esbirros e levado, com ela, para a prisão. E isso de fato aconteceu, mas, no momento em que Pantaleão e seus sequazes estavam prestes a escarnecer sem piedade do pobre par, e Colombina, tomada pela dor, de joelhos e banhada em lágrimas, implorava por seu Arlequim, este agitou seu bastão e, de todos os lados, da terra, do ar, acorreu uma gente muito formosa e nua, da mais bela aparência, fez uma profunda reverência diante de Arlequim e o levou embora em triunfo junto com sua Colombina. Pantaleão, paralisado de espanto, deixa-se cair, esgotado, sobre um banco de pedra que há na prisão e convida o cavalheiro e o *dottore* a também se sentarem; todos os três discutem o que se pode ainda fazer.

Trufaldino se coloca por detrás deles, enfia a cabeça, curioso, entre eles, não recua, embora lhe chovam bofetadas de todos os lados. Agora eles querem se levantar, mas um feitiço os prende ao banco, no qual de súbito nascem duas poderosas asas. Todo o grupo é levado embora pelos ares sobre um monstruoso abutre entre gritos e pedidos de socorro. Então a prisão se transforma em uma sala aberta com uma colunata, adornada por guirlandas de flores, em cujo centro se ergue um trono alto, ricamente ornamentado. Ouve-se uma encantadora música de tambores, pífanos e címbalos. Um brilhante cortejo se aproxima, Arlequim é carregado por mouros sobre um palanquim, e Colombina o segue num magnífico carro triunfal. Ambos são conduzidos ao trono por um ministro em trajes suntuosos, Arlequim ergue o bastão à maneira de um cetro, todos o reverenciam de joelhos; Pantaleão e seus sequazes também estão ajoelhados no meio da reverente multidão. Arlequim, poderoso imperador, governa com sua Colombina um belo, magnífico, esplêndido reino!

Assim que o cortejo tomou o palco, Giglio ergueu os olhos para ele e, cheio de espanto e admiração, não pôde mais desviar o olhar, pois reconheceu todas as personagens do desfile da princesa Brambilla, os unicórnios, os mouros, as damas que faziam rendas sobre as mulas etc. Não faltava nem mesmo o venerável sábio e estadista sobre a refulgente tulipa dourada que, ao passar, ergueu os olhos do livro e pareceu acenar amistosamente a Giglio. A única diferença era que, no lugar da carruagem de espelhos fechada da princesa, Colombina desfilava no carro triunfal aberto!

Do âmago de Giglio começou a se formar um obscuro pressentimento de que também aquela pantomima pudesse ter relações misteriosas com todas as coisas estranhas que haviam se passado com ele; mas, assim como quem sonha procura em vão reter as imagens que brotam de seu próprio eu, também Giglio não lograva fazer uma ideia clara de como seriam possíveis aquelas relações.

No café mais próximo, Giglio se convenceu de que os ducados da princesa Brambilla não eram uma miragem, e sim moedas sonantes e bem cunhadas.

"Hum!", pensou ele, "Celionati, com grande generosidade e compaixão, mandou me enfiar a bolsinha na algibeira, e eu quero saldar minha dívida com ele assim que vier a brilhar no Argentina, o que não pode deixar de acontecer, pois só a inveja mais raivosa e a mais impiedosa intriga podem me pespegar a pecha de mau ator."

A suposição de que o dinheiro era de Celionati tinha seu bom fundamento, pois o velho de fato já o ajudara algumas vezes a sair de grandes apuros. Contudo, pareceu-lhe muito estranho encontrar as seguintes palavras bordadas no gracioso saquinho: "Lembre-se da imagem de seus sonhos!". Ele observava meditativo a inscrição quando lhe gritaram no ouvido:

– Finalmente o encontro, seu traidor, seu desleal, seu monstro de falsidade e ingratidão!

Um *dottore* disforme lhe agarrou o braço, sentou-se sem cerimônia ao seu lado e continuou a xingá-lo de todos os nomes possíveis.

– O que quer de mim? Está louco, perdeu o juízo? – gritou Giglio.

Mas então o *dottore* tirou a horrível máscara do rosto e Giglio reconheceu a velha Beatrice.

– Por todos os santos! – exclamou Giglio, completamente fora de si. – É a senhora, Beatrice? Onde está Giacinta? Onde está minha bela, minha doce menina? Meu coração vai arrebentar de amor e saudade! Onde está Giacinta?

– Ainda pergunta! – respondeu a velha zangada. – Ainda pergunta, homem infeliz, perverso? A pobre Giacinta está na cadeia, sua jovem vida fenece e o *signor* é o culpado de tudo. Pois se a cabecinha dela não estivesse toda ocupada com o *signor*, se ela pudesse esperar pelo cair da noite, não teria picado o dedo ao coser a fita no vestido da princesa Brambilla, não teria havido aquela maldita mancha, o honrado mestre Bescapi, que o inferno o trague, não teria por que exigir dela a reparação do dano, não poderia mandar prendê-la por não conseguirmos juntar a grande soma que ele exigia como indenização. Era justo esperar socorro de sua parte, mas o *signor* ator imprestável nos deixou na mão.

– Pare! – Giglio interrompeu a velha tagarela. – A culpa é sua por não me procurar e me contar tudo. Minha vida pela doce menina! Se não fosse meia-noite eu correria para a casa do execrável Bescapi – esses ducados –, minha menina estaria livre em uma hora. Mas que importa que seja meia-noite? Rápido, rápido, vamos salvá-la!

Com essas palavras, Giglio partiu numa carreira. A velha soltou uma gargalhada sarcástica às suas costas.

Mas, como acontece frequentemente de, no grande afã de fazer alguma coisa, nos esquecermos justamente do principal, também ocorreu que, só depois de ter corrido pelas ruas de Roma até perder o fôlego, Giglio se lembrou de que deveria ter pedido à velha o endereço de Bescapi, pois este lhe era totalmente desconhecido. O destino, porém, ou o acaso, quis que, chegando finalmente à Piazza di Spagna, ele estivesse justamente diante da casa de Bescapi quando gritou:

– Onde diabos mora esse Bescapi?

Pois então um desconhecido imediatamente o pegou pelo braço e o levou até a casa, dizendo-lhe que mestre Bescapi morava bem ali e ele ainda poderia sem dúvida receber a fantasia que talvez tivesse encomendado. Entrando na sala, o homem pediu que lhe mostrasse o traje que lhe estava destinado, pois mestre Bescapi não estava em casa; talvez fosse um simples tabarro ou então... Mas Giglio agarrou o homem, que não era senão um alfaiate muito digno, e começou a falar tão atrapalhadamente em mancha de sangue e prisão e pagamento e libertação imediata que o alfaiate o olhou petrificado e estupefato nos olhos sem poder proferir nem uma sílaba em resposta.

– Maldito! Você não quer me entender; traga já aqui seu patrão, aquele cão dos demônios!

Enquanto gritava essas palavras, Giglio mantinha agarrado o alfaiate. Mas então lhe aconteceu o mesmo que na casa do *signor* Pasquale. O alfaiate berrou de tal forma que as pessoas acorreram de todos os lados. O próprio Bescapi se precipitou para dentro do cômodo, mas, assim que pôs os olhos em Giglio, exclamou:

PRINCESA BRAMBILLA

143

– Por todos os santos, é o ator louco, o pobre *signor* Fava. Agarre-o, minha gente, agarre-o!

Todos então caíram sobre Giglio, subjugaram-no com facilidade, amarraram-lhe as mãos e os pés e o puseram numa cama. Bescapi se aproximou, e Giglio despejou sobre ele mil acusações amargas sobre sua avareza, sobre sua crueldade, e falou do vestido da princesa Brambilla, da mancha de sangue, do pagamento etc.

– Tente se acalmar – disse Bescapi com suavidade –, tente se acalmar, caríssimo *signor* Giglio, mande embora os fantasmas que o torturam. Em alguns minutos o *signor* verá tudo com outros olhos.

O que Bescapi quis dizer com isso ficou claro logo em seguida, pois um cirurgião entrou no quarto e, apesar de toda a resistência do pobre Giglio, abriu-lhe uma veia. Esgotado por todos os acontecimentos do dia e pela perda de sangue, o pobre Giglio caiu num sono profundo, como se desmaiasse.

Quando acordou, era noite alta; só com esforço conseguiu se recordar do que lhe havia acontecido por último. Sentiu que o haviam desamarrado, mas a lassidão não lhe permitia animar-se e mover-se. Por uma fresta que provavelmente era de uma porta, um débil raio de luz entrou por fim no quarto, e ele teve a impressão de ouvir uma respiração profunda e, em seguida, um leve sussurro, que finalmente se transformou em palavras compreensíveis.

– É você mesmo, meu caro príncipe? E nesse estado? Tão pequeno, tão pequeno que poderia, me parece, caber na minha caixinha de confeitos! Mas não pense que só por isso eu o tenho em menor estima e respeito; pois então não sei que você é um homem robusto e amável e que tudo isso agora não passa de um sonho meu? Tenha apenas a bondade de se mostrar para mim amanhã, nem que seja apenas como voz. Se você pôs os seus olhos sobre mim, pobre menina, é porque tinha de acontecer, pois do contrário...

Nesse ponto as palavras voltaram a ser apenas um sussurro incompreensível! A voz era de uma doçura, de uma suavidade invulgar; Giglio sentiu que um estranho temor lhe fazia estremecer o corpo todo; mas quando ele tentava aguçar os ouvidos, o sussurro o embalava, semelhante ao rumorejo de uma fonte próxima, e o fazia mergulhar outra vez num sono profundo.

O sol brilhava forte no quarto quando uma suave sacudida fez Giglio despertar de seu sono. Mestre Bescapi estava diante dele e falou, tomando-lhe a mão com um sorriso benevolente:

– Já está melhor, não é verdade, caríssimo *signor*? Sim, graças aos céus! Está um pouco pálido, mas seu pulso está tranquilo. O céu o trouxe a minha casa em seu terrível paroxismo e me permitiu prestar um pequeno serviço ao *signor*, que considero o melhor ator de Roma, e cuja perda nos deixou a todos profundamente consternados.

As últimas palavras de Bescapi foram como um poderoso bálsamo para as feridas abertas; contudo, Giglio começou a falar com um semblante muito grave e sombrio:

– *Signor* Bescapi, eu não estava doente nem louco quando entrei em sua casa. O *signor* foi impiedoso o bastante para mandar prender minha doce noiva, a pobre Giacinta Soardi, porque ela não podia lhe pagar pelo belo vestido que estragara; não, que santificara, deixando cair sobre ele o róseo ícor da ferida que a agulha de costura abrira no mais delicado dos dedos. Diga-me agora mesmo quanto quer pelo vestido; eu lhe pagarei o preço e então iremos imediatamente libertar a bela, a doce menina da prisão em que definha por causa de sua avareza.

Dizendo isso, Giglio se levantou o mais rápido que pôde e tirou do bolso o saquinho de ducados que, se fosse o caso, estava disposto a esvaziar até o fim. Mas Bescapi o contemplou fixamente com os olhos arregalados e disse:

– Como pode imaginar uma loucura dessas, *signor* Giglio? Não sei nada de nenhum vestido que Giacinta tenha estragado, de nenhuma mancha de sangue, de mandar prendê-la!

Quando, então, Giglio contou mais uma vez tudo o que ouvira de Beatrice, e sobretudo quando descreveu com exatidão o vestido que ele mesmo vira no ateliê de Giacinta, mestre Bescapi afirmou que com toda a certeza Beatrice o fizera de bobo, pois em toda aquela bela história não havia uma só palavra verdadeira, e ele jamais encomendara a Giacinta um vestido como aquele que

PRINCESA BRAMBILLA

145

Giglio dizia ter visto. Não havia motivos para duvidar das palavras de Bescapi, pois de outro modo seria inexplicável sua recusa em aceitar o dinheiro que lhe era oferecido, e assim Giglio se convenceu de também naquele caso estar sob o efeito do feitiço no qual se havia enredado. Não restava nada a fazer senão deixar mestre Bescapi em paz e esperar pela boa sorte que talvez trouxesse de volta aos seus braços a bela Giacinta, por quem ele novamente se sentia ardentemente apaixonado.

Diante da porta de Bescapi encontrou uma pessoa que ele desejaria que estivesse a mil milhas dali, a saber, o velho Celionati.

– Ei! – gritou ele, rindo, para Giglio. – Ei, o *signor* deve ser de fato uma boa alma para querer dar os ducados que o favor do destino lhe atirou nas mãos por sua bem-amada, apesar de ela já nem sequer ser mesmo sua bem-amada.

– O *signor* é um homem terrível e cruel! – replicou Giglio. – Por que se mete em minha vida? Por que quer se apossar de minha alma? O *signor* se vangloria de uma onisciência que talvez lhe custe pouco esforço... o *signor* me cerca de espiões que vigiam cada um de meus passos e tropeços, o *signor* atiça todos contra mim... ao *signor* eu devo a perda de Giacinta, de meu emprego... a suas mil artimanhas...

– Ah, sim! – exclamou Celionati com uma gargalhada. – Ah, sim, valia mesmo muito a pena cercar assim por todos os lados a importantíssima pessoa do *signor* ex-ator Giglio Fava! Mas, Giglio, meu filho, você precisa de fato de um tutor que o guie pelo bom caminho que leva ao destino certo.

– Sou maior de idade – disse Giglio – e lhe peço, meu *signor ciarlatano*, que me deixe cuidar de minha própria vida.

– Oh, oh – replicou Celionati –, não seja tão turrão! O que é isso? E se eu só quisesse o seu bem, o melhor para você, se desejasse a você a maior felicidade deste mundo, se eu estivesse aqui como um mediador entre você e a princesa Brambilla?

– O, Giacinta, Giacinta, ai, infeliz de mim, eu a perdi! Terá havido outro dia que me trouxesse uma desgraça maior que a de ontem? – Assim gritava Giglio, totalmente fora de si.

– Ora, ora – disse Celionati num tom apaziguador –, o dia de ontem não pode ter sido tão funesto assim. Só as boas lições que, depois de se ter tranquilizado por ainda não ter entregado as luvas, o chapéu e o capote em troca de um prato de macarrão borrachento, o *signor* recebeu no teatro já lhe poderiam ser salutares; depois o *signor* viu a mais esplêndida das representações, merecedora de ser considerada a melhor do mundo por exprimir o que há de mais profundo sem precisar de palavras; em seguida, encontrou no bolso os ducados de que tinha tanta necessidade.

– Que me vieram de sua parte, de sua parte, eu bem sei – interrompeu-o Giglio.

– Mesmo que isso fosse verdade – continuou Celionati –, isso não muda nada; pois bem, o *signor* recebeu o dinheiro, restabeleceu as melhores relações com seu próprio estômago, chegou bem à casa de Bescapi, foi-lhe aplicada uma sangria muito útil e necessária e, por fim, dormiu sob o mesmo teto que sua amada.

– O que o *signor* está dizendo? – exclamou Giglio. – O que o *signor* está dizendo? Sob o mesmo teto que minha amada?

– É isso mesmo – respondeu Celionati –, dê só uma olhada lá para cima.

Giglio fez o que o velho lhe dizia e mil raios lhe atravessaram o peito quando ele avistou sua doce Giacinta no balcão, graciosamente vestida, mais bela, mais encantadora do que ele jamais a vira, e atrás dela a velha Beatrice.

– Giacinta, minha Giacinta, minha doce vida! – gritou ele afetuosamente, olhando para ela.

Mas Giacinta lançou a ele um olhar cheio de desdém e saiu do balcão, imediatamente seguida por Beatrice.

– Ela persiste em sua maldita *smorfiosidade* – disse Giglio, desgostoso –, mas tudo haverá de se arranjar.

– Dificilmente! – interrompeu-o Celionati. – Pois, meu bom Giglio, o *signor* talvez não saiba que ao mesmo tempo em que o *signor* ia, com tanta audácia, no encalço da princesa Brambilla, um belo e garboso príncipe fazia a corte a sua *donna* e, ao que parece...

– Com todos os diabos! – gritou Giglio. – Beatrice, aquele velho demônio, alcovitou a pobre menina; mas hei de envenenar essa

PRINCESA BRAMBILLA

velha nefasta com pó para ratos, hei de cravar um punhal no coração do maldito príncipe...

– Esqueça tudo isso – interrompeu-o Celionati. – Esqueça tudo isso, meu bom Giglio, acalme-se, vá direitinho para casa e, se tiver ideias nocivas, faça mais uma sangriazinha. Deus o acompanhe. Talvez nos reencontremos no Corso.

– Com essas palavras, Celionati atravessou a rua e se afastou.

Giglio ficou como que plantado no chão, lançou olhares furiosos para o balcão, rilhou os dentes, murmurou as pragas mais horríveis. Mas, quando mestre Bescapi pôs a cabeça para fora da janela e lhe pediu gentilmente para entrar e esperar a nova crise que parecia se aproximar, Giglio, convencido de que o mestre alfaiate estava conjurado contra ele num complô com a velha, atirou-lhe um "maldito alcoviteiro" na cara e partiu numa louca correria.

No Corso, encontrou alguns antigos camaradas, com os quais foi a uma taberna ali perto para afogar todo o seu desgosto, suas dores de amor e seu desespero no calor de um fogoso vinho siracusano.

Normalmente, uma atitude como essa não é a mais aconselhável; pois o mesmo calor que devora o desgosto costuma acender uma fogueira incontrolável e incendiar tudo o que no âmago de uma pessoa ela gostaria de preservar das chamas; com Giglio, porém, correu tudo bem. Saboreando a conversação alegre e agradável com os atores, cheia de recordações e aventuras divertidas do teatro, ele de fato esqueceu por completo toda a desgraça que lhe acontecera. Ao se despedirem, combinaram de se encontrar à noite no Corso com as máscaras mais bizarras que pudessem imaginar.

O traje que já usara uma vez parecia a Giglio suficientemente extravagante; mas dessa vez ele não desdenhou de vestir também as estranhas calças compridas e, além disso, pôs nas costas o capote espetado numa vara, dando quase a impressão de que uma bandeira lhe brotara do dorso. Assim fantasiado, percorreu empolgado as ruas e se entregou à mais despreocupada alegria, sem se lembrar da imagem de seu sonho nem de sua amada perdida.

PRINCESA BRAMBILLA

Mas parou como que plantado no chão quando, de repente, nas proximidades do Palácio Pistoia, uma figura de estatura alta e nobre surgiu diante dele, trajando aquele suntuoso vestido com o qual Giacinta o surpreendera dias antes; ou melhor: quando viu diante de si, em carne e osso, a imagem de seu sonho. Algo como um relâmpago lhe atravessou os membros; mas ele mesmo não saberia dizer como foi que a apatia, o temor do anelo amoroso, que costuma paralisar os sentidos quando a doce imagem da amada de súbito aparece diante de nós, desvaneceu-se na jubilosa coragem de uma alegria como ele jamais sentira em seu âmago. Com o pé direito à frente, o peito estufado e os ombros retraídos, ele assumiu de imediato a postura extremamente graciosa em que outrora declamara as mais extraordinárias passagens dramáticas, tirou o barrete com as longas e pontudas penas de galo da rígida peruca e, mantendo o tom resmoneante adequado a sua fantasia e contemplando fixamente através dos grandes óculos a princesa Brambilla (que era ela, isso estava fora de dúvida), disse:

– A mais graciosa das fadas, a mais sublime das deusas caminha sobre a terra; uma cera ciumenta encobre a triunfante beleza de seu semblante, mas do esplendor que a envolve milhares de raios se despedem e transpassam o peito dos velhos, dos jovens, e todos reverenciam a divina criatura, incendiados de amor e encanto.

– De que drama bombástico tirou essa bela eloquência, meu *signor capitano* Pantaleão, ou quem quer que seja o *signor*? – respondeu a princesa. – Diga-me, antes, a que triunfo aludem os troféus que traz com tanto orgulho sobre o dorso?

– Não são troféus – exclamou Giglio –, pois ainda luto pela vitória! É o pendão da esperança, da ardente aspiração, ao qual prestei juramento, o sinal de alerta de minha rendição à clemência ou inclemência, que hasteei para que o sopro de suas dobras sussurre à senhora: "tenha piedade de mim". Aceite-me como seu cavaleiro, princesa, então haverei de lutar, vencer e portar troféus para glorificar sua dignidade e beleza.

– Se o *signor* quer ser meu cavaleiro – disse a princesa –, então arme-se convenientemente! Cubra a cabeça com o elmo belicoso, empunhe a boa e larga espada! Então acreditarei no *signor*.

– Se a senhora quer ser minha dama – respondeu Giglio –, a Armida de Rinaldo, seja-o por inteiro![10] Dispa esse traje suntuoso que me aturde, me confunde como um perigoso feitiço. Essa fulgente mancha de sangue.

– O *signor* perdeu o juízo! – exclamou vivamente a princesa, e deixou Giglio falando sozinho, partindo a toda pressa.

Parecia a Giglio não ter sido ele a falar com a princesa, como se houvesse dito de modo inteiramente involuntário palavras que ele mesmo não compreendia; por pouco não acreditava que o *signor* Pasquale e mestre Bescapi tinham razão ao considerá-lo um pouco doido. Mas como vinha se aproximando um cortejo de mascarados que, com as fantasias mais extravagantes, representava as deformidades mais bizarras da imaginação, no qual ele logo reconheceu seus camaradas, Giglio recuperou sua alegria despreocupada. Misturou-se ao grupo saltitante e dançante e pôs-se a gritar:

– Mexa-se, mexa-se, louca assombração! Agitem-se, poderosos espíritos maliciosos da mais insolente zombaria! Pertenço agora inteiramente a vocês, e podem me considerar um de seus pares!

Giglio pensou reconhecer entre seus camaradas o velho de cujo garrafão brotara a imagem de Brambilla. Antes que se desse conta, foi agarrado por ele, que o fez percorrer toda a roda enquanto lhe guinchava no ouvido:

– Peguei você, maninho; peguei você, maninho!

---

10 Armida e Rinaldo são personagens da *Jerusalém libertada* (1581), de Torquato Tasso (1544-1595). (N. T.)

TERCEIRO CAPÍTULO

Das cabeças louras que ousam achar Polichinelo chato e insípido – Divertimento alemão e divertimento italiano – Como Celionati, sentado no Caffè Greco, afirmou não estar sentado no Caffè Greco, e sim fabricando rapé parisiense às margens do Ganges – A história maravilhosa do Rei Ophioch, que governa o país do Jardim de Urdar, e da Rainha Liris – Como o Rei Cophetua se casou com uma jovem mendiga, uma nobre princesa correu atrás de um mau comediante, e Giglio se armou com uma espada de madeira, mas depois foi de encontro a mil máscaras no Corso, até finalmente parar porque seu eu se pôs a dançar

– OH, CABEÇAS LOURAS! OH, OLHOS AZUIS! Oh, gente orgulhosa cujo "Bom dia, linda menina" proferido em uma voz de baixo tonitruante assusta as moças mais audazes, poderá seu sangue enrijecido no gelo do eterno inverno derreter-se ao selvagem sopro da tramontana ou ao fogo de uma canção de amor? Por que se vangloriam de sua enorme alegria de viver, de sua pujante vontade de viver, se não existe em vocês nenhum pendor para o mais louco, mais prazeroso prazer de todos os prazeres, este que nos é oferecido na mais rica abundância por nosso abençoado carnaval? Vocês, que de vez em quando até ousam achar nosso bravo Polichinelo chato, insípido, e consideram as mais deliciosas bizarrias nascidas da ridente galhofa meras criações de um espírito confuso!

Assim falava Celionati no Caffè Greco, para onde se dirigira, como de hábito, ao entardecer, e tomara um lugar entre os artistas alemães que à mesma hora costumavam frequentar aquele estabelecimento situado na Via Condotti e acabavam de fazer severas críticas às extravagantes máscaras do carnaval.

Tomou a palavra o pintor alemão Franz Reinhold:

– Como o senhor pode dizer uma coisa dessa, mestre Celionati? Isso não combina bem com o que o senhor costuma afirmar a respeito do espírito e do caráter alemão. É verdade que o senhor sempre nos acusou, a nós, alemães, de exigir de qualquer gracejo que ele signifique algo mais que o gracejo em si, e eu lhe dou razão, embora num sentido bem diverso daquele que o senhor tem em mente. Que Deus o ajude, se o senhor nos atribui a estupidez de só admitir a ironia em caráter alegórico. O senhor estaria incorrendo num grande erro. Podemos ver muito bem que entre vocês, italianos, o simples gracejo, como tal, parece estar muito mais em casa do que entre nós; mas espero poder explicar-lhe com toda a clareza a diferença que encontro entre o seu e o nosso gracejo, ou melhor, entre a sua e a nossa ironia. Pois bem, estávamos agora mesmo falando sobre as figuras loucamente extravagantes que circulam pelo Corso; posso ao menos tirar daí uma comparação. Se vejo um sujeito maluco daqueles fazer o povo rir com suas caretas horrorosas, tenho a impressão de que é como se um protótipo original se tornasse visível e lhe falasse, mas ele não entendesse as palavras e, como costuma acontecer na vida, quando nos esforçamos por apreender o sentido de uma língua estrangeira, incompreensível, imitasse involuntariamente os gestos daquele protótipo que lhe dirige a palavra, embora de modo exagerado por causa do esforço exigido. O nosso gracejo é a própria língua daquele protótipo, que soa a partir de nosso âmago e necessariamente determina o gesto por aquele princípio da ironia que reside no âmago, assim como o rochedo que repousa nas profundezas obriga o riacho que corre sobre ele a produzir ondas encrespadas na superfície. Não pense, mestre Celionati, que eu

PRINCESA BRAMBILLA

153

não tenho nenhuma compreensão para o farsesco, que reside apenas na aparência exterior e só recebe seus motivos do exterior, e que eu não reconheço em seu povo uma capacidade superior para dar vida justamente a esse farsesco. Mas me perdoe, Celionati, se também afirmo que para o farsesco se tornar suportável ele necessita de um elemento de afabilidade que não encontro em suas personagens cômicas. A afabilidade que mantém puros os nossos gracejos naufraga no princípio da obscenidade que move seu Polichinelo e milhares de outras máscaras, e assim, através de todas as caretas e bufonarias, entremostra-se aquela pavorosa, terrível fúria da ira, do ódio, do desespero, que leva vocês ao delírio, ao homicídio. Quando, naquele dia do Carnaval, em que todos levam consigo uma vela e cada um tenta apagar com um sopro a vela do outro, quando então, com a mais louca e desabusada euforia, com as gargalhadas mais ruidosas, todo o Corso estremece com o grito selvagem: *"Ammazzato sia, chi non porta moccolo"*;[11] pode crer, Celionati, no momento mesmo em que, arrebatado pela delirante alegria do povo, eu me ponho a soprar ao redor de mim e gritar com furor maior que o de qualquer outro: *"Ammazzato sia!"*, sou tomado de um estranho pavor que impede totalmente aquela afabilidade própria de nossa índole alemã de se manifestar.

– Afabilidade – disse Celionati, rindo –, afabilidade! Diga-me, meu afável senhor alemão, o que pensa das máscaras de nosso teatro? De nossos Pantaleão, Briguela, Tartaglia?

– Oh! – respondeu Reinhold –, eu penso que essas máscaras nos abrem uma mina do mais delicioso sarcasmo, da mais certeira ironia, do mais livre e, diria mesmo, mais insolente humor, embora eu pense que elas se referem antes às diversas manifestações exteriores da natureza humana que à natureza humana em si, ou, para dizê-lo de forma mais concisa e precisa, referem-se antes *aos* seres humanos que *ao* ser humano. Aliás, Celionati, por favor, não vá pensar que eu seja louco a ponto de duvidar que existam em seu país homens dotados do humor mais profundo. A igreja invisível não conhece nenhuma diferença entre

---

11 Morte a quem não tiver um toco de vela! (N. T.)

as nações; ela tem seus membros em toda parte. E, permita-me dizer-lhe, mestre Celionati, o senhor, com seu modo de ser e de agir, sempre nos pareceu esquisito. Diante do povo, faz-se passar pelo mais extravagente *ciarlatano*; logo depois, em nossa companhia, se compraz em esquecer tudo o que é italiano e nos deleitar com histórias maravilhosas que nos penetram fundo na alma para, em seguida, outra vez palrando e fantasiando, nos enredar e prender nos laços de uma estranha magia. O povo, de fato, tem razão em pespegar-lhe a pecha de bruxo; eu, por minha parte, penso apenas que o senhor pertence à igreja invisível, que conta com membros muito estranhos, embora todos tenham brotado do mesmo tronco.

– Que ideia faz de mim, meu caro senhor pintor! – exclamou Celionati com veemência. – Como pode imaginar, supor, suspeitar de algo a meu respeito? Estarão todos vocês assim tão certos de que eu me sento aqui e fico tagarelando inutilmente palavras inúteis a respeito de coisas que nenhum dos senhores poderia entender sem ter olhado para o claro espelho d'água da fonte Urdar, sem que Liris o tenha contemplado com um sorriso?

– Ho, ho! – exclamaram todos ao mesmo tempo. – Lá vem ele de novo com suas velhas piruetas, com suas velhas piruetas. Continue, senhor mestre feiticeiro! Continue!

– O povo lá é sensato? – gritou Celionati em meio ao vozerio, batendo com força o punho na mesa e fazendo todos de repente se calarem. – O povo lá é sensato? – continuou ele então, mais calmo. – Que piruetas? Que danças? Eu só queria saber de onde tiraram a certeza de que eu de fato me sento aqui com vocês e desfio um palavrório que imaginam compreender com seu ouvido carnal, embora talvez não passe de um espírito aéreo malicioso que zomba de vocês. Quem lhes garante que *este* Celionati, que querem convencer de que os italianos nada entendem de ironia, não passeia agora mesmo pelas margens do Ganges colhendo flores perfumadas a fim de preparar rapé parisiense para o nariz de algum ídolo místico qualquer? Ou que não perambula por entre as tumbas sombrias e assustadoras de Mênfis a fim de pedir ao mais antigo dos reis o dedinho de seu pé esquerdo

PRINCESA BRAMBILLA 155

para uso medicinal da mais orgulhosa das princesas do Argentina? Ou que ele não trava uma profunda conversação com seu amigo mais íntimo, o mago Ruffiamonte, junto da fonte Urdar? Mas, esperem, eu quero de fato fazer como se Celionati estivesse sentado aqui no Caffè Greco e lhes contar do rei Ophioch, da rainha Liris e do espelho d'água da fonte Urdar, caso queiram ouvir essas coisas.

– Conte – disse um dos jovens artistas –, conte, sim, Celionati; já posso sentir que será uma de suas histórias, muito loucas e bizarras, mas muito agradáveis de se ouvir.

– Mas – começou Celionati – que nenhum de vocês pense que eu lhes quero servir apenas contos de fadas absurdos e duvide de que as coisas se passaram da maneira como irei lhes contar. Todas as dúvidas serão dissipadas se eu lhes assegurar que ouvi tudo da boca de meu amigo Ruffiamonte, ele próprio, de certo modo, a personagem principal da história. Não faz ainda um par de séculos que nós, percorrendo os vulcões da Islândia e buscando um talismã nascido de fluidos e flamas, falávamos muito da fonte Urdar. Portanto, abram os ouvidos, abram os sentidos!

Nesse ponto, benevolente leitor, você terá de se conformar em ouvir uma história que parece estar longe do âmbito daqueles acontecimentos que me incumbi de narrar aqui e, portanto, poderia ser considerada um episódio descartável. Porém, como às vezes acontece de a trilha que parece nos desencaminhar, se seguida resolutamente, de repente nos conduzir ao destino que havíamos perdido de vista, pode ser também que este episódio, um descaminho apenas aparente, nos leve ao cerne da história principal. Ouça, portanto, oh, meu leitor, a maravilhosa

HISTÓRIA DO REI OPHIOCH E DA RAINHA LIRIS

Há muito, muito tempo, poderíamos dizer, num tempo que se seguiu tão imediatamente aos primórdios da Terra quanto a Quarta-feira de Cinzas se segue à Terça-feira de Carnaval, o jovem rei Ophioch governava o país do Jardim de Urdar. Não sei se o alemão Büsching[12] descreveu o país do Jardim de Urdar com alguma precisão geográfica; é fora de dúvida, contudo, que, conforme o mago Ruffiamonte me assegurou milhares de vezes, trata-se de um dos mais abençoados países que jamais existiram ou ainda virão a existir. Havia nele prados e campos de trevos tão exuberantes que o gado mais voraz não tinha nenhuma vontade de deixar a pátria querida; havia florestas tão vastas, com árvores, plantas, uma fauna magnífica e aromas tão doces que os ventos matinal e vespertino não se cansavam de sibilar ao redor deles. Havia vinhedos, olivais e frutos de toda espécie para dar e vender. Cursos d'água de argêntea limpidez cortavam o país inteiro, ouro e prata eram dádivas de suas montanhas que, como homens verdadeiramente ricos, se vestiam com toda a simplicidade de um suave cinza-escuro, e quem despendesse apenas um pouco de esforço desenterraria da areia as mais belas gemas que, caso quisesse, poderia utilizar como graciosos botões de camisa ou colete. Se, com exceção do palácio real, construído em mármore e alabastro, faltavam as convenientes cidades de alvenaria, isso se devia à falta de cultura que, naquela época, não permitia que as pessoas compreendessem ser melhor se sentar numa poltrona sob a proteção de sólidas paredes que habitar em cabanas baixas às margens de um riacho murmurejante rodeadas de arbustos sussurrantes e se expor ao perigo de que uma ou outra árvore descarada metesse seus galhos pela janela e, como hóspede indesejado, tivesse uma palavrinha a dar sobre qualquer assunto, ou ainda de que as vinhas ou a hera fizessem as vezes de um tapeceiro. Acrescente-se ainda que os habitantes do país do Jardim de Urdar eram os mais extremados patriotas, tinham um amor incomum pelo seu rei, embora ele raramente lhes desse uma oportunidade de vê-lo em pessoa, e costumavam exclamar, mesmo quando não era seu aniversário, "Viva Sua Majestade!", de modo que o rei Ophioch devia ser tido pelo mais feliz monarca que havia sob o

---

12 Anton Friedrich Büsching (1724-1793), teólogo e geógrafo alemão, autor de numerosas obras, entre as quais *Neue Erdbeschreibung* (*Nova descrição da Terra*) em sete partes, publicada entre 1754 e 1768. (N. T.)

sol. E ele poderia de fato sê-lo se não apenas ele, mas também muitas outras pessoas, as quais poderiam ser contadas entre as mais sábias do país, não tivessem sido acometidas de certa tristeza estranha que impedia qualquer alegria de brotar em meio a toda aquela magnificência. O rei Ophioch era um jovem inteligente, de boas ideias, claro entendimento e até mesmo pendor para a poesia. Isso poderia parecer incrível, e mesmo inaceitável, se não fosse concebível e desculpável pela época na qual ele vivia.

Pode ser que na alma do rei Ophioch ainda ressoassem ecos daqueles maravilhosos tempos primordiais de suprema alegria, quando a Natureza, acalentando e agasalhando o ser humano como o seu mais querido filho, concedia-lhe a contemplação imediata de toda a existência e, com ela, a compreensão do mais elevado ideal, da mais pura harmonia. Pois muitas vezes ele tinha a impressão de que doces vozes lhe falavam no misterioso murmúrio da floresta, no sussurro do arvoredo, das fontes, como se das nuvens douradas se estendessem braços cintilantes para enlaçá-lo, e seu peito se enchia de um ardente anelo. Mas logo depois tudo se desfazia em confusas ruínas desoladas, o sombrio e terrível demônio que o fizera se desavir com sua mãe o abanava com suas asas geladas e ele se via abandonado e desamparado por ela em um acesso de fúria. A voz da floresta, das montanhas longínquas, que sempre despertava nele a nostalgia e o doce pressentimento de uma alegria passada, desvanecia-se no deboche daquele demônio sombrio. Mas o hálito de fogo abrasador daquele deboche inflamava no imo do rei Ophioch o delírio de que a voz do demônio era a voz de sua mãe irada, que agora buscava, como sua inimiga, aniquilar o próprio filho desnaturado...

Como já foi dito, havia no país quem compreendesse a melancolia do rei Ophioch e, ao compreendê-la, fosse também acometido por ela. Mas a maioria não compreendia aquela melancolia, e menos que todos a compreendiam os membros do Conselho de Estado, que, para o bem do reino, permaneceu saudável.

Nessa condição saudável, o Conselho de Estado acreditou constatar que nada poderia salvar o rei Ophioch de sua prostração a não ser a união com uma esposa bela, muito alegre, feliz.

Puseram os olhos sobre a princesa Liris, filha do rei de um país vizinho. A princesa Liris era de fato tão bela quanto se pode esperar de uma filha de rei. Embora tudo que a rodeasse, tudo que ela via e experimentava passasse ao largo de seu espírito sem deixar vestígios, ela, contudo, ria o tempo todo, e, como no país do Jardim de Hirdar (assim se chamava o reino de seu pai) se soubesse tão pouco explicar o motivo daquela alegria quanto no país do Jardim de Urdar se sabia explicar o motivo da tristeza do rei Ophioch, por isso mesmo as duas almas reais pareciam feitas uma para a outra. Aliás, o único prazer da princesa que de fato se constituía para ela em prazer era fazer rendas rodeada por suas damas de companhia, que tinham de também fazer rendas, assim como o rei Ophioch parecia só encontrar satisfação ao caçar, em profunda solidão, os animais da floresta. O rei Ophioch não tinha nenhuma objeção a fazer contra a esposa que lhe haviam destinado; o casamento como um todo parecia-lhe ser apenas um negócio de Estado indiferente, cuja realização ele deixava a cargo dos ministros que se se dedicavam a ele com tanto afinco.

As núpcias se consumaram logo, com toda a pompa possível. Tudo transcorreu do modo mais glorioso e feliz, a não ser por um pequeno incidente: o poeta da corte, em cuja cabeça o rei Ophioch atirou o epitalâmio que ele lhe queria entregar, tomado de pavor e ira, foi imediatamente acometido de um delírio infeliz e pensou ser um espírito poético, o que o impediu de continuar a poetar e o tornou incapaz de desempenhar o ofício de poeta da corte.

Semanas e luas se sucederam, mas não se manifestava nenhum sinal de mudança no estado de alma do rei Ophioch. Mas os ministros, a quem a risonha rainha agradava imensamente, consolavam o povo e a si mesmos dizendo: "Ainda haverá de acontecer!".

Mas nada acontecia; pois o rei Ophioch ficava a cada dia mais sério e mais triste do que antes e, para piorar ainda mais as coisas, uma profunda repulsa pela risonha rainha germinava em seu íntimo; ela, por sua vez, parecia não notar nada, como, de resto, jamais se podia saber se ela notava alguma coisa no mundo que não fossem os pontos de renda.

PRINCESA BRAMBILLA

Certo dia, durante uma caçada, aconteceu de o rei Ophioch se embrenhar na parte mais cerrada e selvagem da floresta, onde uma torre de pedras negras, velha como a Criação, subia para as alturas como se tivesse brotado do rochedo. Um bramido surdo atravessava a copa das árvores, e das profundezas rochosas da ravina respondiam vozes plangentes num lamento de cortar o coração. Naquele lugar assustador, o peito do rei Ophioch sentiu-se singularmente comovido. Parecia-lhe que daqueles sons da mais profunda dor brilhava um raio de esperança na reconciliação, e não era mais a ira sardônica, não! Era apenas a tocante queixa da mãe pelo filho perdido, desnaturado, o que ele ouvia, e essa queixa trouxe-lhe o consolo de saber que sua mãe não lhe guardaria mágoa para sempre.

Enquanto o rei Ophioch se quedava ali perdido em si mesmo, uma águia alçou voo e pousou na ameia da torre. Involuntariamente o rei Ophioch pegou seu arco e disparou uma flecha contra a águia; mas, em vez de atingi-la, a flecha foi-se cravar no peito de um velho venerável, que só então o rei Ophioch avistou na ameia da torre. O desespero tomou conta dele quando se lembrou de que a torre era o observatório astronômico no qual, segundo a velha saga, os antigos reis do país costumavam subir em noites misteriosas e, mediadores consagrados entre o povo e a senhora de todo o Ser, anunciavam os desejos, as palavras da soberana. Ele se deu conta de estar no lugar cuidadosamente evitado por toda a gente, pois, segundo se dizia, o velho mago Hermod jazia no alto da torre mergulhado num sono milenar, e, se fosse acordado, a fúria dos elementos fermentaria, eles se lançariam em luta uns contra os outros e tudo haveria de perecer nessa luta.

Tomado de profunda prostração, o rei Ophioch já quase se deixava cair ao chão quando sentiu que o tocavam suavemente; diante dele estava o mago Hermod, segurando com a mão a flecha que lhe havia atingido o peito, e disse, enquanto um terno sorriso alegrava os graves e veneráveis traços de seu semblante:

– Você me acordou de um longo sono de profeta, rei Ophioch! Sou-lhe muito grato por isso, pois aconteceu na hora certa! É chegada a hora em que devo ir em peregrinação a Atlântida para receber das mãos da nobre e poderosa rainha o presente que ela me prometeu como sinal de reconciliação e que roubará o atroz aguilhão à dor que lhe dilacera o peito, oh rei Ophioch. O pensamento destruiu a intuição, mas do prisma do cristal formado pela coagulação da torrente de fogo na luta nupcial com o veneno inimigo irradia a intuição renascida, ela mesma um feto do pensamento! Adeus, rei Ophioch! Você tornará a me ver em treze vezes treze luas, eu lhe trarei a mais bela dádiva da mãe apaziguada, que fará sua dor se dissolver em alegria suprema, diante da qual se derreterá o cárcere de gelo no qual sua esposa, a rainha Liris, é mantida prisioneira há tanto tempo pelo mais hostil dos demônios... Adeus, rei Ophioch!

Com essas palavras misteriosas o velho mago deixou o rei, desaparecendo nas profundezas da floresta.

Se antes o rei Ophioch estava triste e melancólico, ele agora ficou ainda mais. As palavras do velho Hermod ficaram gravadas em sua alma; ele as repetiu para o astrólogo da corte, para que este lhe esclarecesse seu sentido incompreensível. O astrólogo da corte, contudo, declarou que elas não continham nenhum sentido; pois não havia nenhum prisma, nem cristal algum, ou pelo menos eles não poderiam, como qualquer boticário sabia, surgir de torrentes de fogo e venenos hostis; já o que a confusa conversa de Hermod acrescentara a respeito de pensamento e intuição renascida teria de permanecer incompreensível, pois nenhum astrólogo ou filósofo com uma formação minimamente honesta poderia se ocupar com a linguagem sem significado da era primitiva à qual o mago Hermod pertencia. O rei Ophioch não apenas não se deu por satisfeito com essa desculpa como, além disso, atacou com grande fúria o astrólogo, e por sorte ele não tinha nada ao alcance da mão para jogar na cabeça do infeliz da mesma maneira como atirara na cabeça do poeta da corte aquele epitalâmio. Ruffiamonte afirma que, embora não haja nada a respeito na crônica do reino, segundo a lenda popular, contudo, no Jardim de Urdar é dado por certo que naquela ocasião o rei Ophioch chamou o astrólogo da corte de... burro. Então, como aquelas palavras místicas do mago Hermod não saíssem da mente do jovem rei melancólico, ele por fim decidiu que, custasse o que custasse, descobriria por si próprio o significado delas. Com esse objetivo, mandou gravar em letras douradas numa placa de mármore negro as palavras: "o pensamento destruiu a intuição" junto com as demais palavras que o mago dissera, e mandou fixá-la na parede de uma sala retirada e sombria de seu palácio. Sentava-se então diante da placa sobre um divã maciamente acolchoado, apoiava a cabeça em uma das mãos e, contemplando a inscrição, entregava-se a profundas reflexões.

Aconteceu de, por puro acaso, a rainha Liris entrar na sala na qual o rei Ophioch estava diante da inscrição. Apesar de ela ter rido, conforme era seu costume, tão alto que as paredes tremeram, o rei não pareceu perceber a presença de sua querida e alegre esposa. Não desviou o olhar fixo da placa de mármore negro. Por fim, a rainha Liris também pôs os olhos nela. Contudo, mal acabara de ler as palavras misteriosas, seu riso emudeceu e ela se deixou cair em silêncio sobre a almofada ao lado do rei. Depois de ambos, o rei Ophioch e a rainha Liris, terem por um longo tempo contemplado fixamente a inscrição, eles começaram a bocejar cada vez mais forte, fecharam os olhos e mergulharam num sono mortal tão profundo que nenhuma arte humana era capaz de despertá-los. Teriam sido tomados por mortos e sepultados na cripta real com todas as cerimônias tradicionais do país do Jardim de Urdar se uma leve respiração, as batidas do coração e a cor de suas faces não fossem um sinal inequívoco de que continuavam a viver. Como, além do mais, por aquela época eles ainda não tivessem um herdeiro, o Conselho de Estado decidiu governar em lugar do adormecido rei Ophioch, e soube fazê-lo com tanta habilidade que ninguém sequer suspeitava da letargia do monarca. Treze vezes treze luas se passaram desde o dia em que o rei Ophioch tivera aquela importante conversa com o mago Hermod; então, os habitantes do país do Jardim de Urdar viram um espetáculo magnífico como jamais tinham visto em suas vidas.

O grande mago Hermod surgiu sobre uma nuvem de fogo rodeado por espíritos elementares de todas as espécies e, enquanto nos ares todos os sons harmoniosos da natureza inteira soavam em acordes misteriosos, desceu sobre o colorido tapete de um belo prado perfumado. Sobre sua cabeça parecia pairar um astro fulgurante, cujas ígneas reverberações o olho não podia suportar. Era, porém, um prisma de cristal rutilante que, quando foi erguido pelo mago bem alto nos ares, se desfez em gotas cintilantes e penetrou na terra para, de súbito, feito a mais magnífica das fontes argentinas, jorrar para o alto num alegre murmúrio.

Então tudo se agitou ao redor do mago. Enquanto os espíritos da terra mergulhavam nas profundezas e atiravam para cima faiscantes flores de metal, os espíritos do fogo e da água boiavam nas poderosas irradiações de seus elementos, os espíritos do ar uivavam e rugiam em rebuliço, lutando e se digladiando como num divertido torneio. O mago outra vez subiu aos ares e abriu sua larga capa; tudo então foi envolvido por uma densa bruma ascendente e, quando ela se desvaneceu, havia se formado sobre o campo de batalha dos espíritos um maravilhoso espelho d'água de claridade celeste, orlado de seixos cintilantes, ervas e flores maravilhosas, em cujo centro a fonte jorrava alegre e, como numa diversão travessa, despedia ondas encrespadas para todos os lados.

No mesmo instante em que o misterioso prisma do mago Hermod se liquefez em fonte, os consortes reais despertaram de seu longo sono mágico. Ambos, o rei Ophioch e a rainha Liris, movidos por irresistível desejo, correram para a fonte. Foram os primeiros a olhar para o fundo das águas. Mas, quando contemplaram na profundeza infinita o céu azul fulgente, os arbustos, as árvores, as flores, a natureza inteira, seu próprio eu em reflexo invertido, pareceu que véus escuros se levantavam, um novo e magnífico mundo cheio de vida e prazer raiou diante de seus olhos, e com o conhecimento desse mundo um êxtase nunca antes experimentado ou pressentido se inflamou em seu imo. Estiveram por um longo tempo a olhar para o fundo, e então se levantaram, olharam um para o outro e... riram, pois temos de chamar de riso não tanto a expressão física da satisfação mais profunda quanto a alegria pela vitória das íntimas forças espirituais. Se a transfiguração que se via no semblante da rainha Liris, e que só agora conferia verdadeira vida e um verdadeiro encanto celestial aos seus belos

PRINCESA BRAMBILLA

traços, já não bastasse para comprovar sua completa transformação anímica, qualquer um poderia deduzi-la de sua maneira de
rir. Pois esse riso estava a uma distância tão grande da gargalhada
com a qual ela costumava torturar o rei que muitas pessoas inteli-
gentes afirmaram não ser ela quem ria ali, e sim algum outro ser
maravilhoso escondido em seu imo. Com o riso do rei Ophioch
se passava o mesmo. Depois de terem rido dessa maneira, ambos
exclamaram quase ao mesmo tempo:

– Oh! Estávamos numa terra estrangeira vazia e inóspita, presa
de sonhos maus, e despertamos em nossa pátria. Agora nos reconhecemos em nós mesmos e não somos mais crianças órfãs!

Então eles se abrigaram um no seio do outro com a expressão
do mais íntimo amor. Enquanto se abraçavam assim, todos os que
conseguiam abrir caminho olhavam para o fundo das águas; aqueles que haviam sido contagiados pela tristeza do rei e olhavam
para o espelho d'água sentiam o mesmo efeito que os consortes reais; aqueles que sempre tinham sido alegres permaneciam
no mesmo estado de antes. Muitos médicos acharam que as
águas eram comuns, sem ingredientes minerais, ao passo que
alguns filósofos desaconselhavam decididamente a contemplação do espelho d'água porque o ser humano, ao ver a si mesmo
e ao mundo numa imagem invertida, pode facilmente ser acometido de uma vertigem. Havia mesmo pessoas pertencentes às
classes mais cultas do reino que afirmavam não existir nenhuma
Fonte de Urdar; Fonte de Urdar, a saber, foi o nome dado desde
logo pelo rei e pelo povo àquela água maravilhosa que brotara do
misterioso prisma de Hermod. O rei Ophioch e a rainha Liris caíram aos pés do grande mago Hermod, que lhes havia trazido a
felicidade e a cura, e agradeceram com todas as mais belas palavras e expressões de que dispunham. O mago Hermod os ergueu
com discreto comedimento, cingiu ao peito primeiro a rainha e
depois o rei e, uma vez que o bem do país da Fonte de Urdar lhe
era muito caro, prometeu vez por outra, em casos de crises futu-
ras, deixar-se ver no alto do observatório. O rei Ophioch queria de
todo modo beijar-lhe a mão venerável, mas ele não pôde aceitá-
-lo e imediatamente subiu aos ares. Lá de cima ele ainda lançou

164 E. T. A. HOFFMANN

cá para baixo, com uma voz que soava como sinos metálicos bati-
dos com força, as seguintes palavras:

– O pensamento destrói a intuição, e, arrancado ao seio da
mãe, o ser humano erra a passo inseguro, expatriado, num delírio
insensato, num cego entorpecimento, até que o próprio reflexo do
pensamento num espelho confere ao pensamento em si mesmo
o conhecimento de que ele *é* e que ele reina soberano sobre o
tesouro mais profundo e mais rico que a rainha-mãe abriu para
ele, muito embora tenha também de obedecer como um vassalo.

FIM DA HISTÓRIA DO REI OPHIOCH E DA RAINHA LIRIS

CELIONATI SE CALOU, E OS JOVENS TAMBÉM SE MANTIVERAM mergu-
lhados no silêncio da meditação que lhes inspirara o pequeno
conto do velho *ciarlatano*, o qual lhes saíra muito diferente do
que haviam imaginado.

– Mestre Celionati – disse Franz Reinhold, interrompendo, por
fim, o silêncio –, seu conto tem um sabor semelhante ao da *Edda*,
da *Voluspá*,[13] do sânscrito e sei lá de que outros livros míticos antigos mais; contudo, se o compreendi bem, a Fonte de Urdar, que
trouxe a felicidade aos habitantes do país do Jardim de Urdar, não
é senão aquilo que nós, alemães, chamamos de humor, a facul-
dade maravilhosa, nascida da mais profunda contemplação da
natureza, que o pensamento tem de criar seu próprio duplo irônico, em cujas estranhas palhaçadas ele reconhece a sua própria
e – quero manter a palavra atrevida – a palhaçada de todo o Ser
aqui na terra, e se deleita com ela. Mas, de fato, mestre Celionati,
com o seu mito o senhor mostrou conhecer outros divertimentos além de seu Carnaval; de agora em diante eu o considero um
membro da igreja invisível e me ajoelho diante do senhor, assim

_____

13 *Edda* é o título de duas compilações, uma em verso e outra em prosa,
de mitos nórdicos em língua islandesa surgidas no século XIII. A *Voluspá*
(profecia da vidente) é o primeiro canto da *Edda* poética. (N. T.)

como o rei Ophioch diante do grande mago Hermod; pois também o senhor é um poderoso mestre feiticeiro.

– O que o senhor quer dizer com conto e mito? – questionou Celionati. – Está pensando que eu lhe contei, que eu lhe quis contar outra coisa que não uma bela história da vida de meu amigo Ruffiamonte? O senhor precisa saber que ele, meu *intimus*, é justamente o grande mago Hermod que fez o rei Ophioch se recuperar de sua tristeza. Se não quiser acreditar em mim, pode perguntar a ele mesmo a respeito de tudo; pois ele se encontra nesta cidade e se hospeda no Palácio Pistoia.

Assim que mestre Celionati mencionou o Palácio Pistoia, todos se lembraram daquele desfile de máscaras singularíssimo que poucos dias antes entrara no edifício e acossaram o estranho *ciarlatano* com centenas de perguntas sobre o seu significado, pressupondo que, sendo ele próprio um aventureiro, deveria estar mais bem informado que qualquer outro a respeito do caráter aventuroso daquele desfile.

– Com toda a certeza – exclamou Reinhold, rindo –, com toda a certeza o belo ancião que se dedicava às ciências sobre a tulipa era seu *intimus*, o grande mago Hermod, ou o necromante Ruffiamonte.

– É isso mesmo – respondeu Celionati tranquilamente –, é isso mesmo, meu bom rapaz! De resto, talvez ainda não seja tempo de falar muita coisa sobre o que acontece no Palácio Pistoia... Pois bem! Se o rei Cophetua se casou com uma mendiga, a grande e poderosa princesa Brambilla pode sem dúvida também correr atrás de um mau ator.

Com essas palavras, Celionati deixou o café, e ninguém sabia ou fazia ideia do significado dessa sua última frase, mas, como isso era comum de acontecer com as coisas que ele dizia, nenhum dos presentes quis perder muito tempo com aquilo.

Enquanto isso se passava no Caffè Greco, Giglio percorria febrilmente o Corso para cima e para baixo, vestindo sua louca fantasia. Ele não se esquecera de, como exigira a princesa Brambilla, usar um chapéu que, com suas abas viradas para o alto, parecesse um estranho capacete de infantaria, nem de se armar com

PRINCESA BRAMBILLA

uma larga espada de madeira. Todo o seu ser estava tomado pela senhora de seu coração, mas ele mesmo não conseguia compreender por que não sentia como algo especial, como um sonho feliz, ter conquistado o amor da princesa, pois em sua impudente petulância ele acreditava que ela devia inevitavelmente ser sua, apenas porque para ela não havia outra coisa a fazer. E essa ideia o inflamou de uma louca alegria, que se extravasava em caretas as mais exageradas, das quais ele próprio se horrorizava intimamente.

A princesa Brambilla não aparecia em lugar algum, mas Giglio gritou, completamente fora de si:

– Princesa!... pombinha... amada do meu coração... eu a encontrarei, eu a encontrarei! – E correu como louco ao redor de centenas de máscaras, até pôr os olhos em um par de dançarinos que lhe prendeu toda a atenção.

Um sujeito engraçado, vestido exatamente como Giglio, até nos mínimos detalhes, podia-se dizer mesmo seu segundo eu quanto à altura, postura etc., tocava guitarra e dançava com uma mulher vestida com muita elegância que tocava castanholas. Se Giglio ficou petrificado com a visão de seu eu dançarino, seu peito voltou a se inflamar quando ele contemplou a jovem. Pensou nunca antes haver visto tanta graça e beleza; cada um dos movimentos dela revelava o entusiasmo de uma alegria muito especial, e era justamente esse entusiasmo que conferia um encanto indescritível até mesmo ao ímpeto selvagem da dança.

Não se podia negar que do louco contraste entre os dois dançarinos se produzia uma bizarrice capaz de levar ao riso qualquer um, mesmo em meio à admiração fervorosa votada à bela jovem; mas era justamente desse sentimento feito da combinação de elementos contraditórios que se produzia no próprio imo aquele entusiasmo feito de uma alegria estranha e indefinível, da qual a dançarina e também o sujeito engraçado estavam tomados. Giglio sentia crescer em seu íntimo uma intuição de quem seria a dançarina, quando uma máscara ao lado dele disse:

– É a princesa Brambilla que dança com seu bem-amado, o príncipe assírio Cornelio Chiapperi!

QUARTO CAPÍTULO

Da útil invenção do sono e do sonho, e o que Sancho Pança pensa a respeito – Como um funcionário público de Württenberg caiu escada abaixo e Giglio não podia desvendar seu próprio eu. Guarda-fogos retóricos, galimatias duplo e o Mouro Branco – Como o velho príncipe Bastianello di Pistoia espalhou sementes de laranja no Corso e tomou as máscaras sob sua proteção. O beau-jour de moças feias – Notícias da famosa necromante Circe, que trança laços de fita, bem como da bela serpentária que cresce na florescente Arcádia – Como Giglio se apunhalou por puro desespero, em seguida se sentou à mesa, serviu-se sem se fazer de rogado, mas depois deu boa-noite à princesa

NÃO DEVE PARECER-LHE ESTRANHO, CARÍSSIMO LEITOR, se em algo que, a bem da verdade, se apresenta sob o nome de *capriccio*, mas se parece tão exatamente com um conto de fadas como se de fato fosse um, se fale tanto de assombrações, ilusões sonhadoras nas quais o espírito humano é useiro e vezeiro, ou melhor, se o palco por vezes é transportado para o próprio imo das figuras em cena. Mas não deveria ser mesmo esse o verdadeiro palco? Talvez você, oh, meu leitor!, concorde comigo que o espírito humano é ele mesmo o mais maravilhoso dos contos de fadas que possa existir. Que mundo magnífico se encerra em nosso peito! Nenhum ciclo solar o limita, seus tesouros sobrepujam toda a riqueza insondável da Criação visível! Como nossa vida seria morta, indigente, cega feito uma toupeira, se o Espírito do Mundo não nos tivesse dotado, a nós, mercenários da natureza, daquela mina de diamantes inesgotável em nosso imo da qual raia para nós em luz e esplendor o reino maravilhoso que se tornou nossa propriedade! Talentosíssimos são aqueles que têm plena consciência dessa propriedade! Ainda mais talentosos e bem-aventurados devem ser considerados os que são capazes não apenas de contemplar as pedras preciosas de seu interior como também de trazê-las à luz do dia, lapidá-las e extrair delas um fogo deslumbrante. Pois bem! Sancho dizia que Deus deveria exaltar quem inventou o sono, pois era sem dúvida um sujeito inteligente; como mais inteligente ainda, porém, deve ser exaltado quem inventou o sonho. Não o sonho que só se eleva de nosso imo quando estamos sob a macia coberta do sono – não! –, e sim o sonho que sonhamos ao longo de toda a vida, que muitas vezes toma sobre suas asas o peso opressivo da condição terrena, diante do qual emudece qualquer dor amarga, qualquer lamento desesperado pela esperança frustrada, pois ele próprio, centelha do céu a se acender em nosso peito, anuncia, com o infinito anelo, a plenitude.

Tais pensamentos ocorreram àquele que empreendeu compor para você, caríssimo leitor, o estranho *capriccio* da princesa Brambilla, no momento em que ele se lançava a descrever o singular estado de espírito em que mergulhou o fantasiado Giglio Fava quando lhe sussurraram as palavras: "É a princesa Brambilla que dança com seu bem-amado, o príncipe assírio Cornelio Chiapperi!". Raramente um autor logra se conter e sonegar ao leitor os pensamentos que lhe ocorrem quando o herói atinge este ou aquele estágio; eles adoram fazer a parte do coro de seu próprio livro e chamam de reflexão tudo aquilo que, embora não seja necessário para a história, pode, contudo, figurar nela como um agradável arabesco. Como agradável arabesco podem também ser aceitos os pensamentos com os quais esse capítulo se iniciou; pois, de fato, eles eram tão pouco necessários para a história quanto para a descrição do estado de espírito de Giglio, que não era assim tão estranho ou incomum quanto se poderia pensar

PRINCESA BRAMBILLA

pela maneira que o autor encontrou para iniciar seu relato. Em suma, o que aconteceu a Giglio Fava ao ouvir aquelas palavras foi nada mais, nada menos acreditar ser ele próprio o príncipe assírio Cornelio Chiapperi a dançar com a princesa Brambilla. Qualquer filósofo de valor, com alguma experiência adquirida pela prática do ofício, será capaz de explicar de cabo a rabo o fenômeno de um modo tão acessível que qualquer aluno do segundo ano do liceu deverá compreender o experimento do espírito interior. O referido psicólogo não terá nada melhor a fazer que mencionar o caso, referido no *Repertório de psicologia empírica* de Mauchart,[14] do funcionário público de Württemberg que, tendo caído de uma escada quando estava embriagado, compadeceu-se do escrevente que o acompanhava pela grave queda que este teria sofrido. "Por tudo", prossegue o psicólogo, "que sabemos até agora sobre Giglio Fava, ele padece de um estado muito semelhante ao da embriaguez, padece, em certa medida, de um estado de embriaguez espiritual produzido pela influência enervante de certas concepções excêntricas de seu eu, e uma vez que os atores, sobretudo, mostram uma forte inclinação a se embriagar dessa maneira, então..." etc.

Portanto, Giglio pensava ser o príncipe assírio Cornelio Chiapperi; e ainda que isso não fosse nada de especial, deveria ser, contudo, mais difícil explicar de onde vinha a rara alegria nunca antes experimentada que, com um fogo abrasador, tomou conta de todo o seu ser. Ele tangia as cordas da guitarra com força cada vez maior, suas caretas e os saltos da dança selvagem se tornavam mais e mais loucos e frenéticos. Mas seu eu estava diante dele e, igualmente dançando e saltitando, contorcendo-se nas mesmas carantonhas que ele, dava golpes no ar com a espada de madeira em sua direção. Brambilla desaparecera!

---

14 Immanuel David Mauchart (1764-1826): teólogo protestante e pedagogo. Autor de *Allgemeines Repertorium für empirische Psychologie und verwandte Wissenschaften* (*Repertório geral de psicologia empírica e ciências afins*), publicado em 1799. A oscilação entre "filósofo" e "psicólogo" se encontra no texto original. (N. T.)

PRINCESA BRAMBILLA

"Oh, oh!", pensou Giglio, "meu eu é o único culpado por eu não ver minha noiva, a princesa; não posso desvendar meu eu, e meu maldito eu me ataca com uma arma perigosa, mas eu tocarei e dançarei até que ele morra, e só então eu serei eu, e a princesa será minha!"

Enquanto ruminava esses pensamentos um tanto confusos, os saltos de Giglio se tornavam cada vez mais inusitados, mas num átimo a espada de madeira de seu eu atingiu a guitarra com tanta violência que ela se partiu em mil pedaços, e Giglio caiu de costas sobre um chão nada macio. A fragorosa gargalhada do povo que se juntara ao redor dos dançarinos despertou Giglio de seu devaneio. Com o tombo, seus óculos e sua máscara caíram, o povo o reconheceu e centenas de vozes gritaram:

– *Bravo, bravissimo, signor Giglio!*

Giglio se levantou e, tendo-lhe de repente ocorrido ser deveras inconveniente para um ator trágico haver oferecido ao povo um espetáculo grotesco, apressou-se em sumir dali. Chegando a sua casa, despiu a fantasia bizarra, vestiu o tabarro e voltou para o Corso.

Andando de um lado para o outro, chegou por fim diante do Palácio Pistoia, onde se sentiu de súbito agarrado por trás, e uma voz lhe sussurrou:

– Se o andar e a postura não me enganam, é o *signor*, meu caro *signor* Giglio Fava, não é?

Giglio reconheceu o *abbate* Antonio Chiari. Vendo-o diante de si, recordou-se de súbito do belo tempo de outrora, quando ainda representava heróis trágicos e, depois de descalçar os coturnos, se esgueirava pela estreita escada ao encontro de sua doce Giacinta. O *abbate* Chiari (talvez um antepassado do famoso Chiari, que entrou em disputa com o conde Gozzi e teve de depor as armas)[15] desde a juventude adestrara, com não pouco esforço, o

---

15 Pietro Chiari (1712-1785) padre jesuíta, dramaturgo, escritor e libretista italiano. Sua polêmica com Carlo Gozzi se devia às inovações que Chiari e também Carlo Goldoni (1707-1793) introduziram no teatro veneziano e que se afastavam das tradições da *commedia dell'arte*. (N. T.)

espírito e os dedos para escrever tragédias que, quanto à invenção, eram colossais, mas, quanto à execução, eram muito agradáveis e encantadoras. Ele evitava cuidadosamente deixar que se desenrolasse de fato diante dos olhos dos espectadores qualquer acontecimento atroz sem a mediação de circunstâncias amenizadoras e embalava todo o terror de qualquer ato de crueldade na goma pegajosa de uma profusão de belas frases e expressões, de modo que os espectadores deglutiam a gororoba açucarada sem se dar conta do caroço amargo por baixo dela. Sabia usar até mesmo as chamas do inferno como uma amável diafania, pondo à frente delas o guarda-fogo oleoso de sua retórica, e despejava nas ondas fumegantes do Aqueronte a água de rosas de seus versos martellianos,[16] a fim de que o rio do inferno corresse suave e docemente, tornando-se assim um rio dos poetas. Coisas assim agradam a muita gente e, por isso, não deve causar espanto que o *abbate* Antonio Chiari pudesse ser considerado um poeta benquisto. Tendo, além disso, um talento especial para escrever papéis ditos gratificantes, era inevitável que o *abbate* versejador viesse também a se tornar o ídolo dos atores. Algum poeta francês espirituoso diz haver duas espécies de galimatias, uma das quais os leitores e espectadores não entendem, e uma segunda, mais elevada, que o próprio criador (o poeta ou escritor) não entende.[17] A esta última e mais elevada espécie pertence o galimatias dramático, do qual é feita a maior parte dos papéis ditos gratificantes na tragédia. Discursos cheios de frases altissonantes, que nem o espectador nem o ator entendem, e nem o próprio poeta entendeu, são os mais aplaudidos. O *abbate* Chiari era um grande especialista em compor tais galimatias, e Giglio Fava tinha um talento especial para declamá-los, ao mesmo tempo que crispava o rosto de tal maneira e se colocava em posições tão pavorosamente retorcidas que só

---

16 Verso de catorze sílabas, assim chamado por alusão ao dramaturgo Pier Jacopo Martello (1665-1727). Chiari e Goldoni também o utilizavam, o que Gozzi se recusava a fazer. (N. T.)

17 Poeta francês: a frase é atribuída a Nicolas Boileau-Despréaux (1636-1711). (N. T.)

PRINCESA BRAMBILLA 175

por causa disso os espectadores já gritavam cheios de encantamento trágico. Por isso, Giglio e Chiari tinham uma influência
mútua das mais agradáveis e se estimavam desmesuradamente –
como não poderia deixar de ser.

– Que bom – disse o *abbate* – que finalmente o encontrei, *signor* Giglio. Assim, posso ouvir de sua própria boca tudo o que me
disseram aos bocados, aqui e ali, sobre seus passos e descompas-
sos, e que é uma coisa para lá de louca e estúpida. Diga-me, tra-
taram-no como um saco de pancadas, não é mesmo? O burro do
impresario o pôs para fora do teatro porque considerava uma loucura o entusiasmo que minhas tragédias lhe provocavam, porque
o *signor* não queria mais declamar outros versos que não os meus?
É terrível! O *signor* sabe que o idiota desistiu de vez da tragédia,
e não permite que se encenem em seu teatro nada além da estúpida pantomima mascarada, que me causa uma repulsa mortal.
Por isso, o mais simplório de todos os *impresari* não aceita mais
nenhuma de minhas tragédias, embora eu possa lhe assegurar,
signor Giglio, como homem honrado, que em minhas duas obras
eu logrei demonstrar aos italianos o que é uma tragédia de verdade. No que se refere aos trágicos antigos, quer dizer, Ésquilo,
Sófocles etc. – já deve ter ouvido falar deles –, salta aos olhos
que sua índole rude, dura, é completamente antiestética e só
pode ser justificada pela infância da arte de então, mas para nós
é simplesmente indigesta. Da *Sofonisba* de Trissino, do *Canace*
de Speroni, produtos de nosso antigo período poético que, por
incompreensão, foram louvados como sublimes obras-primas,[18]
porém, ninguém mais falará quando minhas peças tiverem ensi-
nado ao povo a força e a arrebatadora energia da verdadeira tragédia, que é produzida pela expressão. Só podemos lastimar,

---

18 Gian Giorgio Trissino dal Vello d'Oro (1478-1550), humanista, poeta e
dramaturgo italiano. Sua *Sofonisba* (1524), composta segundo os mode-
los antigos, é considerada a primeira tragédia moderna. Sperone Speroni (1500-1588), humanista e dramaturgo italiano. Sua *Canace* (1546)
foi objeto de uma intensa e importante polêmica com seu contemporâneo Giambattista Giraldi Cinzio (1504-1573) acerca da forma e da fi-
nalidade da tragédia. (N. T.)

no momento, que nem um único teatro queira encenar minhas peças desde que o celerado do seu antigo *impresario* mudou de orientação. Mas espere, *il trotto d'asino dura poco.*[19] Não demora e seu *impresario* vai quebrar a cara com seus Arlequim e Pantaleão e Briguela e sejam quais forem os nomes de todos os produtos ignóbeis de uma demência abjeta, e então... De fato, *signor* Giglio, sua saída do teatro foi para mim uma punhalada no coração, pois nenhum outro ator neste mundo foi tão longe na compreensão de minhas ideias tão originais e insólitas. Mas vamos sair desta multidão ruidosa que me ensurdece! Venha comigo a minha casa! Lá eu lerei para o *signor* minha nova tragédia, que vai lhe causar o maior espanto que jamais sentiu. Eu dei a ela o título de *Il moro bianco*. Não fique chocado com a estranheza do nome. Ela corresponde em tudo e por tudo ao que a peça tem de extraordinário, de inaudito.

A cada palavra do *abbate* tagarela, Giglio se sentia mais arrancado do estado de tensão em que se encontrava. Todo o seu coração se estufava de alegria à ideia de voltar ao papel de herói trágico, declamando os versos incomparáveis do *signor abbate* Antonio Chiari. Perguntou enfaticamente ao poeta se no *Moro bianco* haveria também um belo papel gratificante que ele pudesse representar.

– E eu alguma vez – respondeu o *abbate* cheio de calor – escrevi em qualquer tragédia outros papéis que não os gratificantes? É uma lástima que minhas peças não possam ser representadas até em seus papéis mais insignificantes por grandes mestres. No *Moro bianco*, logo no início da catástrofe, aparece um escravo que declama estes versos:

Ah! giorno di dolori! crudel inganno!
Ah signore infelice, la tua morte
mi fa piangere e subito partire! [20]

---

19 O trote do burro dura pouco. (N. T.)

20 Ah! dia de dor! cruel engano! / Ah, senhor infeliz, tua morte / me faz chorar e partir de imediato. (N. T.)

PRINCESA BRAMBILLA

e então, de fato, vai embora rapidamente e não volta a aparecer. O papel é de pequena extensão, admito; mas pode acreditar em mim, *signor* Giglio, o melhor dos atores precisa viver quase que todo o tempo da vida de um homem para declamar aqueles versos no espírito em que os senti, em que os compus e em que devem enfeitiçar o povo, arrebatá-lo e levar seu encantamento às raias da loucura.

Enquanto conversavam, o *abbate* e Giglio haviam chegado à Via del Balbuino, onde o poeta morava. A escada pela qual subiram era tão parecida com uma escadinha de galinheiro que Giglio pela segunda vez se lembrou vivamente de Giacinta e desejou do fundo do coração ter encontrado a bela jovem em lugar do mouro branco do *abbate*.

O *abbate* acendeu duas velas, colocou uma poltrona para Giglio perto da mesa, apanhou um manuscrito bem grosso, sentou-se de frente para Giglio e começou, com toda a solenidade: "*Il moro bianco, tragedia etc.*".

A primeira cena começava com um longo monólogo de alguma personagem importante da peça que primeiro falou sobre o tempo, sobre a esperada produtividade da futura colheita de uvas, para depois emendar considerações sobre a inaceitabilidade de um fratricídio.

O próprio Giglio não saberia dizer por que os versos do *abbate*, que ele sempre considerara absolutamente magníficos, hoje lhe pareciam tão insignificantes, tão tolos, tão tediosos. Sim! Embora o *abbate* lesse tudo com a voz poderosa e tonitruante do páthos mais exagerado, fazendo até tremerem as paredes, Giglio caiu num estado onírico no qual estranhamente lhe passava pela mente tudo quanto lhe acontecera desde o dia em que o Palácio Pistoia acolhera a mais extravagante de todas as mascaradas. Entregando-se por inteiro a esses pensamentos, ele se afundou no encosto da poltrona, cruzou os braços e deixou a cabeça cair mais e mais para junto do peito.

Uma forte pancada no ombro o arrancou de seus devaneios.

– Como? – berrou furioso o *abbate*, que se levantara de um salto e lhe dera aquela pancada –, como? Parece-me que o *signor* está dormindo? Não quer ouvir meu *moro bianco*? Ha! Agora compreendo tudo. Seu *impresario* tinha razão ao pô-lo para correr; pois o *signor* se tornou um patife miserável, sem pendor nem entendimento para o sublime da poesia. O *signor* sabe que agora seu destino está decidido, que nunca mais se erguerá do lodo em que se afundou? O *signor* dormiu ouvindo meu *moro bianco*; este é um crime imperdoável, um pecado contra o Espírito Santo. Vá para o diabo!

Giglio ficou apavorado com a fúria desenfreada do *abbate*. Ele argumentou com humildade e melancolia ser necessário um espírito firme e forte para compreender suas tragédias, mas que, quanto a ele (Giglio), todo o seu ser estava contrito e esmagado pelos acontecimentos em parte assombrosos, em parte infelizes nos quais se vira enredado nos últimos dias.

– Creia-me – disse Giglio –, creia-me, *signor abbate*, eu fui colhido por uma fatalidade misteriosa. Assemelho-me a uma cítara destroçada, que não consegue receber nenhum som harmonioso, não consegue emanar nenhum som harmonioso. O *signor* imagina que eu dormi enquanto ouvia seus maravilhosos versos, mas sem sombra de dúvida fui de fato tomado por uma sonolência mórbida, invencível, de tal forma que mesmo os discursos mais poderosos de seu insuperável mouro branco me pareceram pálidos e tediosos.

– O *signor* enlouqueceu? – gritou o *abbate*.

– Não se deixe dominar pela fúria – continuou Giglio. – Eu o venero como o mais sublime dos mestres, a quem devo toda a minha arte, e lhe peço conselhos e ajuda. Permita-me contar-lhe tudo o que me aconteceu, e ampare-me em minha extrema aflição! Conceda-me um lugar ao sol da glória em que seu mouro branco irá brilhar e me cure da mais maligna das febres.

O *abbate* se apaziguou com essas palavras de Giglio e deixou que ele lhe contasse tudo, do louco Celionati, da princesa Brambilla etc.

Quando Giglio terminou, o *abbate* começou a falar, depois de ficar por alguns minutos imerso em reflexões, com uma voz grave e solene:

PRINCESA BRAMBILLA

– De tudo o que você me contou, Giglio, meu filho, eu deduzo com razão que você é completamente inocente. Eu o perdoo, e para que saiba o quanto minha magnanimidade, minha indulgência, é ilimitada, você alcançará por meu intermédio a maior felicidade que poderá ter em toda a sua vida terrena. Aceite o papel do *moro bianco*, e os mais ardentes anseios pelo sublime em sua alma serão aplacados quando você o representar! Mas, oh, Giglio, meu filho, você está preso nos laços do diabo. Uma intriga infernal contra o que há de mais elevado na arte poética, contra minhas tragédias, contra mim, quer se servir de você como instrumento fatal. Nunca ouviu falar do velho príncipe Bastianello di Pistoia, que morava naquele antigo palácio onde entraram os covardes mascarados e que há muitos anos já desapareceu de Roma sem deixar rastros? Pois bem, esse velho príncipe Bastianello era um esquisitão lunático e, de uma maneira muito estúpida, um excêntrico em tudo o que dizia e fazia. Assim, afirmava ser descendente da estirpe real de um país distante e desconhecido e ter três ou quatro séculos de idade, embora eu mesmo conhecesse o padre que o batizou aqui em Roma. Ele sempre falava das visitas que, de um modo misterioso, recebia de seus familiares, e, de fato, frequentemente se via aparecerem do nada em sua casa as figuras mais extravagantes, que em pouco tempo voltavam a desaparecer do mesmo modo como tinham surgido. Existe algo mais fácil do que vestir criados e empregadas com roupas estranhas? Pois outros não eram aquelas figuras que o povo estúpido olhava cheio de espanto, tomando o príncipe por alguém muito especial, talvez mesmo por um mago. Ele fazia muitas coisas absurdas, e é certo que uma vez, na época do Carnaval, espalhou sementes de laranja no Corso, das quais brotaram pequenos Polichinelos graciosos para gáudio da multidão, e ele afirmou serem aqueles os frutos mais doces dos romanos. Mas por que entediá-lo com as doidices absurdas do príncipe em vez de dizer logo o que faz dele o mais perigoso dos homens? O *signor* pode imaginar que o maldito velho teve a intenção de aniquilar todo o bom gosto na literatura e na arte? Pode imaginar que ele, especialmente no que se refere ao teatro, tomou as máscaras sob sua proteção e não queria admitir senão as tragédias antigas, mas se referindo, contudo, a uma espécie de tragédia que só um cérebro calcinado poderia conceber? Eu de fato jamais entendi exatamente o que ele queria; mas era quase como se ele afirmasse que o mais elevado sentimento trágico devesse ser produzido por um gênero especial de divertimento. E... não, é incrível, é quase impossível dizê-lo... minhas tragédias... o *signor* compreende? *Minhas* tragédias seriam, segundo ele, invulgarmente divertidas, embora de uma outra maneira, uma vez que nelas o *páthos* trágico seria uma paródia involuntária de si mesmo. De que servem ideias e opiniões estúpidas? Se ao menos o príncipe tivesse se contentado com elas; mas, de fato... de um modo cruel... seu ódio por mim e por minhas tragédias foi ainda mais longe! Antes mesmo que o *signor* chegasse a Roma aconteceu-me algo terrível. Representava-se a mais formidável de minhas tragédias (com exceção do *Moro bianco*), *Lo spettro fraterno vendicato*.[21] Os atores superaram a si mesmos; nunca antes haviam compreendido o sentido íntimo de minhas palavras, nunca antes haviam sido tão verdadeiramente trágicos no movimento e na postura. Permita-me dizer-lhe nesta oportunidade, *signor* Giglio, que quanto ao seu gestual, mas sobretudo quanto a sua postura, o *signor* ainda está atrasado. O *signor* Zechielli, meu ator trágico da época, conseguia, com as pernas muito abertas, pés firmemente plantados no solo, braços erguidos para o alto, girar o corpo pouco a pouco de um tal modo que olhava por cima de seus ombros e, assim, pelos gestos e pela expressão facial, parecia aos espectadores um Jano atuando duplamente. Isso quase sempre produz o efeito mais espantoso, mas tem de ser sempre feito quando eu prescrevo: "Ele começa a se desesperar!". Guarde bem isso entre suas duas orelhas, meu bom filho, e se esforce para se desesperar como o *signor* Zechielli! Mas, voltando ao meu *spettro fraterno*: a representação foi a mais sensacional a que já assisti e, no entanto, a cada fala de meu herói, o público caía numa gargalhada desmesurada. Quando vi que o príncipe de Pistoia, de seu camarote, regia aquele riso, não tive dúvida de que não era outro senão ele

---

21 *O fantasma fraterno vingado*. (N. T.)

PRINCESA BRAMBILLA

quem, sabe Deus com que tramas e tramoias, me puxava o tapete daquele jeito terrível. Como fiquei feliz quando o príncipe desapareceu de Roma! Mas seu espírito está vivo no velho *ciarlatano* maldito, no louco Celionati que, embora em vão, já tentou expor minhas tragédias ao ridículo no teatro de marionetes. Com toda a certeza, o príncipe Bastianello voltou a aprontar das suas em Roma, pois é isso o que indica a louca mascarada que entrou em seu palácio. Celionati persegue o *signor* para me prejudicar. Ele já logrou afastá-lo do palco e destruir as representações trágicas de seu *impresario*. Agora o *signor* deve ser afastado de uma vez por todas da arte, e para isso ele lhe enche a cabeça com toda sorte de tolices, fantasmas de princesas, espectros grotescos e coisas semelhantes. Siga meu conselho, *signor* Giglio, fique quietinho em casa, beba mais água que vinho e estude com o maior afinco meu *moro bianco*, que vou deixar aos seus cuidados! Só no *moro bianco* o *signor* poderá procurar e encontrar conforto, serenidade e, então, felicidade, honra e fama. Passar bem, *signor* Giglio!

Na manhã seguinte, Giglio quis fazer o que o *abbate* lhe dissera, ou seja, estudar a excelente tragédia do *moro bianco*. Mas não conseguiu, porque cada letra em cada página se transformava aos seus olhos na imagem da bela e doce Giacinta Soardi.

– Não! – exclamou ele por fim, cheio de impaciência. – Não, não posso suportar por mais tempo, tenho de ir ao seu encontro, ao encontro de minha bela amada. Eu sei que ela ainda me ama, tem de me amar, e, apesar de toda a *smorfia*, não poderá escondê-lo quando tornar a me ver. Então talvez eu me cure da febre com a qual aquele sujeito maldito, Celionati, me enfeitiçou, e da louca confusão de todos os sonhos e fantasias eu renascerei no papel de *moro bianco*, como a Fênix renasce das cinzas! Abençoado *abbate* Chiari, você me levou de volta ao caminho certo.

Giglio se vestiu imediatamente com suas mais belas roupas, a fim de se dirigir à casa de mestre Bescapi, onde agora acreditava poder encontrar sua namorada. Já estava a ponto de sair pela porta quando, de súbito, sentiu os efeitos do *Moro bianco* que quisera ler. Como um forte acesso de febre, o *páthos* trágico tomou conta dele!

– Mas – exclamou, sacudindo o pé direito bem esticado para a frente, voltando o tronco para trás e esticando os braços com os dedos abertos, como quem espanta um fantasma – e se ela tiver deixado de me amar? Se, seduzida pelas mágicas visões enganosas desse Orco que é o mundo elegante, embriagada pela poção do esquecimento do Lete, não mais pensando em mim, tiver de fato me esquecido? Se um rival – ideia horrível, parida pelos abismos prenhes de morte do negro Tártaro! Ha! – desespero, assassínio e morte! Venha a mim, caro amigo, que purga todos os ultrajes com a rosa rubra do sangue e traz a paz, o consolo e... *a vingança*!

Giglio rugiu as últimas palavras com tal intensidade que elas ecoaram pela casa toda. Ao mesmo tempo, pegou o luzente punhal que estava sobre a mesa e o cravou em seu próprio corpo. Mas era apenas um punhal de teatro.

Mestre Bescapi não pareceu pouco surpreso quando Giglio lhe perguntou sobre Giacinta. Não queria admitir de modo algum que ela um dia tivesse se hospedado em sua casa, e de nada serviu Giglio assegurar repetidamente tê-la visto no balcão e falado com ela poucos dias antes; ao contrário, Bescapi preferiu interromper de vez aquela conversa e perguntar a Giglio, com um sorriso, sobre os efeitos da recente sangria sobre ele. Assim que ouviu falar em sangria, Giglio bateu em retirada dali. Quando chegou à Piazza di Spagna, viu uma velha caminhando à sua frente, carregando com esforço um cesto coberto, e reconheceu nela a velha Beatrice.

– Ha! – murmurou ele. – Você será minha estrela-guia, vou segui-la!

Qual não foi sua surpresa quando a velha, antes se esgueirando que andando, tomou o rumo da rua na qual Giacinta outrora morava e, detendo-se diante da porta da casa do *signor* Pasquale, depositou no chão o pesado cesto. Nesse momento seu olhar caiu sobre Giglio, que a seguira.

– Ora! – exclamou ela em voz alta. – Ora, meu doce *signor* imprestável, quem é vivo sempre aparece! Está me saindo um belo e fiel amante, perambulando por todos os cantos e lugares onde nada tem a fazer e esquecendo sua namorada nos belos e divertidos dias do Carnaval. Pois bem, agora me ajude a levar este

PRINCESA BRAMBILLA

pesado cesto para cima, e então poderá ver se Giacintinha ainda tem guardadas para o *signor* algumas bofetadas que lhe colocarão no lugar essa cabeça bamba.

Giglio cobriu a velha com as mais amargas acusações por haver zombado dele com a mentira estúpida de que Giacinta estaria na prisão; a velha afirmou não saber do que ele estava falando, disse que tudo não passava de imaginação dele, que Giacinta jamais deixara o quartinho da casa do *signor* Pasquale, e naquele Carnaval trabalhara com mais afinco do que nunca. Giglio esfregou a testa, beliscou-se no nariz, como se quisesse despertar a si mesmo do sono.

– Uma coisa é certa – disse ele –, ou estou sonhando agora, ou todo esse tempo estive sonhando o mais embaralhado dos sonhos.

– Seja um bom rapaz e carregue o cesto – interrompeu-o a velha. – Pelo peso que vai sentir nas costas poderá saber com toda a segurança se está sonhando ou não.

Sem dizer mais nada, Giglio pôs o cesto às costas e, com o peito cheio dos mais estranhos sentimentos, subiu a estreita escada.

– Que diabos a senhora tem neste cesto? – perguntou ele à velha, que subia à sua frente.

– Que pergunta idiota! – respondeu ela. – O *signor* nunca me viu ir ao mercado fazer compras para minha Giacintinha? Hoje, além do mais, esperamos visitas.

– Visitas? – perguntou Giglio num tom arrastado.

Mas nesse momento haviam chegado no topo da escada, a velha disse a Giglio que pusesse o cesto no chão e entrasse no quartinho, onde encontraria Giacinta.

O coração de Giglio batia forte, de temerosa expectativa, de doce apreensão. Ele bateu de leve e abriu a porta. Giacinta estava sentada como de costume, trabalhando com afinco, diante da mesa atopetada de flores, fitas, dos mais diversos materiais etc.

– Olá – exclamou Giacinta, fitando Giglio com olhos brilhantes. – Olá, *signor* Giglio, de onde retorna assim tão de repente? Pensei que tivesse ido embora de Roma há muito tempo.

Giglio achou sua namorada de uma beleza tão extraordinária que, perplexo, sem poder dizer palavra, ficou parado na soleira da porta. De fato, a magia de uma graça toda especial parecia ter se derramado sobre ela; um rubor carmesim lhe afogueava as faces, e os olhos, bem, os olhos, como já foi dito, tinham um brilho que penetrava até o fundo do coração de Giglio. Só faltava dizer que Giacinta tinha o seu *beau jour*, mas, como agora essa expressão francesa não é mais tolerada, diremos apenas de passagem que esse *beau jour* não apenas era plenamente justificado como também se devia a uma circunstância toda particular. Qualquer mocinha graciosa, de alguma beleza, ou mesmo de uma feiura sofrível, pode sempre, movida por um estímulo externo ou interno, pensar com mais vivacidade que de costume: "Mas eu sou mesmo uma linda menina!" e se convencer de que com esse pensamento maravilhoso, com o sublime bem-estar íntimo, o seu *beau jour* se produz por si próprio.

Giglio, por fim, se precipitou, fora de si, para junto de sua bem-amada, caiu de joelhos e tomou suas mãos, dizendo com intensidade trágica: "Minha Giacinta, minha doce vida!".

De repente, porém, ele sentiu uma picada de agulha lhe perfurar o dedo tão profundamente que a dor o fez se levantar e saltitar pelo quarto gritando "Diabo! Diabo!".

Giacinta soltou uma sonora gargalhada e, então, disse, com calma e sobriedade:

– Veja, caro *signor* Giglio, no que deu seu comportamento brusco e indelicado. Fora isso, é muito gentil de sua parte vir me visitar; pois em breve o *signor* talvez não possa me ver assim sem cerimônia. Vou lhe permitir ficar um pouco em minha companhia. Sente-se ali naquela cadeira, de frente para cá, e me conte como passou esse tempo todo, que novos e belos papéis representou e outras coisas mais. Sabe como gosto de ouvi-lo e, quando não cai naquele maldito páthos lacrimoso com que o *signor abbate* Chiari o enfeitiçou – que Deus não lhe negue por isso a eterna bem-aventurança! – chega a ser mesmo agradável prestar-lhe atenção.

– Minha Giacinta – disse Giglio, em meio às dores do amor e da agulhada –, minha Giacinta, vamos esquecer todo o tormento da separação! Elas voltaram, todas as doces e felizes horas de felicidade, de amor...

– Não sei – interrompeu-o Giacinta – que tolices são essas que o *signor* está dizendo. Fala em tormento da separação, e posso lhe assegurar que, de minha parte, mesmo acreditando que o *signor* havia se separado de mim, não senti nada, e menos ainda me senti atormentada. Se o que chama de felizes são as horas em que se esforçava por me entediar, não acredito que elas algum dia retornarão. Mas, aqui entre nós, *signor* Giglio, algumas de suas qualidades de fato me agradam, nem sempre o *signor* me causou desgosto, e por isso lhe permitirei de bom grado que no futuro, tanto quanto possível, venha me ver, embora as condições que nos proíbem qualquer intimidade e nos obrigam a manter certo distanciamento possam lhe impor alguns limites.

– Giacinta! – exclamou Giglio. – Que modo estranho de falar é esse?

– Nada de estranho se passa aqui – respondeu Giacinta. – Sente-se ali com calma, meu bom Giglio. Esta será talvez a última vez que poderemos nos tratar com tanta familiaridade. Mas sempre poderá contar com minha indulgência; pois, como já disse, jamais o privarei da boa vontade que sempre lhe dispensei.

Beatrice entrou com uns pratos nas mãos, nos quais havia as mais saborosas frutas, e também trazia debaixo do braço uma garrafa muito bonita. O conteúdo do cesto parecia se revelar. Através da porta Giglio viu um fogo alegre a crepitar na estufa, e a mesa da cozinha suportava o peso de uma infinidade de petiscos.

– Giacintinha – disse Beatrice com um sorrisinho –, para o nosso pequeno jantar estar à altura do convidado, eu ainda preciso de algum dinheiro.

– Pegue quanto for preciso, minha velha – respondeu Giacinta, estendendo à velho uma bolsinha, através de cuja trama cintilavam belos ducados.

Giglio ficou paralisado ao ver na bolsinha a irmã gêmea daquela que, como ele estava convencido, Celionati mandara lhe pôr no bolso, e cujos ducados já estavam quase no fim.

– Será uma ilusão do inferno? – gritou ele, tirando num átimo a bolsa das mãos da velha e a olhando bem de perto.

Mas deixou-se cair na cadeira, completamente exaurido, quando leu na bolsinha as seguintes palavras: "Lembre-se da imagem de seu sonho!".

– Oh, oh! – rosnou a velha, tomando de volta a bolsinha que Giglio lhe estendeu, esticando muito o braço. – Oh, oh, *signor* pobretão! Ficou espantado e admirado com essa bela visão? Pois ouça a doce música e se deleite com ela!

Dizendo isso ela sacudiu a bolsinha, fazendo tilintar dentro dela as moedas de ouro, e saiu do quarto.

– Giacinta – disse Giglio, todo desfeito em desespero e dor. – Giacinta! Que segredo pavoroso e terrível... Diga! Diga, ainda que isso me mate!

– O *signor* é... – respondeu Giacinta, voltada para a janela, segurando a fina agulha entre os dedos afilados e passando com destreza o fio de prata pelo buraco – ... o *signor* é e continuará a ser o mesmo de sempre. Tornou-se tão corriqueiro para o *signor* entrar em êxtase por qualquer coisa que isso por fim o transformou numa tragédia ambulante, sempre tediosa, sempre com uns Oh!, Ah! e Ai! ainda mais tediosos. Não há nada de pavoroso e terrível aqui; mas se o *signor* for capaz de observar as conveniências e não se portar como um sujeito meio louco, tenho algumas coisas para lhe contar.

– Fale, mate-me! – murmurou Giglio com voz meio abafada.

– Lembra-se – começou Giacinta –, *signor* Giglio, do que me disse há não muito tempo sobre o milagre de um jovem ator? O *signor* definiu um herói extraordinário como uma aventura amorosa ambulante, um romance vivo sobre duas pernas e não sei quanta coisa mais. Pois agora eu afirmo que uma jovem modista, a quem o bom céu concedeu uma bela figura, um rosto gracioso e, sobretudo, aquele íntimo poder mágico, graças ao qual uma menina se torna verdadeiramente uma moça em flor, deve ser considerada um milagre ainda maior. Uma tal filhotinha da benevolente natureza é uma doce aventura pairando no ar, e a escadinha estreita que leva até ela é a escada para o céu, que conduz ao reino dos audazes sonhos de amor infantis. Ela é o terno segredo encarnado do atavio feminino que, ora sob o brilho esplendente de cores exuberantes, ora sob a luz suave do pálido luar, ora sob a névoa rosada, ora sob os vapores azulados da noite, exerce uma doce magia sobre vocês homens. Aliciados pelo anelo e pelo desejo, vocês se aproximam do maravilhoso segredo, contemplam a poderosa fada entre seus apetrechos mágicos; mas então, tocada por seus dedinhos brancos, qualquer renda se transforma numa rede de amor, qualquer fita que ela trance, num laço com o qual os captura. E nos olhos dela todas as arrebatadoras loucuras de amor se refletem e se reconhecem a si mesmas e sentem por si mesmas uma alegria que brota do fundo do coração. Vocês ouvem seus próprios suspiros ressoarem das profundezas do seio da bem-amada, mas suave e docemente, como a saudosa Eco a chamar o amado das longínquas montanhas encantadas. Aqui não contam nem casta nem classe; para o rico príncipe, para o pobre ator, o pequeno aposento da graciosa Circe é a florida e florescente Arcádia no deserto inóspito de sua vida, na qual eles vão buscar refúgio. E que importa se entre as belas flores dessa Arcádia cresce também alguma serpentária? Ela pertence à sedutora espécie de belíssima floração e ainda mais maravilhosos eflúvios.

– Oh, sim – disse Giglio, interrompendo Giacinta. – Oh, sim, e bem do meio das flores sai o bichinho que tem o mesmo nome da erva de tão maravilhosa floração e perfume e, de súbito, pica com a língua como se fosse uma agulha pontiaguda.

– Toda vez – disse Giacinta, retomando a palavra – que um homem estranho, sem nada ter a ver com a Arcádia, mete nela seu desajeitado nariz.

– Disse bem – continuou Giglio, cheio de mágoa e raiva –, disse bem, minha bela Giacinta! Tenho mesmo de admitir que, durante esse tempo em que não a vi, você se tornou maravilhosamente inteligente. Filosofa a respeito de si mesma de um modo que me deixa espantado. Provavelmente se satisfaz a si mesma além da conta como a feiticeira Circe na encantadora Arcádia de seu quartinho de sótão, que o mestre alfaiate Bescapi não deixa de prover com os necessários apetrechos mágicos.

– Pode ser – continuou Giacinta, com muita serenidade – que se passe comigo exatamente como com você. Eu também tive uma infinidade de sonhos bonitos. Mas, meu bom Giglio, considere pelo menos a metade de tudo o que eu disse a respeito da figura de uma bela modista como uma brincadeira, como travessura maliciosa, e não o relacione tanto à minha própria pessoa, ainda mais porque este aqui talvez seja meu último trabalho como costureira. Não se assuste, meu bom Giglio! Mas é bem possível que no último dia de Carnaval eu troque esse pobre vestido por um manto de púrpura, esse banquinho por um trono.

– Céu e inferno! – gritou Giglio, erguendo-se impetuosamente, batendo com o punho na testa. – Céu e inferno! Morte e ruína! Então é verdade o que aquele malvado hipócrita me sussurrou ao ouvido? Ah! Abre-te, abismo flamejante do Orco! Vinde, espíritos de negra plumagem do Aqueronte! Basta!

Giglio caíra no terrível monólogo desesperado de alguma tragédia do *abbate* Chiari. Giacinta sabia de cor até o verso mais insignificante desse monólogo, que Giglio declamara para ela centenas de vezes e, sem levantar os olhos do trabalho, soprava cada palavra para seu aflito namorado todas as vezes que ele vacilava. Por fim ele puxou o punhal, cravou-o em seu próprio peito, caiu com um estrondo que ressoou pelo quarto, levantou-se, bateu o pó das roupas, limpou o suor da testa e perguntou com um sorriso:

– E então, Giacinta, pela amostra se reconhece o mestre, não é mesmo?

– Sem dúvida – respondeu Giacinta, sem se alterar –, sem dúvida. Uma representação extraordinária, meu bom Giglio; mas penso que é hora de nos sentarmos à mesa.

Entrementes a velha Beatrice arrumara a mesa, trouxera duas travessas que exalavam um aroma delicioso e pusera a misteriosa garrafa ao lado de taças de cristal cintilantes. Assim que viu aquilo, Giglio pareceu ficar fora de si:

– Ha! O convidado... o príncipe... O que há comigo? Meu Deus! Eu não estava representando, eu estava de fato desesperado... Sim, você me levou ao mais puro e insensato desespero, traidora infiel, serpente, basilisco... crocodilo! Ah, vingança, vingança!

PRINCESA BRAMBILLA

Dizendo isso, ele brandia o punhal de teatro que apanhara do chão. Mas Giacinta, depois de atirar o trabalho sobre a mesa de costura e se levantar, tomou-o pelo braço e disse:

– Deixe de ser besta, meu bom Giglio! Dê seu instrumento assassino à velha Beatrice para que ela o transforme em palitos de dente e sente-se comigo à mesa; pois no fim das contas você é o único hóspede que eu esperava.

Giglio se deixou levar à mesa, apaziguado, a paciência em pessoa, e, quanto a encher o prato, não se fez de rogado.

Giacinta continuou a falar tranquila e afavelmente sobre a felicidade que tinha diante de si, e assegurou a Giglio diversas vezes que não se deixaria levar por um orgulho desmedido a ponto de esquecer por completo o rosto dele, pelo contrário, bastaria ele se mostrar de longe que ela certamente iria reconhecê-lo e mandaria lhe dar alguns ducados, e assim nunca lhe faltariam meias cor de alecrim e luvas perfumadas. Giglio, a cuja cabeça, depois de beber algumas taças de vinho, viera novamente a maravilhosa fábula da princesa Brambilla, assegurou por sua vez amigavelmente que dava um grande valor às boas e cordiais intenções de Giacinta, mas, quanto ao orgulho e aos ducados, ele não teria o que fazer deles, uma vez que estava ele próprio, Giglio, prestes a entrar com os dois pés na condição de príncipe. Contou então como a mais rica e nobre princesa do mundo o escolhera para seu cavaleiro e disse esperar que até o fim do Carnaval pudesse, como consorte de sua principesca dama, dizer adeus para sempre à vida miserável que levara até então. Giacinta pareceu se alegrar imensamente com a felicidade de Giglio, e os dois se puseram a tagarelar satisfeitos sobre os belos tempos futuros de alegria e riqueza.

– Eu só gostaria – disse Giglio por fim – que os reinos que ambos haveremos de governar no futuro fossem fronteiriços, pois assim poderíamos manter uma boa vizinhança; mas, se não estou enganado, o principado de minha adorada princesa fica para além da Índia, virando à esquerda do continente em direção à Pérsia.

– Que pena – disse Giacinta –, eu também terei de ir para muito longe, pois o reino de meu principesco marido fica bem ao lado de Bergamo. Mas deve haver algum jeito de no futuro nos tornar-mos e permanecermos vizinhos.

Ambos, Giacinta e Giglio, concordaram que seus futuros rei-nos deveriam ser transferidos para a região de Frascati.

– Boa noite, cara princesa – disse Giglio.

– Bom descanso, caro príncipe – respondeu Giacinta, e assim, ao cair da noite, os dois se separaram pacífica e amigavelmente.

QUINTO CAPÍTULO

Como Giglio, na época de total secura do espírito humano, tomou uma sábia decisão, guardou no bolso o saquinho de Fortunato e lançou um olhar orgulhoso ao mais humilde dos alfaiates – O Palácio Pistoia e seus prodígios – Preleção do sábio da tulipa – O rei Salomão, príncipe dos espíritos, e a princesa Mystilis – Como um velho mago vestiu um roupão negro, pôs na cabeça um gorro de zibelina e, com a barba desgrenhada, proferiu profecias em maus versos – Infeliz destino de um bobo-grande – Como o leitor benévolo não fica sabendo neste capítulo o que mais aconteceu durante a dança de Giglio com a beldade desconhecida

TODA PESSOA DOTADA DE ALGUMA FANTASIA DEVE, como está escrito em algum livro cheio de sabedoria da vida, sofrer de uma loucura que sempre cresce e decresce, como as marés jusante e montante. O momento desta última, quando as ondas rugem cada vez mais altas e bravias, é o cair da noite, assim como as horas matinais logo depois do despertar, diante da xícara de café, são tidas como o auge da jusante. Por isso, aquele livro também aconselha sabiamente a se aproveitar esse momento da mais bela e clara sobriedade para se resolverem os assuntos mais importantes da vida. Somente de manhã se deveria, por exemplo, contrair matrimônio, ler críticas negativas, lavrar testamentos, espancar os criados etc.

Foi nessa bela hora da jusante, quando o espírito humano pode gozar da completa secura, que Giglio se espantou com sua tolice, e não sabia ele próprio dizer por que ainda não fizera algo cuja demanda estava, por assim dizer, a um palmo de seu nariz. "Não há sombra de dúvida", pensou ele, na feliz certeza de seu perfeito discernimento, "não há sombra de dúvida de que o velho Celionati é meio louco, de que ele não apenas se compraz imensamente com essa loucura como também tem por objetivo inapelável enredar nela outras pessoas totalmente ajuizadas. Mas é também fora de dúvida que a mais bela e mais rica de todas as princesas, a divina Brambilla, se hospedou no Palácio Pistoia e – oh, céu e terra! será talvez apenas uma ilusão essa esperança, confirmada por tantos pressentimentos, sonhos, sim, até mesmo pela boca rósea da mais encantadora das máscaras? – é fora de dúvida que ela pousou as doces cintilações de amor de seus olhos celestiais sobre minha feliz pessoa. Incógnita, a face velada, por trás da treliça fechada de um camarote, ela me viu quando eu representava algum príncipe, e seu coração se entregou a mim! Poderá ela se aproximar de mim por meios diretos? Não precisará a doce criatura de intermediários, confidentes, que urdam os fios que por fim se entrançarão no mais doce dos laços? Seja como for que tenha acontecido, indubitavelmente Celionati é quem me levará aos braços da princesa. Mas, em vez de seguir um caminho reto, de acordo com a cortesia e a conveniência, ele me atira de cabeça num grande mar de tolices e burlas, quer me convencer de que tenho de procurar a mais bela das princesas no Corso metido numa fantasia grotesca, conta-me histórias a respeito de príncipes assírios, de feiticeiros... Chega! Chega de todo esse desatino, chega do louco Celionati! O que me impede de me vestir decentemente, entrar sem mais delongas no Palácio Pistoia, cair aos pés da Sereníssima? Oh, Deus, por que já não fiz isso ontem, anteontem?"

Foi desagradável para Giglio ter de confessar, depois de um rápido exame de suas melhores roupas, que o barrete com penacho por um triz não era idêntico a um galo depenado, que o gibão já três vezes tingido rebrilhava com todas as cores do arco-íris, que o capote traía muito claramente a arte do alfaiate que, com

PRINCESA BRAMBILLA

as mais ousadas cerziduras, buscara opor resistência ao tempo devorador, que as célebres calças de seda azul e as meias cor-de--rosa ostentavam um desbotado outonal. Melancólico, procurou a bolsinha, certo de a ter já quase esvaziado – e a encontrou quase arrebentando de tão cheia.

– Divina Brambilla – exclamou, encantado –, divina Brambilla, sim, eu penso em você, penso na bela imagem de meu sonho!

É fácil imaginar como Giglio, levando na algibeira a simpática bolsinha, que parecia ser uma espécie de saquinho de Fortunato, imediatamente se pôs a percorrer todos os brechós e alfaiatarias a fim de adquirir um traje mais belo que qualquer outro jamais exibido por um príncipe numa peça teatral. De tudo o que lhe mostravam, nada parecia ser rico e luxuoso o bastante. Ocorreu--lhe por fim que nenhum outro traje lhe serviria, a não ser algum saído das mãos magistrais de Bescapi, e imediatamente tomou o rumo da casa dele. Ao ouvir o pedido de Giglio, mestre Bescapi exclamou, com o rosto feito um sol radiante:

– Oh, caríssimo *signor* Giglio, eu tenho aquilo que está procurando.

E levou o freguês ávido para um outro cômodo. Mas qual não foi a surpresa de Giglio ao não encontrar ali nenhum outro traje senão o figurino completo da comédia italiana e, além dele, as máscaras mais loucas e grotescas. Pensou ter sido mal compreendido por mestre Bescapi e descreveu com toda a veemência o rico traje distinto no qual queria se exibir.

– Ah, meu Deus! – exclamou Bescapi, melancólico –, ah, meu Deus, mais essa agora! Caríssimo *signor*, não quero crer que outra vez certos acessos...

Giglio o interrompeu, sacudindo impaciente a bolsinha com os ducados:

– Se o *signor* quiser me vender o traje que procuro, *signor* alfaiate, estamos entendidos; se não, pode esquecer.

– Pois bem, pois bem – disse mestre Bescapi em voz baixa –, não fique bravo, *signor* Giglio! Ah, o *signor* não tem ideia de minhas boas intenções para consigo, ah, se tivesse um pouco de bom senso, um pouquinho só!

– Como ousa dizer isso, mestre alfaiate? – gritou Giglio, irado.

– Ora – continuou Bescapi –, se sou um mestre alfaiate, gostaria de poder lhe fazer um traje sob as medidas justas, um que lhe fosse apropriado e conveniente. Está caminhando para sua ruína, *signor* Giglio, e eu lamento não poder lhe repetir tudo o que o sábio Celionati me disse sobre o *signor* e o seu destino iminente.

– Ho, ho! – disse Giglio – o *sábio signor* Celionati, o ínclito *signor* embusteiro que me persegue de todas as maneiras, que quer me privar de minha maior felicidade porque odeia o meu talento, odeia a mim mesmo, porque se revolta contra a seriedade das naturezas elevadas, porque gostaria de embrulhar tudo na fantasia obtusa de um divertimento estúpido? Oh, meu bom mestre Bescapi, eu sei de tudo, o honrado *abbate* Chiari me revelou toda a perfídia. O *abbate* é a pessoa mais extraordinária, a natureza mais poética que se pode encontrar; pois *para mim* ele criou o mouro branco e, ouça o que estou lhe dizendo, ninguém a não ser eu, em todo esse vasto mundo, é capaz de interpretar o mouro branco.

– O que está dizendo? – exclamou mestre Bescapi com uma gargalhada. – O honrado *abbate*, que o céu logo o convoque para a assembleia das naturezas superiores, o honrado *abbate*, com as lágrimas que sabe fazer correr em profusão, lavou um mouro até ele se tornar branco?

– Eu lhe pergunto – disse Giglio, contendo a custo sua cólera – mais uma vez, mestre Bescapi, se quer ou não me vender, pelos meus legítimos ducados, um traje como o que desejo.

– Com prazer – respondeu Bescapi –, com prazer, caríssimo *signor* Giglio.

Dizendo isso, o mestre abriu um gabinete no qual estavam pendurados os mais ricos e magníficos trajes. O olhar de Giglio imediatamente foi atraído por um traje completo, que era de fato muito luxuoso, embora, por seu singular colorido, se sobressaísse de um modo um tanto fantástico. Mestre Bescapi afirmou que aquele traje seria demasiado caro e talvez estivesse além das posses de Giglio. Mas quando Giglio fez questão de comprar aquele traje, tirou da algibeira a bolsinha e exigiu do mestre que

PRINCESA BRAMBILLA

lhe cobrasse quanto quisesse por ele, Bescapi disse não poder de modo algum vendê-lo, pois já estava destinado a um príncipe estrangeiro, a saber, o príncipe Cornelio Chiapperi.

– Como? – exclamou Giglio, todo entusiasmado, todo extasiado –, como? O que está dizendo? Pois então essa roupa foi feita para mim e para mais ninguém. Bescapi, seu sortudo! Quem está aqui em sua presença não é outro senão o príncipe Cornelio Chiapperi, que encontrou nesta casa seu ser mais profundo, seu eu!

Assim que Giglio disse essas palavras, mestre Bescapi tirou o traje da parede, chamou um de seus auxiliares e lhe ordenou que levasse à casa do sereníssimo príncipe o cesto em que rapidamente enfiara todas as peças.

– Guarde o seu dinheiro, meu venerado príncipe – exclamou o mestre quando Giglio quis lhe pagar. – O *signor* deve estar com pressa. Este seu humilde servidor saberá como receber seu dinheiro; talvez o mouro branco venha saldar essa pequena dívida! Deus o proteja, meu excelente príncipe!

Giglio lançou um olhar orgulhoso ao mestre, que repetia sem parar as mais graciosas mesuras, guardou o saquinho de Fortunato e partiu dali com uma belíssima indumentária de príncipe.

As roupas lhe caíram tão maravilhosamente bem que Giglio, na mais desbragada alegria, deu um reluzente ducado ao aprendiz de alfaiate que o ajudara a se vestir. O moço pediu que, em vez daquela moeda, ele lhe desse dois bons *paoli*, pois ouvira dizer que o ouro dos príncipes do teatro não prestava para nada e que os ducados deles não passavam de botões ou fichas de jogo. Mas Giglio pôs porta afora aquele rapaz superesperto.

Depois de ensaiar bastante os mais belos e graciosos gestos diante do espelho, depois de rememorar as fantásticas expressões dos heróis doentes de amor e de se sentir absolutamente convencido de ser em tudo e por tudo irresistível, Giglio tomou confiante, às primeiras luzes cambiantes do crepúsculo, o rumo do Palácio Pistoia.

A porta destrancada cedeu à pressão de sua mão e ele entrou num espaçoso vestíbulo ladeado por colunas e imerso num silêncio sepulcral. Quando olhou em torno, espantado, imagens obscuras do passado emergiram das profundezas abissais de seu ser. Parecia-lhe já ter estado ali uma vez, mas, como nada formasse uma imagem nítida em sua alma e como todo o esforço de apreender com os olhos aquelas imagens fosse em vão, ele sentiu-se tomado de um temor, de uma insegurança que lhe tirou toda a coragem de prosseguir em sua aventura.

Já prestes a deixar o palácio, quase se afundou no chão de pavor ao ver de súbito seu eu vir ao seu encontro, como que envolto em névoa. Entretanto, logo se deu conta de que o que tomara por seu duplo era apenas sua própria imagem que um espelho lhe devolvia de um canto escuro da parede. Mas no mesmo instante pareceu-lhe também que centenas de doces vozes delicadas lhe sussurravam: "Oh, *signor* Giglio, o *signor* é tão gracioso, tão lindo!". Giglio se pôs diante do espelho de peito estufado, levantou a cabeça, apoiou a mão esquerda no quadril e exclamou pateticamente, erguendo a direita:

– Coragem, Giglio, coragem! Sua felicidade é certa, corra a agarrá-la!

Dizendo isso, pôs-se a andar de um lado para o outro com passos cada vez mais resolutos, a pigarrear, a tossir, mas o silêncio sepulcral continuava, nenhum ser vivo se fez ouvir. Então tentou abrir uma ou outra porta que lhe permitisse entrar nos aposentos; todas estavam firmemente trancadas.

Que restava a fazer senão subir a larga escada de mármore que, de ambos os lados do corredor, descrevendo uma curva graciosa, levava ao andar de cima?

No corredor do primeiro andar, cuja ornamentação correspondia à sóbria magnificência do todo, pareceu a Giglio ouvir bem de longe as notas de um instrumento estranho e de som singular. Avançou com cuidado e logo avistou um raio de luz ofuscante que passava através do buraco da fechadura da porta diante dele e caía no corredor. Pôde perceber então que o que tomara pelo som de um instrumento era a voz de um homem, de timbre bem esdrúxulo, aliás, pois ora parecia que tocavam um címbalo, ora que sopravam um pífano grave e abafado. Assim que Giglio se aproximou da porta, ela se abriu de mansinho, de mansinho,

PRINCESA BRAMBILLA

por si própria. Giglio entrou e ficou como que pregado ao chão, presa do mais profundo espanto.

Viu-se numa sala portentosa, cujas paredes eram revestidas de mármore mosqueado de púrpura, de cuja cúpula descia um lampião, cujas chamas fulgurantes banhavam tudo em ouro incandescente. Ao fundo, um suntuoso reposteiro de tecido dourado formava um baldaquim sob o qual, sobre uma elevação de cinco degraus, havia uma poltrona dourada com tapeçarias coloridas. Sentado nela estava aquele velhinho de longas barbas brancas, vestido com um talar de tecido prateado, que no cortejo da princesa Brambilla cultivava as ciências na tulipa de ouro reluzente. Como daquela vez, ele trazia um funil de prata na venerável cabeça; como daquela vez, tinha uns óculos enormes sobre o nariz; como daquela vez, lia, embora desta vez em voz alta, justamente aquela voz que Giglio ouvira de longe, de um grande livro aberto diante dele sobre as costas de um mouro ajoelhado. De ambos os lados, os avestruzes pareciam poderosos guardiães e, um de cada vez, viravam as páginas do livro com os bicos quando o velho chegava ao final delas.

Ao redor, num semicírculo fechado, sentavam-se umas cem damas tão maravilhosamente belas quanto as fadas e vestidas com a mesma riqueza e magnificência com a qual estas, sabidamente, costumam andar por aí. Todas faziam renda com muito afinco. No meio do semicírculo, diante do velho, sobre um pequeno altar de pórfiro, na posição de quem está mergulhado num sono profundo, havia duas estranhas bonequinhas com coroas reais na cabeça.

Quando Giglio se recobrou um pouco de seu espanto, quis anunciar sua presença. Mas mal ele havia pensado em falar, recebeu um rude soco nas costas. Não foi pequeno o seu susto ao só agora se dar conta de uma fileira de mouros armados com longas lanças e curtos sabres, no meio dos quais ele se encontrava e que o olhavam com olhos cintilantes, arreganhando os dentes de marfim. Giglio percebeu que o melhor naquele momento seria manter a paciência.

O que o velho lia para as damas rendeiras era mais ou menos o seguinte:

– O signo flamejante de aquário está sobre nós, o golfinho nada sobre ondas uivantes em direção ao Ocidente e suas narinas borrifam de puro cristal as águas nevoentas! Chegou o tempo de lhes falar sobre os grandes mistérios que ocorreram, do maravilhoso enigma cuja solução as salvará de uma funesta ruína. Sobre as ameias da torre postava-se o mago Hermod e observava o curso das estrelas. Então quatro homens velhos, vestindo talares cuja cor se assemelhava à das folhas mortas, vieram através da floresta em direção à torre e, assim que chegaram ao pé dela, levantaram uma poderosa lamentação. "Ouça-nos! Ouça-nos, grande Hermod! Não seja surdo às nossas súplicas, desperte de seu profundo sono! Se tivéssemos ao menos a força necessária para vergar o arco do rei Ophioch, lhe dispararíamos uma flecha no coração como ele fez, e você teria de descer, não poderia permanecer aí em cima ao vento uivante como um tronco insensível! Mas, venerando ancião, se você não quiser acordar, temos aqui preparadas algumas balistas e iremos bater em seu peito com algumas pedras de tamanho moderado para despertar o sentimento humano encerrado nele! Desperte, glorioso ancião!"

"O mago Hermod olhou para baixo, apoiou-se ao parapeito e disse, com uma voz semelhante ao surdo rugido do mar, ao uivo do ciclone que se aproxima: 'Oh, vocês aí embaixo, não sejam burros! Não estou dormindo e não posso ser acordado por flechas e pedras. Quase já sei o que vocês querem, minha boa gente! Esperem um pouco, já vou descer. Enquanto isso, podem colher alguns morangos ou brincar de cabra-cega sobre o rochedo relvado... já estou indo'.

"Quando Hermod chegou lá embaixo e se sentou sobre uma grande pedra recoberta pelo tapete colorido e macio do mais belo musgo, aquele que parecia ser o mais velho dos homens (pois sua barba branca descia até a cintura) começou a falar assim: 'Grande Hermod, você com certeza já sabe de antemão, melhor até do que eu, tudo quanto tenho a lhe dizer; mas, justamente para que saiba que também eu o sei, tenho de dizê-lo'. 'Diga!', respondeu Hermod, 'diga, meu jovem! Eu o ouvirei de bom grado; pois isso que acaba de dizer revela que possui um entendimento penetrante, se

PRINCESA BRAMBILLA

não uma profunda sabedoria, embora ainda mal tenha deixado de usar calças curtas.' 'Você sabe', continuou o porta-voz, 'grande mago, que o rei Ophioch certo dia, justamente quando estava em discussão no Conselho o que se deveria fazer a fim de obrigar cada vassalo a contribuir anualmente com uma determinada quantidade de piadas para o armazém geral de todos os divertimentos do reino, com as quais se poderiam suprir os pobres no caso de sobrevir um período de fome ou sede, disse de súbito: "O momento em que uma pessoa cai é o primeiro no qual seu verdadeiro eu se levanta". O senhor sabe que o rei Ophioch, mal tendo proferido estas palavras, de fato caiu e não mais se levantou, pois havia morrido. Aconteceu então de a rainha Liris, no mesmo instante, também fechar os olhos para não mais tornar a abri-los, e assim o Conselho de Estado se viu em não pequenos apuros quanto à sucessão no trono, uma vez que faltava de todo aos consortes reais uma descendência. O astrônomo da corte, homem deveras engenhoso, encontrou por fim um meio de assegurar ao país por muitos anos ainda o sábio governo do rei Ophioch. Ele sugeriu proceder do mesmo modo como se fez no caso de um conhecido príncipe dos espíritos (o rei Salomão) a quem, muito tempo depois de sua morte, os espíritos ainda obedeciam. Segundo sua sugestão, o mestre marceneiro da corte foi chamado ao Conselho de Estado; ele confeccionou um gracioso pedestal de madeira de buxo; depois que o corpo do rei Ophioch recebeu o necessário enchimento das melhores especiarias, esse pedestal lhe foi ajustado sob o traseiro, e assim ele está lá, sentado em perfeita postura de estadista. Mas seu braço era conduzido por meio de um fio secreto, cuja extremidade pendia como o cordão de uma sineta na sala de conferências do Grande Conselho, a fim de balançar o cetro de um lado para o outro. Ninguém duvidava de que o rei Ophioch vivia e reinava. Mas então aconteceu algo de prodigioso com a Fonte de Urdar. A água do lago que ela formava permanecia límpida e cristalina; mas, longe de provocar em todos os que a contemplavam uma alegria especial, muitos agora, ao verem refletidos nela seu próprio eu e toda a natureza, sentiam-se acometidos de raiva e desgosto, pois era contrário a toda dignidade, até mesmo a todo bom senso, a toda sabedoria penosamente adquirida, contemplar ao inverso as coisas e, sobretudo, seu próprio eu. E cada vez mais numerosos se tornavam aqueles que, por fim, afirmavam que as exalações do límpido lago atordoavam os sentidos e transformavam a conveniente seriedade em tolice. Encolerizados, atiravam todo tipo de coisas repulsivas no lago, fazendo-o perder sua limpidez de espelho e se tornar cada vez mais turvo, até por fim ganhar o aspecto de um charco imundo. Isto, oh, sábio mago, trouxe muita desgraça ao país; pois as pessoas distintas agora se batem no rosto e dizem ser esta a verdadeira ironia dos sábios. Mas a maior desgraça aconteceu ontem, pois se passou com o rei Ophioch o mesmo que com aquele príncipe dos espíritos. O malvado cupim roeu, sem ser notado, o pedestal, e de repente Sua Majestade, em pleno exercício de suas atribuições governamentais, caiu diante de uma multidão que enchia a sala do trono, de modo que agora não se pode esconder mais seu passamento. Eu mesmo, grande mago, acionava naquele instante o cordão do cetro que, quando o rei emborcou, rompeu-se e me chicoteou de tal modo o rosto que estou farto de puxar cordões para o resto da vida. Você, oh, sábio Hermod, sempre cuidou fielmente do país do Jardim de Urdar; diga, o que devemos fazer para que um digno sucessor do trono assuma o governo e o Lago de Urdar volte a ser límpido e cristalino?' O mago Hermod mergulhou numa funda reflexão e depois disse: 'Esperem nove vezes nove noites, e então brotará do Lago de Urdar a rainha do país! Enquanto isso, porém, governem o reino tão bem quanto puderem!'. E então raios de fogo surgiram sobre o charco que um dia fora a Fonte de Urdar. Mas eram os espíritos do fogo que contemplavam as águas com olhos incandescentes, e das profundezas se ergueram tumultuosamente os espíritos da terra. Então, do chão que havia secado brotou uma linda flor de lótus, em cujo cálice dormia uma encantadora criança. Era a princesa Mystilis, que foi retirada de seu belo berço com todo o cuidado por aqueles quatro ministros que haviam recebido o anúncio do mago Hermod e elevada à condição de regente do reino. Os referidos ministros assumiram a tutela da princesa e procuraram

PRINCESA BRAMBILLA

ampará-la e educá-la o melhor que podiam. Mas caíram em profunda consternação quando a princesa, ao chegar à idade de falar corretamente, começou a se exprimir numa língua que ninguém entendia. Dos quatro cantos do reino foram chamados linguistas para pesquisar o idioma da princesa, mas a maligna e terrível fatalidade quis que, quanto mais eruditos os linguistas, quanto mais sábios, menos entendessem as frases ditas pela criança, as quais, no entanto, soavam coerentes e compreensíveis. Enquanto isso, a flor de lótus tornara a fechar o seu cálice; em torno dela, porém, jorrou, de pequenas fontezinhas, o cristal de uma água puríssima. Isso trouxe grande alegria aos ministros, pois não podiam deixar de crer que em pouco tempo o belo espelho d'água da Fonte de Urdar voltaria a luzir no lugar do charco. Sobre a língua da princesa, os sábios ministros decidiram fazer o que havia muito já deveriam ter feito, a saber, aconselhar-se com o mago Hermod. Quando entraram na escuridão assustadora da floresta misteriosa, quando já podiam avistar o rochedo da torre através da densa vegetação, depararam com um velho sentado sobre uma pedra, absorto na leitura de um grande livro, e em quem reconheceram o mago Hermod. Por causa do frio da noite, Hermod vestira um roupão preto e pusera na cabeça seu gorro de zibelina, o que, embora lhe caísse bem, por outro lado lhe dava uma aparência estranha, um tanto sombria. Os ministros também tiveram a impressão de que a barba de Hermod estava meio desgrenhada, pois lembrava um arbusto silvestre. Quando os ministros expuseram humildemente seu problema, Hermod se levantou, lançou-lhes um olhar cintilante, terrível, que quase os fez cair ali mesmo de joelhos, e então soltou uma gargalhada que trovejou e sibilou por toda a floresta de um modo tal que os animais fugiram assustados, fazendo farfalharem os arbustos, e as aves, tomadas de um medo mortal, gritaram e ruflaram as asas e voaram para longe da mata! Os ministros, que nunca tinham visto nem falado ao mago Hermod naquela condição um pouco bárbara, ficaram sobressaltados; contudo, esperaram num silêncio respeitoso por aquilo que o mago iria dizer. Mas ele voltou a se sentar sobre a grande pedra, abriu o livro e leu com uma voz solene:

'A pedra negra num salão escuro
  Mostra onde o casal nobre adormecera,
  Na face a palidez mortal, à espera
De um mágico chamado no futuro!

Sob essa pedra jaz, bem lá no fundo,
  Destinada a trazer beleza à vida
  De Mystilis, por flores concebida,
A dádiva mais bela deste mundo.

Pela ave multicor espera a teia
  Tecida pelas mãos leves das fadas.
  Cegueira extinta, névoas dissipadas,
Ao inimigo, enfim, a morte enleia.

Para ouvir bem, agucem os ouvidos!
  Para enxergar melhor, usem suas lentes,
  Se querem ser ministros competentes!
Sejam uns burros, e estarão perdidos!'

"Então o mago fechou o livro com tal violência que o fez ressoar como uma forte trovoada, e os ministros caírem de costas. Quando se levantaram, o mago desaparecera. Todos concordaram que eram obrigados a sofrer demais pelo bem da pátria; pois em outras circunstâncias seria de todo intolerável que aquele camarada grosseirão, aquele mago e astrólogo, chamasse de burros duas vezes naquele único dia os excelentíssimos pilares do Estado. De resto, ficaram eles próprios espantados com a sabedoria com que haviam decifrado o enigma do mago. Chegados ao Jardim de Urdar, foram imediatamente ao saguão em que o rei Ophioch e a rainha Liris haviam dormido durante treze vezes treze luas, levantaram a pedra negra que fora engastada no centro do piso e encontraram no fundo da terra uma caixinha do mais belo marfim, magnificamente esculpida. Eles a entregaram nas mãos da princesa Mystilis, que imediatamente acionou uma mola, fazendo saltar a tampa, e assim pôde retirar a

PRINCESA BRAMBILLA

linda e graciosa peça de renda que ela continha. Mas, assim que teve a peça nas mãos, ela soltou uma sonora risada de alegria e disse, de modo inteiramente compreensível: 'Vovozinha a colocou em meu berço; mas vocês, seus gatunos, me roubaram a preciosidade, e não a teriam devolvido se não tivessem caído de fuças na floresta'. Em seguida a princesa começou a fazer renda com afinco. Os ministros, encantados, já estavam para dar um pulo coletivo de alegria quando, de súbito, a princesa enrijeceu e se encolheu toda, transformando-se numa pequena e mimosa bonequinha de porcelana. Se antes a alegria dos ministros fora enorme, tanto maior foi agora a sua consternação. Choravam e soluçavam tanto que podiam ser ouvidos por todo o palácio, até que um deles de repente, imerso em seus pensamentos, parou de se lamentar, enxugou os olhos com as duas pontas de seu talar e disse: 'Ministros... colegas... camaradas... eu quase acredito que o grande mago tem razão e que nós somos... bem, sejamos o que quisermos! Acaso o enigma foi decifrado?... o pássaro multicor foi apanhado?... A renda é a rede tecida por mão delicada, na qual ele deve ser apanhado'. Por ordem dos ministros, então, as mais belas damas do reino, verdadeiras fadas de encanto e graça, foram reunidas no palácio e, vestindo os mais luxuosos trajes, tinham de fazer rendas incessantemente. Mas de que adiantou? O pássaro multicor não aparecia, a princesa Mystilis continuava a ser uma bonequinha de porcelana, as nascentes borbulhantes da Fonte de Urdar secavam cada vez mais e todos os vassalos do reino mergulharam no mais amargo desgosto. Aconteceu então que os quatro ministros, à beira do desespero, sentaram-se junto ao charco que outrora fora o Lago de Urdar, belo e límpido como um espelho, desataram a se lamentar em altos brados e, com as expressões mais comoventes, suplicaram ao mago Hermod que tivesse piedade deles e do pobre País de Urdar. Um gemido surdo subiu das profundezas, a flor de lótus abriu o cálice e dele se levantou o mago Hermod, dizendo com voz irada: 'Infelizes! Cegos! Não foi comigo que vocês falaram na floresta; era o demônio mau, era Typhon em pessoa que lhes pregou uma peça com seus malignos truques de mágica, que conjurou o malfadado segredo da caixinha de renda! Mas, fazendo a si mesmo de tolo, falou mais verdades do que queria. Que as mãos delicadas de damas lindas feito fadas façam renda, que o pássaro multicor seja apanhado; mas ouçam o verdadeiro enigma, cuja solução também deverá desfazer o encanto da princesa'."

O velho havia lido até esse ponto quando parou, levantou-se de seu assento e falou assim para as pequenas bonequinhas que estavam sobre o altar de pórfiro no centro do círculo:

"Bem, excelente casal real, caro Ophioch, venerável Liris, não desdenhem por mais tempo de nos seguir na peregrinação com o confortável traje de viagem que lhes dei! Eu, seu amigo Ruffiamonte, vou cumprir o que prometi!"

"Então Ruffiamonte correu os olhos pelo círculo das damas e disse: 'É chegada a hora de vocês deixarem de lado as rendas e proferirem o misterioso provérbio do grande mago Hermod, como ele o pronunciou do cálice da maravilhosa flor de lótus.'"

"Então, enquanto Ruffiamonte, com uma varinha de prata, marcava o compasso com fortes pancadas que caíam com grande ruído sobre o livro aberto, as damas, que haviam deixado seus lugares e formado um círculo cerrado ao redor do mago, diziam em coro as seguintes palavras:

'Qual país: céu risonho e sol radiante,
  Ardor da terra em rica florescência?
  Em que cidade o Carnaval triunfante
Liberta a gente séria da prudência?
  Em que lugar celebram sua folia
  Seres da fantasia em afluência
No mundo oval que é sua feitoria?
  Quem será o eu que do eu gera o não eu
  E cinde o próprio peito em simetria,
Sem dor levando o encanto ao apogeu?

País, cidade, mundo, eu, tudo agora
  Se achou. O eu volta o olhar com acuidade
  Ousada ao mundo do qual foi-se embora.

PRINCESA BRAMBILLA

O espírito interior muda em verdade
    Vital a insensatez que embota a mente,
    Se o fere uma entediada má vontade.
Franqueia o reino a agulha irreverente
    Do mestre, dando a um mero homem bisonho
    A elevada nobreza do regente
Que acordará o casal do doce sonho.

Viva o País de Urdar, distante e belo!
    A fonte recupera sua pureza,
    Dos grilhões infernais não resta um elo,
Mil êxtases nos vêm da profundeza.
    Que coração não pulsa com fervor?
    Em gozo se desfaz toda tristeza.
Vejam o escuro bosque em esplendor!
    Um júbilo ressoa prolongado!
    É a rainha! Cantemos seu louvor!
Achou seu Eu! Hermod apaziguado!'"

Então os avestruzes e os mouros começaram uma gritaria desnorteante, no meio da qual ainda piavam e guinchavam muitas outras estranhas vozes de pássaros. Mais forte que todos, porém, gritava Giglio, que, como se despertasse de um atordoamento, recuperara de súbito sua completa consciência e se sentia como se estivesse em alguma peça burlesca:

– Mil vezes pelo amor de Deus! O que é isso? Parem agora mesmo com toda essa loucura! Sejam sensatos, digam-me apenas onde posso encontrar a sereníssima princesa, a magnífica Brambilla! Sou Giglio Fava, o ator mais famoso do mundo, que a princesa Brambilla ama e levará à mais alta glória... Mas ouçam-me! Senhoras, mouros, avestruzes, não se deixem iludir por tolices! Eu sei de tudo melhor do que aquele velho lá, pois sou ninguém menos que o mouro branco.

Quando por fim as damas se deram conta da presença de Fava, soltaram uma longa e penetrante gargalhada e se lançaram sobre ele. O próprio Giglio não saberia dizer por que um medo terrível tomou conta dele, e tentou por todos os meios escapar das damas. Isso teria sido impossível se ele não tivesse conseguido, abrindo completamente as abas do capote, flutuar e subir até as alturas da cúpula do salão. As damas então se puseram a afugentá-lo de um lado para o outro atirando grandes peças de pano contra ele, até que ele caiu exaurido ao chão. As damas lhe lançaram uma rede de renda sobre a cabeça e os avestruzes trouxeram uma grande gaiola de ouro, na qual Giglio foi encerrado sem misericórdia. Nesse momento o lampião se apagou e tudo desapareceu como num passe de mágica.

Como a gaiola estivesse colocada junto a uma grande janela aberta, Giglio podia olhar para a rua lá embaixo, que, contudo, estava erma e vazia, pois o povo naquela hora tinha ido em peso aos teatros e *osterie*, e por isso o pobre Giglio, encolhido no estreito receptáculo, sentia-se inconsolavelmente sozinho.

– Será essa a felicidade sonhada? – irrompeu ele em lamentações. – É nisso que consiste o suave e maravilhoso mistério que se encerra no Palácio Pistoia? Eu os vi, os mouros, as damas, o velhinho pequenino na tulipa, os avestruzes, vi todos os que entraram pela porta estreita, só faltavam as mulas e os pajens emplumados! Mas Brambilla não estava entre eles... não, ela não está aqui, a doce imagem de meu ardente desejo, de meu fervoroso amor! Oh, Brambilla! Brambilla! E nesse cárcere indigno eu devo fenecer miseravelmente, e jamais representarei o mouro branco! Oh! Oh!... Oh!

– Quem se lamenta tanto lá em cima? – gritaram da rua lá embaixo.

Giglio reconheceu de imediato a voz do velho Celionati, e um raio de esperança iluminou seu peito angustiado.

– Celionati – gritou Giglio, muito agitado, lá para baixo –, caro *signor* Celionati, então é o *signor* que eu vejo aí sob a luz do luar? Estou aqui na gaiola, num estado lastimável. Prenderam-me aqui como a um pássaro! Por Deus, *signor* Celionati, o *signor* é um homem virtuoso, que não deixa o seu próximo na mão; o *signor* dispõe de poderes maravilhosos, ajude-me, ai, ajude-me a sair desta maldita situação constrangedora! Oh, liberdade, dourada

PRINCESA BRAMBILLA

liberdade, quem lhe dá maior valor senão aquele que está numa jaula, mesmo quando suas grades são de ouro?

Celionati deu uma gargalhada e então disse:

– Veja, Giglio, tudo isso o *signor* deve a sua maldita tolice, a suas loucas ilusões! Quem lhe disse para entrar no Palácio Pistoia nesse disfarce ridículo? Como pôde se intrometer numa reunião para a qual não foi convidado?

– Como – exclamou Giglio – o mais belo dos trajes, o único em que eu poderia me apresentar condignamente diante de minha idolatrada princesa, o *signor* o chama de disfarce ridículo?

– Justamente – replicou Celionati – seu belo traje é a causa de lhe terem tratado dessa forma.

– Mas eu sou algum pássaro, por acaso? – gritou Giglio cheio de raiva e mau-humor.

– De fato – continuou Celionati – as damas o tomaram por um pássaro, e por um, aliás, que elas desejavam loucamente capturar, ou seja, por um bobo-grande.

– Meu Deus! – disse, Giglio fora de si –, eu, Giglio Fava, o famoso herói trágico, o mouro branco! Eu, um bobo-grande!

– Bem, *signor* Giglio – exclamou Celionati –, tenha paciência, durma um sono suave e tranquilo, se puder. Quem sabe o bem que o dia de amanhã não lhe trará?

– Tenha piedade – gritou Giglio –, tenha piedade, *signor* Celionati, liberte-me deste maldito cárcere! Jamais entrarei outra vez no malfadado Palácio Pistoia.

– Na verdade – respondeu o *ciarlatano* – o *signor* não faz por merecer que eu me preocupe com sua pessoa, pois desdenhou de todos os meus ensinamentos e quis se atirar nos braços de meu inimigo mortal, o *abbate* Chiari, que, fique sabendo, com seus deploráveis versos de fancaria, cheios de petas e tretas, foi quem o lançou nessa desgraça. Mas... o *signor* na verdade é um bom menino, e eu sou um tonto honesto e de coração mole, como já demonstrei mais de uma vez; por isso, vou salvá-lo. Espero, em contrapartida, que amanhã o *signor* me compre um novo par de óculos e um exemplar do dente assírio.

PRINCESA BRAMBILLA

– Comprarei tudo o que o *signor* quiser; mas dê-me a liberdade, a liberdade! Já estou quase sufocado!

Assim disse Giglio, e o *ciarlatano* subiu por uma escada invisível até onde ele estava, abriu um grande alçapão que havia na gaiola; o infeliz bobo-grande se espremeu penosamente através da abertura.

Mas nesse mesmo momento se ergueu um grande alarido no palácio, e vozes repulsivas piavam e grasnavam todas ao mesmo tempo.

– Por todos os espíritos! – exclamou Celionati. – Perceberam sua fuga, Giglio, dê o fora daqui!

Com a força do desespero, Giglio acabou de se espremer para fora da gaiola, saltou para a rua sem pensar duas vezes, levantou-se, pois não sofrera o mínimo dano, e correu cheio de fúria para longe dali.

– Sim – gritou ele completamente fora de si quando, depois de chegar ao seu quartinho, olhou para o traje extravagante com o qual lutara contra seu eu – sim, aquele monstro absurdo que jaz ali sem corpo é meu eu, e essa roupa principesca foi roubada do bobo-grande pelo demônio sinistro e impingida a mim para que as damas, numa ilusão funesta, me tomassem pela própria ave! Estou dizendo coisas absurdas, bem sei, mas é justo, pois eu de fato fiquei louco, porque o eu não tem corpo... ho, ho! Já para cá, já para cá, meu querido e gracioso eu!

Com essas palavras, ele arrancou de si as belas roupas, vestiu a mais extravagante de todas as fantasias e correu para o Corso.

Mas todas as alegrias do céu percorreram seu corpo quando a encantadora figura angelical de uma moça, com um pandeiro na mão, o convidou para dançar.

A calcografia anexada a este capítulo mostra essa dança de Giglio com a beldade desconhecida; mas o que se passou a seguir o leitor benévolo ficará sabendo no capítulo seguinte.

SEXTO CAPÍTULO

Como alguém, dançando, se tornou um príncipe, caiu desmaiado nos braços de um charlatão e depois, durante o jantar, duvidou dos talentos de seu cozinheiro – Liquor anodynus e muito barulho sem motivo – Duelo cavaleiresco entre amigos doentes de amor e melancolia, junto com seu trágico desfecho – Desvantagem e inconveniência de se cheirar rapé – Livre-maçonaria de uma senhorita e uma máquina de voar recentemente inventada – Como a velha Beatrice pôs um par de óculos sobre o nariz e voltou a tirá-los

ELA: GIRE, GIRE MAIS FORTE, RODOPIE SEM PARAR, dança louca e divertida! Ah, como tudo passa voando feito um raio! Sem descanso, sem pausa! Uma profusão de figuras coloridas crepita, como faíscas esvoaçantes de fogos de artifício, e desaparece no seio da noite escura. O prazer vai em caça do prazer e não pode apanhá-lo, e é nisso afinal que consiste o prazer. Nada é mais tedioso que ficar plantada no chão e ter de dar explicações a cada olhar, a qualquer palavra! Por isso, não gostaria de ser uma flor; muito melhor ser um besouro dourado, que zoa e zune em volta de sua cabeça fazendo um tal ruído que você não consegue escutar sua própria razão! Mas onde é mesmo que vai parar a razão quando o torvelinho do prazer selvagem a arrebata? Ora, pesada demais, rompe as amarras e cai no abismo; ora, leve demais, voa para as esferas vaporosas do firmamento. Não é possível manter uma razão perfeitamente razoável durante a dança; por isso, enquanto durarem nossos volteios, nossos passos, é melhor renunciar de todo a ela. E por isso não quero lhe dar nenhuma explicação, meu lépido e formoso rapaz! Veja como, orbitando ao seu redor, eu lhe escapo bem no instante em que você pensa me apanhar, me prender! E de novo! E então, mais uma vez!

Ele: E no entanto! Não, não deu! Mas tudo só depende de saber observar, saber manter o equilíbrio perfeito durante a dança. Para isso é preciso que todo dançarino tenha algo nas mãos à maneira de uma barra de equilibrista; e para isso vou desembainhar minha larga espada e balançá-la no ar... assim! O que acha deste salto, desta posição em que confio todo o meu eu ao centro de gravidade da ponta de meu pé esquerdo? Você chama isso de leviandade tola; mas essa é justamente a razão, para a qual você não dá a mínima, embora sem ela não se possa compreender nada, nem mesmo o equilíbrio que serve para tantas coisas! Mas, como, envolta em esvoaçantes fitas coloridas, pairando, como eu, na ponta do pé esquerdo, levantando para o alto o pandeiro, você exige que eu renuncie a toda a razão, a todo o equilíbrio? Eu lhe atiro a ponta de meu capote para que você, ofuscada, tropece e caia em meus braços! Mas não, não! Assim que eu a enlaçasse, você deixaria de existir, desapareceria no nada! Quem é você, criatura misteriosa, que nasceu do ar e do fogo, pertence à terra e olha sedutora do fundo das águas? Não pode fugir de mim. Mas... você quer imergir; em minha ilusão eu a retenho, mas você voa para o alto. Será você verdadeiramente o bravo espírito elementar que inflama a vida para a vida? Será você a melancolia, o desejo fervoroso, o encantamento, a alegria celestial do Ser? Mas sempre o mesmo passo... os mesmos volteios! No entanto, minha bela, só sua dança é eterna, e isso é sem dúvida o que há de maravilhoso em você...

O pandeiro: Ao me ouvir retinir, repicar, ressoar assim desordenado, oh, dançarino, você pensa que quero intrujá-lo com a barafunda de um palavrório tolo e simplório, ou então que sou uma coisinha estúpida, incapaz de compreender o tom e o

PRINCESA BRAMBILLA

compasso de suas melodias; e, no entanto, sou só eu que o mantenho no tom e no compasso. Por isso ouça, ouça, ouça-me!

A espada: Você pensa, oh dançarina, que eu, sendo de madeira, tosca, fosca, sem tom, sem compasso, não lhe posso servir de nada. Mas saiba que é apenas de meu vaivém que brotam o tom e o compasso de sua dança. Sou espada e cítara, e posso ferir o ar com canto e acorde, golpe e estocada. Eu a mantenho no tom e no compasso, por isso, ouça, ouça, ouça-me!

Ela: Como o uníssono de nossa dança se eleva mais e mais! Oh, que passos, que saltos! Cada vez mais ousados, cada vez mais ousados e, contudo, conseguimos, pois sabemos dançar cada vez melhor!

Ele: Oh, como milhares de círculos cintilantes de fogo nos circundam! Que prazer! Grandiosos fogos de artifício, vocês jamais poderão dar chabu, pois seu material é eterno como o tempo. Mas... pare... pare... eu queimo... eu caio no fogo...

Pandeiro e espada: Segurem-se... segurem-se firme em nós, dançarinos!

Ela e ele: Ai de mim... vertigem... vórtice... voragem... nos arrastam... para baixo!

Assim transcorreu, palavra por palavra, a estranha dança que Giglio Fava dançou longamente da maneira mais graciosa com a belíssima desconhecida, que não podia ser ninguém mais senão a própria princesa Brambilla, até que o enlevo do prazer exultante quase o fez perder os sentidos. Mas isso não aconteceu; quando o pandeiro e a espada mais uma vez o advertiram para se segurar firme, Giglio teve antes a sensação de cair nos braços da beldade. Tampouco isso aconteceu; pois o peito junto ao qual ele se aconchegou não era de modo algum o da princesa Brambilla, e sim o do velho Celionati.

– Eu não sei – foi dizendo Celionati –, meu bom príncipe (pois apesar de seu disfarce extravagante eu o reconheci ao primeiro olhar), como o *signor* pôde se deixar enganar de um modo assim tão grosseiro, sendo, como é, um homem tão inteligente e sensato. Ainda bem que eu estava por perto e o tomei em meus braços quando aquela rameira devassa estava a ponto de aproveitar sua vertigem para raptá-lo.

– Eu lhe agradeço – respondeu Giglio –, agradeço muito por sua boa vontade, caríssimo *signor* Celionati; mas não entendo patavina disso que o *signor* está falando sobre engano grosseiro, e lamento que uma vertigem infeliz tenha me impedido de terminar, com a mais bela e graciosa das princesas, a dança que me teria feito tão feliz.

– O que está dizendo? – continuou Celionati. – Acredita mesmo que era a princesa Brambilla quem dançava com o *signor*? Não! O ardil indigno foi justamente este: a princesa Brambilla lhe impingiu uma pessoa de baixa condição a fim de poder se entregar sem ser perturbada a outra relação amorosa.

– Será possível – exclamou Giglio – que eu tenha sido enganado?

– Pense – continuou Celionati – que, se sua dançarina fosse de fato a princesa Brambilla, se tivesse terminado a dança com ela sem percalços, no mesmo instante o grande mago Hermod deveria ter aparecido a fim de entronizá-lo, junto a sua nobre noiva, em seu reino.

– Isso é verdade – replicou Giglio –, mas diga-me como tudo aconteceu, com quem eu de fato dancei.

– O *signor* deve – disse Celionati –, o *signor* precisa saber de tudo. Mas, se isso lhe for conveniente, eu o acompanharei ao seu palácio, onde poderei, oh *signor* príncipe, conversar consigo com mais tranquilidade.

– Tenha a bondade de me levar até lá – disse Giglio –, pois devo confessar-lhe que a dança com a suposta princesa me esgotou a tal ponto que eu caminho como num sonho e, na verdade, neste momento não sei em que lugar aqui de nossa Roma está localizado meu palácio.

– Venha comigo, meu bom príncipe! – exclamou Celionati, tomando Giglio por um braço e o levando para longe dali.

Foram diretamente para o Palácio Pistoia. Já nos degraus de mármore do portal Giglio se deteve, olhou o palácio de cima a baixo e disse então a Celionati:

– Se este é de fato meu palácio, do que não quero de modo algum duvidar, então foram alguns anfitriões muito estranhos aqueles que me caíram no lombo e que fazem das suas nas salas mais bonitas,

PRINCESA BRAMBILLA

comportando-se como se a casa fosse deles, e não minha. Mulheres petulantes, vestidas com uma pompa estranha, confundem pessoas distintas, sensatas – e, que os santos me protejam, acho que isso aconteceu até mesmo comigo, o dono da casa – com a ave rara que têm de capturar nas redes tecidas com artes de fada por mãos delicadas, provocando com isso muito tumulto e perturbação. Tenho a impressão de ter sido preso aqui numa gaiola indigna; por isso, não gostaria de entrar. Se fosse possível, caríssimo Celionati, que por hoje meu palácio ficasse em outro lugar, isso seria muito bom para mim.

– Seu palácio, magnânimo príncipe – respondeu Celionati –, não pode ficar em outro lugar senão aqui mesmo, e seria contrário a toda compostura se hospedar em uma casa estranha. O *signor* só precisa, oh, meu príncipe, pensar que tudo o que fazemos e que é feito aqui não é verdade, mas apenas um *capriccio* inteiramente inventado, e assim não sofrerá o menor incômodo por parte daquela gente louca que apronta das suas lá em cima. Vamos entrar sem medo!

– Mas, diga-me – exclamou Giglio, detendo Celionati, que já ia abrindo a porta –, diga-me, a princesa Brambilla não entrou aqui com o mago Ruffiamonte e uma numerosa comitiva de damas, pajens, avestruzes e asnos?

– De fato – respondeu Celionati –, mas isso não pode impedir o *signor*, que é no mínimo tão proprietário do palácio quanto a princesa, de também entrar nele, mesmo que isso aconteça preliminarmente com toda a discrição. Em pouco tempo se sentirá perfeitamente em casa aí dentro.

Tendo dito estas palavras, Celionati abriu a porta do palácio e empurrou Giglio para que fosse na frente. O vestíbulo estava imerso em completa escuridão e num silêncio tumular; mas, tão logo Celionati bateu de leve a uma porta, apareceu um pequeno Polichinelo muito simpático com velas acesas nas mãos.

– Se não estou enganado – disse Giglio ao baixinho –, já tive a honra de encontrá-lo, caríssimo *signor*, sobre o teto do coche da princesa Brambilla.

– É verdade – respondeu o baixinho –, naquela ocasião eu estava a serviço da princesa, em certa medida ainda estou, mas sou antes de mais nada o camareiro vitalício de seu mui magnânimo eu, caríssimo príncipe.

Polichinelo iluminou o caminho para que os dois recém-chegados entrassem em um aposento suntuoso, e então se retirou humildemente, informando ao príncipe que em qualquer lugar, e sempre que o príncipe ordenasse, ele viria de um salto, bastando para isso acionar uma mola; pois, embora fosse ali no andar térreo o único bufão em libré, ele valia por toda uma criadagem, graças a sua esperteza e agilidade.

– Ha! – exclamou Giglio, percorrendo com os olhos o quarto rica e suntuosamente ornamentado. – Só agora reconheço que estou de fato em meu palácio, em meu quarto principesco. Meu *impresario* o mandou pintar, ficou devendo o dinheiro e, quando o pintor o cobrou, deu-lhe uma bofetada, depois do que o maquinista deu uma surra no *impresario* com o archote de uma Fúria! Sim! Estou em minha pátria principesca! Mas o *signor* queria me arrancar de uma terrível ilusão por conta da dança, caro *signor* Celionati. Fale, eu lhe peço, fale! Mas vamos nos sentar.

Depois de ambos, Giglio e Celionati, terem se sentado em almofadas macias, este último começou:

– Saiba, meu príncipe, que essa pessoa que lhe impingiram em lugar da princesa Brambilla não é ninguém senão uma gentil modista chamada Giacinta Soardi!

– Será possível? – exclamou Giglio. – Mas me parece que essa moça tem por amante um ator paupérrimo, miserável: Giglio Fava!

– É verdade – replicou Celionati –, mas o *signor* bem pode imaginar que é esse ator paupérrimo, miserável, esse príncipe de teatro que a princesa Brambilla persegue faça chuva ou faça sol, e justamente por isso lhe mandou essa modista em seu lugar, para que talvez, por um equívoco delirante, o *signor* se apaixonasse por ela e a afastasse daquele herói teatral.

– Que ideia sórdida! – disse Giglio. – Mas creia-me, Celionati, é apenas um feitiço maligno, demoníaco, que confunde e embaralha tudo loucamente, e eu destruirei esse feitiço com esta espada

PRINCESA BRAMBILLA

que manejarei com mão corajosa, e aniquilarei aquele miserável que ousa aceitar ser amado por minha princesa!

– Faça isso – replicou Celionati, com uma risada marota –, faça isso, caríssimo príncipe! Para mim mesmo é da maior importância que esse sujeito tolo seja tirado do caminho; quanto mais cedo, melhor.

Giglio pensou então em Polichinelo e nos serviços que ele oferecera. Acionou então alguma mola escondida; imediatamente, Polichinelo saltou à frente e como, conforme havia prometido, era capaz de substituir um grande número dos mais diversos serviçais, foi a um só tempo cozinheiro, adegueiro, copeiro, escanção, e em poucos segundos preparou-lhe uma saborosa refeição.

Depois de se ter regalado, Giglio pensou que, quanto ao vinho e à comida, sim, podia-se perceber claramente que tudo fora preparado, trazido e servido por uma única pessoa; pois tudo tinha o mesmo sabor. Celionati disse que talvez a princesa Brambilla tivesse por ora dispensado Polichinelo de seu serviço justamente porque ele, com precipitada presunção, quisesse fazer tudo sozinho, e por isso já havia entrado muitas vezes em disputa com Arlequim, que tinha as mesmas pretensões.

No extraordinário *capriccio* original, que o narrador segue fielmente, há neste ponto uma lacuna. Para falar em termos musicais, falta a passagem de uma tonalidade para outra, de modo que o novo acorde ataca sem a necessária preparação. Poderíamos mesmo dizer que o *capriccio* se interrompe com uma dissonância não resolvida. Conta-se, com efeito, que o príncipe (não se pode tratar de outro que não Giglio Fava, que ameaça Giglio Fava de morte) foi subitamente acometido de terríveis dores de barriga, que atribuiu aos quitutes de Polichinelo, mas, depois de Celionati ter-lhe administrado *liquor anodynus*, adormeceu, ao que se seguiu um grande barulho. Não ficamos sabendo nem o que significava esse barulho, nem como o príncipe, ou Giglio Fava, saiu do Palácio Pistoia com Celionati.

A sequência diz mais ou menos o seguinte:

Assim que o dia estava para terminar, surgiu uma fantasia no Corso que atraiu a atenção de todos por sua singularidade e extravagância. Tinha na cabeça um gorro bizarro, ornado com duas compridas penas de galo; usava, além disso, uma máscara com o nariz semelhante a uma tromba de elefante, sobre o qual havia um par de óculos de armação enorme, e um gibão com grandes botões, a que se juntavam, porém, umas belas calças de seda azul-celeste com fitas escarlate, meias cor-de-rosa, sapatos brancos com laços escarlate e uma bela espada de ponta afiada nos quadris.

O leitor benévolo já conhece essa fantasia do primeiro capítulo e, por isso, sabe que por baixo dela não podia estar senão Giglio Fava. Mas mal essa fantasia percorrera umas duas vezes o Corso, um louco capitão Pantaleão Briguela, que também já apareceu diversas vezes neste *capriccio*, saltou contra a fantasia com olhos chispantes de cólera, gritando:

– Finalmente o encontro, infame herói teatral! Indigno mouro branco! Agora você não me escapa! Empunhe sua espada, covarde, defenda-se, ou eu lhe cravarei esta minha madeira em seu corpo!

Dizendo isso, o romanesco capitão Pantaleão brandia no ar sua larga espada de madeira; Giglio, por sua vez, não se abalou nem um pouco com esse ataque inesperado, mas disse, com tranquilidade e despreocupação:

– Que raio de grosseirão mal-ajambrado é esse que quer duelar comigo sem ter a menor ideia dos genuínos rituais da cavalaria? Ouça, meu amigo! Se de fato me reconhece como o mouro branco, deve então saber que sou herói e cavaleiro numa só pessoa, e que apenas a verdadeira *courtoisie* me impõe andar por aí com calças azul-celeste, meias cor-de-rosa e sapatos brancos. É o traje de baile à maneira do rei Artur. Mas minha boa espada cintila ao meu lado, e eu o enfrentarei cavaleirescamente se o *signor* me atacar cavaleirescamente, e se for alguém de escol, e não algum palhaço traduzido em romano!

– Perdão – disse a máscara –, perdão, oh mouro branco, por eu ter perdido de vista por um único instante o que devo ao herói, ao cavaleiro! Mas assim como é verdade que em minhas veias corre sangue de príncipe, vou lhe mostrar como também li excelentes livros de cavalaria e com o mesmo proveito que o *signor*.

Tendo dito isso, o principesco capitão Pantaleão recuou alguns passos, empunhou sua espada em posição de esgrima na direção de Giglio e disse com uma expressão da mais cordial benevolência:

– Se me fizer o favor.

Giglio, fazendo uma saudação graciosa a seu adversário, desembainhou a espada, e o duelo começou. Via-se logo que tanto o capitão Pantaleão quanto Giglio conheciam bem os exercícios cavaleirescos. Mantinham o pé esquerdo firmemente plantado no chão, enquanto o direito ora avançava decidido para o ousado ataque, ora recuava em posição de defesa. As espadas se cruzavam, cintilando, golpe se seguia a golpe com a velocidade de um raio. Depois de um primeiro assalto acalorado e ameaçador, os combatentes tiveram de descansar. Eles se entreolharam e, com a ira do duelo, inflamou-se neles um amor tal que caíram nos braços um do outro e choraram a valer. Então a luta recomeçou com redobrada força e agilidade. Mas quando Giglio tentou afastar um golpe bem medido de seu antagonista, este atingiu com força a fita da perna esquerda de sua calça, fazendo-a cair com um gemido.

– Alto! – exclamou o capitão Pantaleão. Examinaram a ferida e a consideraram insignificante. Um par de alfinetes bastou para fixar novamente a fita.

– Quero – disse então o capitão Pantaleão – empunhar a espada com minha mão esquerda, pois o peso da madeira cansa meu braço direito. Você pode manter seu leve florete sempre na mão direita.

– Que o céu não me permita – replicou Giglio – fazer-lhe tal afronta! Também eu tomarei meu florete na mão esquerda, isso é correto e proveitoso, pois assim posso atingi-lo melhor.

– Venha ao meu peito, bom e nobre camarada – exclamou o capitão Pantaleão.

Os combatentes se abraçaram mais uma vez, e gemeram e soluçaram a valer, comovidos com a grandeza de sua conduta, e então se atacaram encarniçadamente.

– Alto! – exclamou Giglio, ao ver que seu golpe atingira a aba do chapéu de seu adversário. De início, este não queria admitir nenhum ferimento; mas, como a aba lhe caiu sobre o nariz, teve de aceitar o nobre socorro de Giglio.

A ferida era insignificante; o chapéu, depois de Giglio o haver reparado, preservava ainda sua nobreza de feltro. Os combatentes se entreolharam com amor intensificado, cada um havia comprovado a honra e a coragem do outro. Abraçaram-se, choraram, e novamente se inflamou o ardor do duelo. Giglio abriu a guarda, a espada do adversário abalroou-lhe o peito e ele caiu inerte ao chão.

Apesar do desfecho trágico, o povo soltou gargalhadas quando levaram o cadáver de Giglio, fazendo tremer todo o Corso, enquanto o capitão Pantaleão, mantendo o sangue frio, enfiava a larga espada de madeira na bainha e descia o Corso com passos orgulhosos.

– Sim – disse a velha Beatrice –, sim, está decidido, se aquele velho e feio charlatão, o *signor* Celionati, voltar a dar as caras por aqui e quiser virar a cabeça de minha doce e linda menina, eu o porei pela porta afora. E, no fim das contas, mestre Bescapi também colabora com as suas loucuras.

De certa forma, a velha Beatrice tinha razão; pois, desde o momento em que Celionati achou por bem fazer visitas à graciosa modista Giacinta Soardi, a personalidade da jovem parecia totalmente virada do avesso. Ela parecia presa de um sonho eterno e por vezes falava coisas tão bizarras e confusas que a velha temia por sua saúde mental. A ideia principal de Giacinta, ao redor da qual tudo girava, como o leitor benévolo já pôde supor a partir do quarto capítulo, era que o rico e poderoso príncipe Cornelio Chiapperi a amava e a pediria em casamento. Beatrice pensava, por sua vez, que Celionati, sabia lá o céu por quê, não tinha outra intenção senão a de engambelar Giacinta; pois, se houvesse alguma verdade na história do amor do príncipe, não era possível compreender por que ele já não teria havia muito tempo procurado a bem-amada em sua casa, pois os príncipes não são assim tão estúpidos nesses assuntos. Além do mais, os poucos ducados que Celionati lhes dera não eram de modo algum dignos da prodigalidade de um príncipe. No fim das contas, não havia príncipe Cornelio Chiapperi algum; e se de fato houvesse um, o próprio

Celionati, como ela bem sabia, já anunciara ao povo do alto de seu estrado diante da igreja de São Carlos que o príncipe assírio Cornelio Chiapperi, depois de lhe haverem extraído um dente molar, desaparecera, e era procurado por sua noiva, a princesa Brambilla.

– Está vendo – exclamou Giacinta, com os olhos brilhando –, está vendo? Aí tem a senhora a chave de todo o mistério, aí tem a senhora o motivo pelo qual o bom e nobre príncipe se esconde tão cuidadosamente. Como arde de amor por mim dos pés à cabeça, ele teme a princesa Brambilla e suas prerrogativas e, contudo, não pode se decidir a deixar Roma. Ele só ousa se deixar ver no Corso sob aquela fantasia extravagante, e foi justamente no Corso que me deu as provas inequívocas de seu terno amor por mim. Mas logo se levantará para ele, o querido príncipe, e para mim, a dourada estrela da felicidade em todo o seu esplendor. A senhora se lembra, talvez, de um ator faceiro que costumava me fazer a corte, um certo Giglio Fava?

A velha disse que para isso não era preciso ter uma memória especialmente boa, pois o pobre Giglio, que ainda lhe parecia preferível a um príncipe ignorante, estivera em sua casa ainda anteontem, e se deliciara com o saboroso jantar que ela lhe havia preparado.

– A senhora acredita, velha – continuou Giacinta –, que a princesa Brambilla corre atrás desse pobre diabo? Foi Celionati quem me garantiu. Mas, assim como o príncipe ainda tem receio de aparecer publicamente como meu pretendente, também a princesa ainda hesita a renunciar ao seu antigo amor e elevar o ator Giglio Fava ao seu trono. Mas no momento em que a princesa der sua mão a Giglio, o príncipe receberá, felicíssimo, a minha.

– Giacinta! – exclamou a velha. – Que tolices, que ilusões!

– E isso – continuou Giacinta – que a senhora diz, sobre o príncipe não ter até agora se dignado a procurar sua bem-amada no quartinho dela, é um completo equívoco. A senhora não imagina as graciosas artimanhas de que o príncipe se serve para me ver sem ser notado. Pois fique sabendo que o meu príncipe, além de possuir outras qualidades e conhecimentos louváveis, também é um grande mago. Nem quero pensar em como ele me visitou

certa noite, tão pequeno, tão fofinho, tão adorável que eu teria
podido comê-lo todinho. Mas muitas vezes ele aparece de repente,
mesmo quando a senhora está presente, aqui em nossa pequena
sala de visitas, e o problema é todo seu se não consegue ver nem
o príncipe nem todo o esplendor que se revela quando ele está
aqui. Que este nosso aposento estreito então se expanda até se tornar um magnífico salão nobre, com paredes de mármore, tapetes
entretecidos com fios de ouro, divãs em damasco, mesas e cadeiras de ébano e marfim, não me agrada tanto como quando as
paredes desaparecem por completo e eu caminho de mãos dadas
com meu amado pelo mais belo jardim que se possa imaginar.
Não me espanta que você, velha, não possa aspirar os perfumes
celestiais que emanam desse paraíso, pois tem o feio costume
de entupir o nariz de rapé, e não pode se abster de recorrer a sua
tabaqueira nem mesmo na presença do príncipe. Mas deveria
pelo menos tirar de cima das orelhas a atadura que lhe envolve
as bochechas para poder ouvir o cântico do jardim, que cativa os
sentidos e afasta qualquer sofrimento terrestre, inclusive a dor
de dente. Você não pode de modo algum achar inconveniente
que eu permita ao príncipe me beijar as espáduas; pois pode ver
então como imediatamente me crescem belíssimas asas de bor-
boleta, coloridas e reluzentes, e eu me elevo alto, bem alto pelos
ares. Ah! Eis aí o verdadeiro prazer, velejar com o príncipe através do azul do céu. Tudo o que o céu e a terra possuem de maravilhoso, todas as riquezas, todos os tesouros que, escondidos nas
mais profundas furnas da criação, podem ser tão somente pres-
sentidos, emergem então diante de meu olhar inebriado, e tudo
– tudo é meu! E você diz, velha, que o príncipe é avaro e me deixa
viver na pobreza, apesar de seu amor? Mas talvez você pense que
sou rica apenas quando o príncipe está presente, e nem sequer
isso é verdadeiro. Veja, velha, como neste momento mesmo, em
que apenas falo do príncipe e de sua magnificência, nossa sala
se ataviou com os mais belos ornamentos. Veja estas cortinas de
seda, estes tapetes, estes espelhos e, sobretudo, aquele precioso
armário, cujo exterior é digno de seu rico conteúdo! Pois você só
precisa abri-lo para que os rolos de ouro lhe caiam no colo. E que

me diz dessas graciosas damas de companhia, criadas, pajens que o príncipe encarregou de me servirem antes que toda a esplêndida famulagem da corte me rodeie o trono?

Ao dizer essas palavras, Giacinta se aproximou daquele armário que o leitor benévolo já viu no primeiro capítulo, no qual estavam pendurados trajes muito ricos, mas também muito extravagantes, que Giacinta adereçara por encomenda de Bescapi, e com os quais ela agora entabulou uma conversação em voz baixa.

A velha observou, balançando a cabeça, as coisas que Giacinta fazia, então disse:

– Deus a proteja, Giacinta, mas a senhorita está perdida num funesto delírio, e vou pedir ao confessor que venha até aqui afugentar o diabo que assombra esta casa. Mas eu lhe digo, tudo é culpa do desatinado charlatão que lhe encheu a cabeça com esse príncipe, e do estúpido alfaiate que lhe deu as loucas fantasias para adereçar. Mas não quero censurá-la! Reflita, minha linda menina, minha querida Giacintinetta, volte a si, seja boazinha como antes!

Giacinta se sentou calada numa poltrona, apoiou a cabecinha numa das mãos e abaixou os olhos pensativa!

– E se – continuou a velha – nosso bom Giglio deixar de pular a cerca... Mas espere... Giglio! Veja só, Giacintinha, enquanto olho para você, vem-me à mente o que ele nos leu certa vez daquele livrinho... Espere... espere... espere... isso combina perfeitamente com você.

A velha procurou num cesto, entre fitas, rendas, retalhos de seda e outros adereços, um pequeno livrinho bem encadernado, colocou os óculos sobre o nariz, pôs-se de cócoras diante de Giacinta e leu:

"Foi às solitárias margens musgosas de um riacho na floresta, foi numa perfumada pérgola de jasmim? Não – eu me lembro agora, foi numa pequena e aconchegante sala iluminada pelos raios do sol da tarde em que a vi. Estava sentada em uma poltrona baixa, a cabeça apoiada na mão direita, de modo que seus cachos escuros, obstinados, rebelavam-se e se derramavam por entre os dedos alvos. A mão esquerda repousava no regaço e brincava com

PRINCESA BRAMBILLA

a fita de seda que se desprendera do corpo esbelto que cingia. Involuntariamente o pezinho, cuja ponta mal se entremostrava sob o tecido preagueado de seu vestido e que se erguia e se abaixava de leve, bem de leve, parecia acompanhar os movimentos daquela mão. Eu lhes digo, tanta graça, tanta celestial formosura se derramava sobre toda a sua figura que meu coração estremeceu de um arrebatamento indescritível. Eu desejava ter o anel de Giges: ela não deveria me ver, pois eu temia que, tocada pelo meu olhar, ela desaparecesse no ar, como uma imagem de sonho![22] Um doce e venturoso sorriso brincava ao redor de sua boca e de suas faces, leves suspiros saíam de seus lábios rubros feito rubis e me feriam como flechas incandescentes de amor. Apavorei-me, pois pensei ter chamado seu nome em voz alta na dor súbita de um êxtase ardente! Mas ela não se deu conta de minha presença, não me viu. Então ousei olhá-la nos olhos, que pareciam estar fixamente pousados em mim, e foi só no reflexo daqueles adoráveis espelhos que se mostrou a mim o maravilhoso jardim encantado para o qual fora transportada sua imagem angelical. Brilhantes castelos etéreos abriram suas portas, e através delas saiu uma multidão alegre e colorida que, exultando de contentamento, oferecia à beldade as mais lindas e preciosas dádivas. Essas dádivas, contudo, eram justamente todas as esperanças, todos os desejos ardentes que, das profundezas mais íntimas de sua alma, faziam-lhe palpitar o seio. As rendas que lhe cobriam o colo deslumbrante se avolumavam, cada vez mais altas e impetuosas, como ondas de lírios, e um radiante carmesim lhe iluminava as faces. Pois só agora o mistério da música despertava e exprimia o sublime em sons celestiais – podem acreditar, eu mesmo estava, verdadeiramente, no reflexo daquele maravilhoso espelho, no meio do jardim encantado."

Então a velha, fechando o livro e tirando os óculos de sobre o nariz, disse:

---

22 No segundo livro da *República*, Platão menciona o anel do rei lídio Giges, que conferia a quem o possuísse o poder de se tornar invisível. (N. T.)

– Tudo isso é dito de um modo muito bonito e gracioso; mas, Deus do céu!, que expressões empoladas para, no fim das contas, não dizer outra coisa senão que não há nada de mais encantador e, para os homens dotados de razão e bom senso, nada mais sedutor que uma bela moça sentada a um canto, ensimesmada, a construir castelos de vento. E isso, como eu disse, combina perfeitamente com você, minha Giacintinha, e toda essa sua parolagem a respeito do príncipe e de suas artes não era nada além do sonho em que você estava imersa traduzido em palavras.

Giacinta, levantando-se da poltrona e batendo palmas feito uma criança alegre, replicou:

– E se fosse verdade, eu não seria justamente por isso igualzinha à graciosa imagem encantada sobre a qual a senhora acabou de ler? E fique sabendo que enquanto a senhora pretendia estar lendo alguma coisa do livro de Giglio, foram palavras do príncipe que saíram involuntariamente de seus lábios.

SÉTIMO CAPÍTULO

Como um jovem amável foi acusado, no Caffè Greco, de ações repulsivas, um impresario *foi tomado de arrependimento e um boneco de ator morreu vítima das tragédias do* abbate Chiari – Dualismo crônico e o príncipe duplo que pensava de través – Como alguém, por causa de uma doença dos olhos, via tudo ao contrário, perdeu seu país e não foi passear – Rixa, briga e separação*

O LEITOR BENÉVOLO NÃO TERÁ RAZÃO para se queixar de que o autor desta história o canse, impondo-lhe longas caminhadas para todos os lados. Tudo nela está muito bem acomodado dentro de um pequeno círculo que se percorre com umas poucas centenas de passos: o Corso, o Palácio Pistoia, o Caffè Greco etc., e, com exceção do pequeno pulo que demos ao país do Jardim de Urdar, jamais saímos daquele pequeno círculo, facilmente palmilhado. Assim, mais uma vez, bastam alguns poucos passos e o leitor benévolo se encontrará novamente no Caffè Greco, onde, há apenas quatro capítulos, o charlatão Celionati contou aos jovens alemães a extraordinária e extravagante história do rei Ophioch e da Rainha Liris.

Pois bem! Um homem jovem, bonito, bem-vestido, estava solitariamente sentado no Caffè Greco e parecia imerso em profundas reflexões, de modo que só depois de dois homens, que entrementes tinham entrado ali e se aproximado dele, o chamarem duas ou três vezes seguidas "*Signor... signor...* meu prezado *signor*!", ele, como quem desperta de um sonho, perguntou com uma discrição polida e distinta em que poderia servi-los.

O *abbate* Chiari – pois é preciso dizer que os dois homens não eram outros senão justamente o *abbate* Chiari, o famoso poeta do ainda mais famoso mouro branco, e aquele *impresario* que trocara a tragédia pela farsa – começou sem demora:

– Meu prezado *signor* Giglio, o que o fez sumir de vista, a ponto de ter sido necessário procurá-lo com afinco por toda Roma? Aqui está um pecador arrependido, convertido pela força, pelo poder de minhas palavras, e que quer reparar toda a injustiça cometida contra sua pessoa, quer ressarci-lo sobejamente por todos os danos que causou!

– Sim – disse por sua vez o *impresario* –, sim, *signor* Giglio, confesso francamente toda a minha incompreensão, toda a minha cegueira. Como pude deixar de reconhecer o seu gênio, duvidar por um só momento de que somente no *signor* encontraria meu sustentáculo? Volte para minha companhia, receba de novo em meu teatro a admiração, o aplauso ruidoso e entusiástico do mundo!

– Não sei – respondeu o jovem amável, olhando muito surpreso para ambos, o *abbate* e o *impresario* – não sei, meus senhores, o que de fato querem de mim. Chamam-me por um nome estranho, falam-me de coisas que desconheço por completo, agem como se me conhecessem, embora mal possa me recordar de jamais havê-los visto alguma vez em minha vida!

– Você tem razão – disse o *impresario*, cujos olhos derramavam lágrimas brilhantes –, tem razão, Giglio, em tratar-me de modo tão indigno, em fingir não me conhecer; pois eu fui um asno quando o expulsei do palco. Mas, Giglio! Não seja tão irredutível, meu rapaz. Dê-me sua mão!

– Pense em mim e no mouro branco, meu bom *signor* Giglio – disse o *abbate*, interrompendo o discurso do *impresario* –, e que não tem outro meio para angariar fama e respeitabilidade além do palco desse excelente homem, que acaba de mandar ao diabo

PRINCESA BRAMBILLA

o Arlequim com todo o seu belo séquito e de reconquistar a felicidade de poder contar com minhas tragédias e representá-las.

– *Signor* Giglio – continuou o *impresario* –, o *signor* mesmo definirá seu salário; o *signor* mesmo escolherá, como melhor lhe parecer, o traje para o mouro branco, e eu não criarei quaisquer dificuldades por alguns côvados de galões falsos, por um pacotinho a mais de lantejoulas.

– E eu lhes digo – exclamou o jovem – que tudo o que os senhores estão dizendo é, de uma vez por todas, um enigma insolúvel para mim.

– Ha! – gritou então o *impresario*, cheio de raiva –, ha! Eu o compreendo, *signor* Giglio Fava, eu o compreendo muito bem; eu sei de tudo. O maldito demônio do... não, é melhor não dizer o nome dele para não envenenar meus lábios. *Ele* o aprisionou em suas redes, *ele* o tem firmemente preso em suas garras. O *signor* está comprometido... o *signor* está comprometido. Mas... hahaha... será tarde demais para se arrepender quando, com o patife, com o miserável mestre alfaiate guiado por um louco delírio de ridícula presunção, quando, com...

– Eu lhe peço – disse o jovem, interrompendo o enfurecido *impresario* –, eu lhe peço, prezado *signor*! Não se exalte, mantenha a devida calma! Agora decifrei todo o mal-entendido. O *signor* me toma por um ator chamado Giglio Fava, não é? Um ator que, segundo ouvi dizer, brilhou outrora em Roma como um excelente ator, embora, no fundo, tenha sido sempre um completo incapaz.

Ambos, o *abbate* e o *impresario*, olharam fixamente o jovem, como se estivessem vendo um fantasma.

– Provavelmente – continuou o jovem – estavam fora de Roma e só voltaram agora; pois, de outro modo, eu me admiraria muito de não terem ouvido falar daquilo que toda Roma comenta. Eu ficaria consternado se fosse o primeiro de quem ouvem a notícia de que aquele ator, Giglio Fava, por quem procuram e que lhes parece ser tão caro, foi morto ontem num duelo no Corso. Eu mesmo estou completamente convencido de sua morte.

– Ah, essa é boa! – exclamou o *abbate*. – Ah, essa é muito boa mesmo! Então foi o famoso ator Giglio Fava que um sujeito insensato e bizarro abateu ontem, fazendo-o cair com as pernas para o alto? Falando sério, meu prezado *signor*, só mesmo sendo um estranho em Roma, pouco familiarizado com nossas brincadeiras de Carnaval, para não saber que, ao levantarem o suposto cadáver para levá-lo dali, as pessoas perceberam que tinham nas mãos apenas um belo boneco de papelão, o que fez o povo ali presente rir às bandeiras despregadas.

– Eu ignoro – continuou o homem jovem – completamente a que ponto o ator trágico Giglio Fava não era de fato feito de carne e sangue, e sim de puro papelão; certo é, porém, que, quando lhe fizeram a autópsia, suas vísceras estavam cheias de rolos de papel com as tragédias de um certo *abbate* Chiari, e os médicos atribuíram a letalidade do golpe que Giglio Fava recebeu do adversário tão somente à tremenda saturação, à falência de todos os princípios digestivos pelo consumo daqueles alimentos totalmente desprovidos de nutrientes e substância.

A essas palavras do jovem, todo o círculo rompeu numa estrondosa gargalhada.

É que, imperceptivelmente, durante aquela conversa esquisita, o Caffè Greco se enchera com os seus frequentadores habituais, e sobretudo os artistas alemães se haviam reunido em círculo ao redor dos interlocutores.

Se antes fora o *impresario* quem se irritara, agora foi a vez da ira que roía as entranhas do *abbate* explodir de um modo ainda mais intenso.

– Ha! – gritou ele. – Giglio Fava! Era esse seu objetivo, ao *signor* eu devo todo o escândalo no Corso! Espere só, minha vingança o alcançará, o esmagará!

Como, porém, o poeta ofendido começasse a disparar palavrões vulgares e fizesse mesmo menção de, em parceria com o *impresario*, atacar o jovem amável, os artistas alemães agarraram ambos e os atiraram com muito pouca delicadeza porta afora, de modo que eles passaram como um raio pelo velho Celionati, que estava prestes a entrar e lhes atirou um "boa viagem" pelas costas.

Assim que viu o *ciarlatano*, o jovem amável foi ao seu encontro, tomou-o pela mão, levou-o a um canto reservado do salão e disse:

PRINCESA BRAMBILLA

– Quem dera tivesse chegado mais cedo, caro *signor* Celionati, para me livrar de dois importunos que me tomaram pelo ator Giglio Fava, que eu... ah, o *signor* bem o sabe!... ontem, em meu paroxismo infeliz, abati no Corso, e me acusaram de todo tipo de ações repulsivas. Diga-me, por acaso sou tão parecido assim com aquele Fava a ponto de me confundirem com ele?

– Não duvide – respondeu o *ciarlatano*, com uma saudação cortês, quase mesmo obsequiosa –, não duvide, sereníssimo *signor*, de que, quanto aos simpáticos traços faciais, de fato é bastante parecido com aquele ator, e por isso era muito aconselhável tirar o seu duplo do caminho, o que o *signor* soube fazer com muita habilidade. Quanto ao estúpido *abbate* Chiari e seu *impresario*, confie em mim, meu príncipe! Eu saberei resguardá-lo de todos os embates que pudessem prejudicar seu completo restabelecimento. Não há nada mais fácil que provocar uma desavença entre um diretor de teatro e um autor de peças de teatro que os leve ao ponto de se lançarem um sobre o outro e, numa luta feroz, tentarem se devorar um ao outro, como aqueles dois leões dos quais não sobrou nada a não ser as duas caudas encontradas no campo de batalha, terrível monumento ao assassinato cometido. Não dê tanta importância a sua semelhança com o ator trágico de papelão! Pois acabo de ouvir que aqueles jovens que o livraram de seus importunadores também acreditam que o *signor* não é outro senão Giglio Fava.

– Oh! – disse o jovem amável –, oh, caríssimo *signor* Celionati, só não revele, pelo amor de Deus, quem eu sou! Pois o *signor* sabe por que tenho de permanecer incógnito até estar completamente curado.

– Não se preocupe, meu príncipe – respondeu o charlatão –, pois, sem revelar sua identidade, falarei tudo quanto for necessário sobre você para angariar o respeito e a amizade daqueles jovens, sem que lhes ocorra perguntar pelo seu nome e sua condição. Por hoje, faça como se não nos prestasse atenção, olhe pela janela ou leia os jornais; mais tarde, então, poderá entrar na nossa conversa. Mas, para que o que vou dizer não o constranja, vou falar na única linguagem conveniente ao *signor* e a sua enfermidade, e que o *signor* por ora não compreende.

O *signor* Celionati, como de costume, tomou um lugar entre os jovens alemães que, rindo alto, ainda falavam de como tinham botado o *abbate* e o *impresario* para fora com toda a presteza quando estes quiseram ir às vias de fato contra o jovem amável. Muitos perguntaram então ao velho se não era mesmo o conhecido ator Giglio Fava que estava ali debruçado à janela, e quando o velho o negou e explicou se tratar de um jovem estrangeiro de elevada estirpe, o pintor Franz Reinhold (que o leitor benévolo já viu e ouviu no terceiro capítulo) disse não compreender de modo nenhum como alguém podia ver qualquer semelhança entre o estrangeiro e o ator Giglio Fava. Ele tinha de admitir que a boca, o nariz, a testa, os olhos e o talhe de ambos podiam, exteriormente, ser parecidos; mas na expressão espiritual do semblante, que é de onde provém, de fato, a semelhança, e que a maioria dos pintores de retrato, ou melhor, copistas de rostos, não conseguiam apreender e, por isso, jamais eram capazes de fornecer retratos verdadeiramente fiéis, justamente nessa expressão havia uma diferença tão abismal entre ambos que ele, de sua parte, jamais confundiria o estrangeiro com Giglio Fava. O Fava tinha, na verdade, um rosto inexpressivo, enquanto o do estrangeiro tinha algo de singular, cujo significado ele próprio não compreendia.

Os jovens pediram ao velho charlatão que lhes contasse algo semelhante à história maravilhosa do rei Ophioch e da rainha Liris, que tanto os agradara, ou, melhor ainda, a segunda parte daquela mesma história, que ele devia ter ouvido de seu amigo, o mago Ruffiamonte ou Hermod no Palácio Pistoia.

– Que segunda parte? – questionou o charlatão. – Que segunda parte? Por acaso eu, da outra vez, me detive de súbito, pigarreei e disse, com uma mesura: "Continua em breve"? Além disso, meu amigo, o mago Ruffiamonte, já leu os acontecimentos subsequentes daquela história no Palácio Pistoia. É culpa dos senhores, e não minha, se perderam a preleção, à qual, como agora está na moda, também assistiram algumas senhoras ávidas de conhecimento; e se tivesse de repetir mais uma vez tudo aquilo, eu encheria de um tédio insuportável alguém que jamais se afasta de nós e também assistiu à preleção, já estando, portanto, a par de tudo. Refiro-me

PRINCESA BRAMBILLA

ao leitor do *capriccio* intitulado *Princesa Brambilla*, uma história na qual nós mesmos aparecemos e atuamos. Por isso, nada de rei Ophioch, de rainha Liris ou de princesa Mystilis, nem do pássaro multicor! Quero é falar de mim, de mim, se isso lhes servir, minha gente leviana!

– Leviana por quê? – perguntou Reinhold.

– Porque – continuou mestre Celionati em alemão – os senhores me consideram alguém que está aqui apenas para de vez em quando lhes narrar contos de fadas que, só por seu caráter burlesco, já lhes soam burlescos e ajudam a passar o tempo que os senhores querem dedicar a ouvi-los. Mas uma coisa eu lhes digo: quando me inventou, o poeta tinha em mente algo muito diferente, e se visse o desdém com que os senhores por vezes me tratam, ele poderia acreditar que eu lhe saí fora do planejado. Em suma, os senhores não me demonstram nem a consideração nem o respeito que mereço por meus profundos conhecimentos. Segundo sua infame opinião, por exemplo, sem ter feito um estudo profundo das ciências médicas, eu vendo tisanas como se fossem arcanos e pretendo curar todas as moléstias com as mesmas mezinhas. Mas agora chegou o momento de deixá-los com cara de tacho. De longe, muito longe, de um país que Peter Schlemihl, apesar de suas botas de sete léguas, teria de caminhar um ano inteiro até alcançar, acaba de chegar um jovem extremamente brilhante a fim de recorrer à minha arte benfazeja, pois sofre de uma enfermidade que pode ser classificada como a mais estranha e, ao mesmo tempo, mais perigosa que há, e cuja cura depende de fato de um arcano cuja posse pressupõe uma iniciação mágica. Pois esse jovem sofre de dualismo crônico.

– Como? – exclamaram todos ao mesmo tempo, rindo. – Como? O que o senhor está dizendo, mestre Celionati, dualismo crônico? Quem já ouviu falar disso?

– Estou vendo – disse Reinhold – que o senhor nos quer outra vez impingir alguma história maluca, esdrúxula, e depois rói a corda.

– Ora – replicou o charlatão –, ora, Reinhold, meu filho, você é o que menos deveria me fazer qualquer censura; pois justo para você eu sempre segurei bravamente as pontas, e como estou convencido de que você entendeu bem a história do rei Ophioch e decerto já contemplou também o claro espelho d'água da Fonte de Urdar, então... Mas antes de continuar a falar dessa enfermidade, fiquem sabendo, meus senhores, que o doente de cuja cura me encarreguei é justamente aquele jovem que está debruçado à janela e que vocês pensam ser o ator Giglio Fava.

Todos olharam curiosos para o estrangeiro e concordaram que nos traços de seu rosto, aliás, cheios de espírito, havia, entretanto, algo de incerto, confuso, deixando transparecer a existência de uma enfermidade perigosa, a qual, no fim das contas, devia consistir numa secreta demência.

– Acho – disse Reinhold – que o senhor, mestre Celionati, não quer dizer outra coisa com seu dualismo crônico senão aquela estranha alienação que faz com que o próprio eu se desavenha consigo mesmo, de modo que a própria personalidade não consegue se manter estável.

– Nada mau – respondeu o charlatão –, nada mau, meu filho! E, contudo, passou longe. Se tenho de lhes fazer um relato sobre a estranha enfermidade de meu paciente, receio não ser bem-sucedido em lhes explicar tudo com clareza e precisão, sobretudo porque vocês não são médicos, e eu, portanto, terei de renunciar a toda e qualquer expressão especializada. Pois bem! Vou deixar como está para ver como fica, mas, antes de mais nada, devo observar que o poeta que nos inventou e a quem, se quisermos realmente existir, temos de servir, não determinou nenhuma época precisa para nossa vida e nossas ações. Por isso, é muito agradável para mim poder pressupor, sem nenhum anacronismo, que, pelas obras de certo escritor alemão[23] muito espirituoso, os senhores tenham tido notícia do duplo príncipe herdeiro. Uma princesa se encontrava (para falar com outro escritor igualmente espirituoso)[24] em um estado diferente do de seu país, a saber, em estado interessante. O povo aguardava e tinha esperança de que

---

23 Lichtenberg [Georg Christoph Lichtenberg (1742-1799)]. (N. A.)

24 Jean Paul [pseudônimo de Johann Paul Friedrich Richter (1763-1825)].
    (N. A.)

PRINCESA BRAMBILLA

nascesse um príncipe; a princesa, porém, realizou em dobro essa esperança, dando à luz dois lindos principezinhos que, embora gêmeos, poderiam ser chamados de um único, pois nasceram unidos pelo traseiro. Embora o poeta da corte afirmasse que a natureza não encontrara espaço suficiente em um único corpo humano para todas as virtudes que o futuro herdeiro do trono reuniria em si; embora os ministros consolassem o príncipe, um tanto perplexo com a dupla bênção, dizendo que quatro mãos poderiam manejar com mais força o cetro e a espada do que duas, assim como a sonata governamental soaria mais enérgica e solene *à quatre mains* – sim!, apesar de tudo isso, havia uma boa quantidade de circunstâncias que davam ensejo a mais que justificadas preocupações. Em primeiro lugar, a grande dificuldade de inventar um modelo exequível e ao mesmo tempo gracioso para determinado troninho despertou a bem fundada dúvida sobre a forma que deveria ter o futuro trono propriamente dito; do mesmo modo, uma comissão composta por filósofos e alfaiates só conseguiu produzir o molde mais confortável e, ao mesmo tempo, mais gracioso de calças duplas depois de 365 reuniões; o que, porém, parecia o pior de tudo era a completa diferença de caráter que se revelava com cada vez maior evidência nos dois irmãos. Se um dos príncipes estava triste, o outro estava alegre; se um queria se sentar, o outro queria caminhar – enfim, suas inclinações jamais coincidiam. E, contudo, não se podia de modo algum afirmar que um deles tivesse esta índole determinada e o outro aquela; pois, na contrapartida de uma sempiterna permuta, a natureza de um parecia se transportar para a do outro, o que talvez acontecesse porque, ao lado do crescimento físico compartilhado, também se revelava um outro, espiritual, que era justamente o que provocava a grande desavença. Pois ambos pensavam de través, de modo que nenhum dos dois jamais sabia ao certo se o que pensara fora pensado por ele mesmo ou por seu irmão gêmeo; e se isso não se chama confusão, então não existe nenhuma. Imaginem só que uma pessoa tenha no corpo, como *materia peccans*,[25]

---

25 Matéria pecadora. (N. T.)

um tal príncipe duplo que pensa de través, e terão compreendido a enfermidade da qual lhes falei, e cujo efeito consiste sobretudo no fato de o enfermo não ser capaz de decifrar a si mesmo.

Entrementes o jovem se aproximara do grupo sem ser notado e, enquanto todos olhavam em silêncio para o charlatão, como se esperassem que ele continuasse com seu relato, o jovem estrangeiro disse, depois de fazer uma mesura cortês:

– Eu não sei, meus senhores, se lhes é conveniente que eu me junte à sua companhia. Sempre me acolhem bem em toda parte, quando estou gozando de boa saúde; mas decerto mestre Celionati lhes contou tantas coisas estranhas a respeito de minha enfermidade que os senhores talvez não queiram ser perturbados por minha pessoa.

Reinhold afirmou em nome de todos que o novo hóspede era bem-vindo, e o jovem tomou um lugar no círculo.

O charlatão se afastou, depois de recomendar enfaticamente ao jovem que não deixasse de observar a dieta prescrita.

Aconteceu então o que costuma acontecer, ou seja, todos ali imediatamente se puseram a falar de quem havia saído do recinto, e sobretudo pediram ao jovem que lhes falasse sobre seu extravagante médico. O jovem assegurou que mestre Celionati havia adquirido belíssimos conhecimentos acadêmicos, e que além disso também frequentara com proveito cursos em Halle e Iena e, portanto, era merecedor de toda confiança. Ademais, em sua opinião ele era um homem muito bem apanhado e sociável, que tinha o único (enorme, na verdade) defeito de cair com demasiada frequência num excesso de alegoria, o que de fato o prejudicava. Sem dúvida mestre Celionati também falara de modo muito mirabolante da enfermidade que se propusera a curar. Reinhold declarou que, segundo a expressão do *ciarlatano*, ele, o jovem, tinha um duplo príncipe herdeiro no corpo.

– Estão vendo, senhores? – disse então o jovem, com um sorriso simpático. –Essa é simplesmente mais uma de suas alegorias e, no entanto, mestre Celionati conhece muito bem minha enfermidade, sabe que eu sofro tão somente de um mal dos olhos, adquirido por causa do uso muito prematuro de óculos. Alguma

PRINCESA BRAMBILLA

coisa em minha retina se deslocou, pois eu quase sempre, infelizmente, vejo tudo ao contrário e, assim, as coisas mais sérias muitas vezes me parecem singularmente engraçadas e, em contrapartida, as coisas mais engraçadas me parecem singularmente sérias. Mas isso me causa sempre um medo terrível e uma tal vertigem que mal posso parar em pé. Minha cura, segundo mestre Celionati, depende principalmente de eu fazer bastante movimento; mas, Deus do céu, como devo começar?

– Ora – exclamou alguém –, caríssimo *signor*, uma vez que o vejo bem saudável sobre suas pernas, acho que sei...

Nesse momento entrou uma personagem já conhecida do leitor benévolo, o famoso mestre alfaiate Bescapi.

Bescapi foi na direção do jovem, fez uma profunda mesura e disse:

– Sereníssimo príncipe!

– Sereníssimo príncipe? – gritaram todos ao mesmo tempo e olharam espantados para o jovem.

Ele, porém, falou com expressão tranquila:

– Contra a minha vontade o acaso revelou meu segredo. Sim, meus senhores! Eu sou de fato um príncipe e, ainda por cima, um príncipe infeliz, pois busco em vão o magnífico e poderoso reino que é minha herança. Por isso digo de antemão que se não me é possível fazer os movimentos necessários, isso ocorre por me faltar de todo um país e, consequentemente, o espaço. Justamente por isso, por me encontrar encerrado num recipiente tão pequeno, todas as figuras se confundem, se entrechocam e se atropelam, tornando impossível para mim distingui-las com nitidez, o que é algo muito ruim, pois, por minha natureza mais íntima e mais verdadeira, só posso existir na clareza. Espero, porém, que, graças aos esforços do meu médico e desse ministro digno entre os mais dignos, logo voltarei a ser, em virtude de meu feliz enlace com a mais bela das princesas, um homem sadio, grande e poderoso, como de fato deveria ser. Eu os convido solenemente, meus senhores, a me visitarem em meus estados, em minha capital. Lá os senhores se sentirão como se estivessem em sua própria casa e não mais quererão me deixar, pois só em meu reino poderão viver uma verdadeira vida de artistas. Não pensem, caríssimos senhores, que estou aqui roncando papo, que não passo de um parlapatão vaidoso! Esperem apenas até eu voltar a ser um príncipe sadio, conhecedor de sua gente, mesmo quando ela se põe de cabeça para baixo, e então poderão constatar as minhas boas intenções em relação aos senhores. Cumprirei minha palavra, tão certo quanto sou o príncipe assírio Cornelio Chiapperi! Meu nome e minha pátria eu manterei por enquanto em segredo, os senhores os conhecerão na hora certa. Agora preciso confabular com esse excelente ministro sobre alguns importantes negócios de Estado, depois devo fazer uma visita à senhora Loucura e, perambulando pela corte, verificar se nos canteiros de estrume brotaram algumas pilhérias.

Com essas palavras, o jovem deu o braço ao mestre alfaiate, e ambos se foram dali.

– Que me dizem de tudo isso, meus caros? – perguntou Reinhold. – A mim quer parecer que a mascarada colorida de um divertimento louco e fabuloso incita uma infinidade de figuras a girarem todas ao mesmo tempo em círculos cada vez mais rápidos, de modo que se torna impossível reconhecê-las, impossível distingui-las. Mas venham, vamos nos fantasiar e ir para o Corso! Tenho o palpite de que o doido capitão Pantaleão, que venceu o encarniçado duelo de ontem, vai outra vez dar as caras e fazer todo tipo de estripulias.

Reinhold tinha razão. O capitão Pantaleão subia e descia enfatuadamente o Corso, ainda banhado na resplendente glória de seu triunfo da véspera, sem, contudo, cometer nenhuma de suas costumeiras loucuras, embora justamente essa sua fatuidade sem limites lhe desse um aspecto ainda mais cômico que de ordinário. O leitor benévolo já terá pressentido há algum tempo, mas agora sabe com certeza quem se esconde sob essa máscara, ou seja, ninguém menos que o príncipe Cornelio Chiapperi, o feliz noivo da princesa Brambilla. E a princesa Brambilla, bem, não devia ser senão ela a bela dama que passeava majestosamente pelo Corso com o rosto coberto por uma máscara de cera e trajando roupas de suntuosa riqueza. A dama parecia estar de olho no capitão

PRINCESA BRAMBILLA

Pantaleão, pois soube cercá-lo habilidosamente, de tal modo que ele parecia não poder lhe escapar, embora ele se voltasse e prosseguisse em seu passeio enfatuado. Mas, por fim, quando ele estava a ponto de avançar a passos rápidos, a dama lhe tomou o braço e disse com uma voz doce, melíflua:

– Sim, é o senhor, meu príncipe! Sua postura e suas roupas dignas de sua posição (o senhor jamais vestiu outra mais bela) o traíram! Oh, diga-me, por que foge de mim? Não reconhece em mim sua vida, sua esperança?

– Não sei – disse o capitão Pantaleão – de fato quem é a senhora, bela dama! Ou melhor, não ouso adivinhar, pois já sofri tantas desilusões vexaminosas. Princesas se transformaram diante de meus olhos em modistas, comediantes em figuras de papelão; por isso, decidi não aturar mais ilusões e fantasias, e sim aniquilá-las sem piedade onde quer que as encontre.

– Pois então – exclamou a dama, encolerizada – comece por si mesmo! Pois sua própria pessoa, meu caro *signor*, não é nada além de uma ilusão! Mas, não – continuou a dama com suavidade e ternura –, não, meu amado Cornelio, você sabe quem é essa princesa que o ama, como ela partiu de um país distante para procurá-lo, para ser sua! E você não havia jurado ser meu fiel cavaleiro? Fale, meu bem-amado!

A dama voltara a tomar o braço de Pantaleão; ele, porém, estendeu diante dela seu chapéu pontudo, puxou de sua larga espada e disse:

– Veja! Aqui deponho o símbolo de minha cavalaria, deponho as penas de galo de meu elmo aberto; abjurei o serviço das damas, pois todas elas só me recompensam com ingratidão e infidelidade!

– O que está dizendo? – exclamou a dama, irada. – Ficou louco?

– Ilumine-me – continuou o capitão Pantaleão –, ilumine-me apenas com o luzente diamante que lhe adorna a fronte! Abane-me somente com as penas que a senhora arrancou ao pássaro multicor. Eu resisto a qualquer feitiço e digo e afirmo que o velho com o gorro de zibelina tem razão, que meu ministro é um asno e que a princesa Brambilla corre atrás de um ator miserável.

– Oh, oh! – gritou então a dama, ainda mais irada que antes. – Oh, oh! Se o senhor ousa me falar nesse tom, quero apenas lhe dizer que, se quer ser um príncipe triste, então aquele ator, que o senhor chama de miserável e que, embora ele esteja feito em pedaços, eu sempre posso mandar reunir e costurar os pedaços uns aos outros, me parece valer muito mais que o senhor. Vá então bem de mansinho procurar sua modista, a pequena Giacinta Soardi, de quem o senhor, segundo ouvi dizer, já andou correndo atrás, e a eleve ao trono para o qual ainda lhe falta de todo um pedacinho de terra onde mandar erigi-lo! Por ora, fique com Deus!

Com essas palavras, a dama se afastou a passo rápido, enquanto o capitão Pantaleão lhe gritava às costas com uma voz esganiçada:

– Orgulhosa! Infiel! É assim que retribui meu profundo amor? Mas eu saberei me consolar!

OITAVO CAPÍTULO

Como o príncipe Cornelio Chiapperi não pôde se consolar, beijou a pantufa de veludo da princesa Brambilla e ambos, depois disso, foram capturados em véus de renda – Novos prodígios do Palácio Pistoia – Como dois magos atravessaram o Jardim de Urdar montados em avestruzes e tomaram assento na flor de lótus – A rainha Mystilis – Como pessoas conhecidas voltam a aparecer e o capriccio *intitulado* Princesa Brambilla *chega a um final feliz*

ENTREMENTES, PARECIA QUE O NOSSO AMIGO CAPITÃO PANTALEÃO, ou melhor, o príncipe assírio Cornelio Chiapperi (pois o leitor benévolo a essa altura já sabe que quem se escondia por trás daquela máscara doida e grotesca não era senão essa venerável personalidade principesca), sim, parecia que ele não havia encontrado em parte alguma um modo de se consolar. Pois no dia seguinte ele se lamentava em voz alta no Corso por haver perdido a mais bela das princesas e dizia que, se não tornasse a encontrá-la, por puro desespero cravaria a espada de madeira em seu próprio corpo. Mas como os gestos com que expressava sua dor eram os mais farsescos que se podiam imaginar, em pouco tempo, como não podia deixar de ser, ele logo se viu cercado por máscaras de toda espécie, que se divertiam às suas custas.

– Onde foi parar? – exclamava com voz lamentosa. – Onde foi parar minha linda noiva, minha doce vida? Foi para isso que pedi a mestre Celionati que arrancasse meu belíssimo dente molar? Foi para isso que corri atrás de mim mesmo de um canto para o outro, tentando me encontrar? Sim, foi para isso que eu verdadeiramente me encontrei, foi só para, sem possuir nada, nem amor, nem alegria, nem os necessários domínios, definhar numa existência miserável? Minha gente! Se alguém entre vocês souber onde se esconde a princesa, abra a boca e me diga, não me deixe aqui a lamentar assim em vão, ou então corra até onde está minha belíssima princesa e faça-a saber que o mais fiel de todos os cavaleiros, o mais formoso dos noivos uiva aqui sem parar de pura saudade, de desejo ardente, e que toda Roma, como uma segunda Troia, pode perecer nas chamas de seu suplício amoroso se ela não vier imediatamente e, com os úmidos raios de luar de seus lindos olhos, apagar as labaredas!

O povo caiu numa gargalhada irreprimível, mas uma voz estridente se ouviu no meio dela:

– Príncipe demente, o senhor pensa que a princesa Brambila virá ao seu encontro? Esqueceu o Palácio Pistoia?

– Oh, oh! – replicou o príncipe. – Cale-se, seu bobo-grande intrometido! Dê-se por feliz de ter escapado à sua gaiola. Minha gente! Olhem para mim e me digam se não sou eu o verdadeiro pássaro multicor que deveria ser apanhado numa rede de renda? O povo mais uma vez caiu numa gargalhada irreprimível; mas, no mesmo instante, o capitão Pantaleão, como se estivesse completamente fora de si, caiu de joelhos; pois diante dele estava ela em pessoa, a mais bela de todas as belas, em pleno esplendor da graça e da gentileza, vestindo as mesmas roupas de quando se exibiu pela primeira vez no Corso, com a única diferença de que, em lugar do chapeuzinho, tinha na fronte um magnífico diadema cintilante, do qual se erguiam plumas coloridas.

– Sou todo seu! – exclamou o príncipe, tomado de um supremo encantamento. – Sou todo seu agora, de corpo e alma. Veja essas plumas em meu elmo! São a bandeira branca que hasteei, o sinal

PRINCESA BRAMBILLA

de que me entrego incondicionalmente a você, criatura celestial, a sua clemência ou inclemência!

– É assim que tem de ser – respondeu a princesa. – Você tinha de se submeter a mim, a rica soberana, caso contrário lhe faltaria uma verdadeira pátria e você permaneceria um príncipe miserável. Mas agora jure eterna fidelidade a mim sobre este símbolo de minha ilimitada soberania!

Dizendo isso, a princesa exibiu uma pequena e graciosa pantufa de veludo e a estendeu ao príncipe, que a beijou três vezes, depois de haver jurado solenemente fidelidade eterna e inabalável à princesa, tão certa quanto ele estava certo de sua própria existência. Assim que isso tudo isso se passou, ouviu-se um grito alto e penetrante:

– *Brambure bil bal... Alamonsa kikiburva son-ton...!*

O casal foi cercado por aquelas damas vestidas de ricos talares que, como o leitor benévolo talvez se lembre, no primeiro capítulo entraram no Palácio Pistoia, atrás das quais se colocavam os doze mouros em trajes suntuosos que, contudo, em lugar das longas lanças, tinham nas mãos altas penas de pavão, das quais se despendiam maravilhosas cintilações, e as agitavam no ar de um lado para o outro. As damas então atiraram véus de renda sobre o casal, que os cingiram cada vez mais cerradamente, até que por fim os envolveram numa noite profunda.

Mas quando, então, ao som poderoso de trompas, címbalos e pequenos tambores, as névoas das rendas foram caindo, o casal se viu no Palácio Pistoia, naquela mesma sala que, poucos dias antes, fora invadida pelo enxerido ator Giglio Fava.

Mas agora a sala parecia mais suntuosa, muito mais suntuosa do que então. Pois, em vez do único lampião que iluminava a sala naquele dia, havia bem uma centena deles em derredor, fazendo parecer que tudo e todos estavam em chamas. As colunas de mármore que sustentavam a alta cúpula estavam envoltas por exuberantes grinaldas de flores; a estranha guirlanda do teto – ora eram pássaros de plumagem colorida, ora graciosas crianças, ora prodigiosas figuras de animais que se entrelaçavam nela, ninguém saberia dizer ao certo – parecia ganhar vida e se mover, e das dobras do reposteiro dourado do baldaquim do trono cintilavam ora aqui, ora ali rostos sorridentes e amáveis de belas donzelas. As damas, como da outra vez, formavam um círculo ao derredor; estavam, porém, vestidas com uma pompa ainda maior e não faziam renda, mas, ora, levando um vaso de ouro, espalhavam maravilhosas flores pela sala, ora balouçavam turíbulos dos quais se evolava um aroma delicioso. Sobre o trono, contudo, estavam, ternamente abraçados, o mago Ruffiamonte e o príncipe Bastianello di Pistoia. É quase desnecessário dizer que este último não era outro senão o charlatão Celionati. Atrás do casal principesco, ou seja, atrás do príncipe Cornelio Chiapperi e da princesa Brambilla, estava um homem pequeno vestido com um talar multicolorido, segurando nas mãos uma imaculada caixinha de marfim com a tampa aberta, dentro da qual não havia nada a não ser uma pequena agulha de costura reluzente que ele contemplava ininterruptamente com um sorriso muito alegre.

O mago Ruffiamonte e o príncipe Bastianello di Pistoia, por fim, se soltaram do abraço e continuaram apenas a se apertar as mãos. Mas então o príncipe, com uma voz potente, chamou os avestruzes:

– Vocês aí, minha boa gente, tragam, enfim, o grande livro, para que este meu amigo aqui, o venerável Ruffiamonte, tenha a amabilidade de ler dele aquilo que ainda resta a ser lido.

Os avestruzes se foram saltitando e batendo as asas e voltaram trazendo o grande livro, que colocaram nas costas de um mouro ajoelhado e abriram.

O mago, que, apesar de sua longa barba branca, tinha uma aparência extraordinariamente bela e juvenil, deu um passo à frente, pigarreou e leu os seguintes versos:

Itália! Céu risonho e sol radiante,
Ardor da terra em rica florescência!
Na bela Roma o carnaval triunfante

PRINCESA BRAMBILLA

Liberta a gente grave da prudência!
Num palco oval celebram sua folia
Seres da fantasia em afluência,

O mundo é seu domínio e feitoria.
O gênio do eu talvez gere o não eu
E cinda o próprio peito em simetria,

Da dor do ser fazendo um jubileu.
País, cidade, mundo, eu – tudo agora
Se encontrou. No fulgente azul do céu

O casal se revê; reluz nesta hora
A verdade da vida; a mui sapiente
Tolice já não é mais a censora

Cujo enfado infeliz confunde a mente;
O mestre, com agulha feiticeira,
Dando ao gênio a nobreza de um regente,

Franqueou-lhe o reino, ousada brincadeira,
E o pode resgatar do sonho à vida.
Ouçam! Doce cantiga mensageira

Pede silêncio para ser ouvida;
No alto do céu o azul ressurge, e canta
A voz da fonte à da floresta unida.

Desperta, terra de beleza tanta,
O anelo quer por outro ser trocado,
Na fonte do amor sua imagem se encanta!

As águas sobem, e será tomado
Em breve o litoral! Ouçam o apelo!
Do fogo ardente se ergue o encanto alado!

O mago fechou o livro; mas no mesmo instante um vapor ígneo se elevou do funil de prata que ele tinha na cabeça e pouco a pouco encheu o salão. E ao harmônico som de um carrilhão, dos acordes de harpas e trombetas, tudo começou a se animar e a oscilar desordenadamente. A cúpula se levantou e se transformou em uma alegre abóbada celeste, as colunas se transformaram em altas palmeiras, o reposteiro de ouro caiu e se transformou num colorido e resplendente prado florido e o grande espelho de cristal se liquefez num magnífico lago de águas límpidas. O vapor ígneo que se elevara do funil do mago tinha se dissipado por completo, e brisas frescas e balsâmicas sopravam através do imenso jardim encantado repleto de graciosíssimas árvores, arbustos e amoráveis flores. A música soou mais forte, um grito alegre de júbilo se fez ouvir, milhares de vozes cantaram:

Salve! Salve País de Urdar, tão belo,
    A fonte recupera sua pureza,
    Dos infernais grilhões não resta um elo!

De súbito tudo emudeceu, música, júbilo, canto; em profundo silêncio, o mago Ruffiamonte e o príncipe Bastianello di Pistoia montaram nos dois avestruzes e singraram as águas até a flor de lótus que se erguia como uma ilha fulgente do meio do lago. Eles subiram ao cálice dessa flor de lótus e quem, entre toda aquela gente reunida ao redor do lago, tinha um bom olho pôde ver nitidamente os magos retirarem de uma caixinha uma boneca de porcelana pequena, mas também muito graciosa, e a depositarem no centro do cálice da flor.

Então o par amoroso, ou seja, o príncipe Cornelio Chiapperi e a princesa Brambilla, despertou do torpor em que havia caído, e os dois olharam involuntariamente para o lago límpido e cristalino em cuja margem se encontravam. Mas só quando se viram refletidos na água eles se *reconheceram* a si mesmos, se entreolharam e soltaram uma risada que, porém, em sua singularidade, só podia ser comparada àquele riso do rei Ophioch e da rainha Liris, e então caíram cheios de encantamento nos braços um do outro.

PRINCESA BRAMBILLA

E, assim que o casal riu, oh, maravilhoso prodígio!, uma divina figura de mulher surgiu do cálice da flor de lótus e foi se tornando mais e mais alta, até sua cabeça avultar no azul do céu, enquanto se podia ver que seus pés estavam firmemente plantados na mais profunda profundeza do lago. Na coroa refulgente que lhe adornava a cabeça estavam sentados o mago e o príncipe, olhando para o povo lá embaixo que, sem a menor reserva, totalmente ébrio de encanto, jubilava e gritava, enquanto a música do jardim encantado soava em acordes altissonantes:

– Viva nossa excelsa rainha Mystilis!

E, novamente, milhares de vozes cantaram:

Um êxtase nos vem da profundeza,
    E alcança o firmamento refulgindo.
    Eis que surge a rainha em sua nobreza!

Circunda-lhe a cabeça um sonho infindo,
    A suas passadas se abrem ricas minas
E ao par que então reconheceu-se, rindo,
    Do vero ser o germe enche as retinas.

Passava da meia-noite, o povo saía em torrentes dos teatros. Então a velha Beatrice fechou a janela de onde estivera olhando a rua e disse:

– Já é hora de deixar tudo preparado, pois logo chegam meus senhores, e talvez ainda tragam consigo o bom *signor* Bescapi.

Como daquela vez em que fizera Giglio carregar escada acima o cesto cheio de petiscos, a velha havia comprado hoje tudo o que era necessário para um jantar saboroso. Mas não tinha de, como daquela vez, se sujeitar ao suplício de um buraco apertado que passava por ser uma cozinha e do estreito e acanhado quartinho do *signor* Pasquale. Muito pelo contrário, ela agora dispunha de um grande fogão e de um recinto bem iluminado, e os comensais de fato também podiam se movimentar à vontade em três ou quatro aposentos não excessivamente grandes, nos quais havia várias belas mesas, cadeiras e diversos utensílios muito satisfatórios.

Enquanto a velha estendia uma toalha de fino linho sobre a mesa que arrastara para o meio da sala, dizia, rindo:

– Hum! Foi muito gentil da parte do *signor* Bescapi não apenas nos ceder sua bela morada como também nos haver suprido generosamente com tudo o que é necessário. Agora talvez a pobreza nos tenha deixado para sempre!

A porta se abriu e Giglio Fava entrou com sua Giacinta.

– Deixe-me abraçá-la, minha doce, minha linda esposa! – disse Giglio. –Deixe-me dizer com toda a minha alma que foi somente a partir do instante em que me uni a você que me senti animado por todas as mais puras e maravilhosas alegrias da vida. Toda vez que a vejo representar suas Esmeraldinas ou qualquer outro papel nascido do verdadeiro divertimento, ou que estou ao seu lado como Briguela, Trufaldino ou qualquer outro fantasista humorístico, todo um mundo da mais petulante e sutil ironia se abre em meu imo e inflama minha atuação. Mas diga-me, minha vida, que espírito todo especial tomou conta de você hoje? Nunca antes você lançou do fundo de seu ser tantos raios do mais gracioso humor feminino; nunca antes se mostrou tão infinitamente adorável no auge de seu humor petulante e fantástico.

– O mesmo eu poderia dizer de você, meu amado Giglio! – respondeu Giacinta, com um leve beijo nos lábios de Giglio. – Você também hoje estava mais maravilhoso do que nunca e talvez nem sequer tenha notado que improvisamos nossa cena principal por mais de meia hora sob o riso saboroso e ininterrupto do público. Mas você não se lembra de que dia é hoje? Não adivinha em que horas providenciais nós fomos tomados por esse entusiasmo singular? Não se recorda de que há exatamente um ano, no dia de hoje, nós contemplamos o magnífico e límpido Lago de Urdar e nos reconhecemos?

– Giacinta – exclamou Giglio, alegremente surpreso. – Giacinta, o que você está dizendo? Tudo isso ficou para trás como um belo sonho, o País de Urdar... o Lago de Urdar! Mas, não! Não foi um sonho... nós nos reconhecemos! Oh, minha adorada princesa!

– Oh – respondeu Giacinta. – Oh, meu adorado príncipe!

PRINCESA BRAMBILLA

E então os dois voltaram a se abraçar e riram sonoramente e exclamaram ao mesmo tempo:

– Ali fica a Pérsia... ali a Índia... mas aqui é Bérgamo... aqui é Frascati! Nossos reinos são vizinhos... não, não, é um único reino que governamos, um poderoso casal de príncipes, é o próprio País de Urdar, belo e magnífico... Oh, que alegria!

E então os dois se puseram a saltitar exultantes pela sala e voltaram a se abraçar e se beijaram e riram...

– Não parecem crianças desmioladas? – resmungou a velha Beatrice no meio de tudo isso. – Um ano de casados e não se cansam de carinhos e beijinhos e pulinhos para lá e para cá e... Jesus Cristo! Quase me derrubam os copos da mesa! Oh, oh, *signor* Giglio, tire a ponta de seu casaco do meu ragu... *signora* Giacinta, tenha dó das porcelanas, deixe-as viver!

Mas os dois não prestavam atenção à velha, e continuavam com a sua traquinagem. Por fim, Giacinta tomou Giglio pelo braço, olhou-o nos olhos e disse:

– Mas, diga-me, Giglio querido, você o reconheceu, o homenzinho atrás de nós com o talar colorido e a caixinha de marfim, não é?

– E por que não deveria, minha querida Giacinta? – respondeu Giglio. – Não era outro senão o *signor* Bescapi com sua agulha criadora, atualmente nosso fiel *impresario*, que nos levou pela primeira vez ao palco sob a figura que nossa natureza mais íntima determinou. E quem poderia pensar que aquele charlatão velho e louco...

– Sim – disse Giacinta, completando o raciocínio de Giglio. – Sim, esse velho Celionati com seu capote rasgado e seu chapéu esburacado...

– Quem poderia pensar que ele fosse de fato o velho e fabuloso príncipe Bastianello di Pistoia? – Assim falou o homem vestido com um traje suntuoso, esplêndido, que acabara de entrar na sala.

– Ah! – exclamou Giacinta, com os olhos brilhantes de alegria. – Ah, meu caríssimo senhor! Como estamos felizes, eu e meu Giglio, por receber sua visita em nossa pequena morada! Não desdenhe de nosso modesto jantar, faça-nos companhia e então poderá nos contar em detalhes toda a verdade sobre a rainha Mystilis, o País de Urdar e seus amigos, o mago Hermod ou Ruffiamonte; ainda não consegui compreender inteiramente tudo isso.

– Não é necessária nenhuma explicação mais detalhada, minha bela e doce menina – disse o príncipe de Pistoia com um sorriso amável. – Basta que você tenha compreendido a si própria e também àquele petulante cavalheiro que se tornou tão inteligente desde que a tomou por esposa. Veja, eu poderia, lembrando-me de meu charlatanismo, espalhar ao meu redor uma profusão de palavras misteriosas e, ao mesmo tempo, altissonantes; eu poderia dizer que você é a fantasia, de cujas asas o humor precisava para alçar voo, mas que sem o corpo do humor você não seria nada a não ser asas e boiaria nos ares feito um joguete do vento. Mas não quero fazer isso, simplesmente porque, assim, eu iria muito longe na alegoria, caindo então num erro pelo qual o príncipe Cornelio Chiapperi já censurava, com razão, o velho Celionati no Caffè Greco. Quero apenas dizer que existe de fato um mau demônio que, usando um gorro de zibelina e um roupão preto, se fez passar pelo grande mago Hermod e é capaz de enfeitiçar não apenas boas pessoas de extração comum, mas também rainhas como Mystilis. Foi muita maldade desse demônio tornar o desencantamento da princesa dependente de um milagre que ele considerava impossível. Com efeito, era preciso encontrar, no pequeno mundo chamado teatro, um casal não apenas animado em seu ser mais íntimo pela verdadeira fantasia, pelo verdadeiro humor, como também capaz de reconhecer objetivamente, como num espelho, essa disposição do espírito e de fazê-la se manifestar na vida exterior de um modo tal que pudesse agir como poderosa magia sobre o grande mundo, no qual aquele pequeno mundo se encerra. Assim, se quiserem, o teatro deveria representar, pelo menos de certa maneira, a Fonte de Urdar, em cujas águas as pessoas pudessem espiar. Com vocês, meus queridos filhos, eu acreditava poder com certeza levar a cabo aquele desencantamento, e escrevi imediatamente ao meu amigo, o mago Hermod. Como ele veio sem demora, como desembarcou em meu palácio, o esforço que despendemos com vocês, bem, tudo isso vocês já sabem, e se o mestre Callot não tivesse interferido e o feito, Giglio, sair com zombarias de sua vestimenta de herói...

– Sim. – Nesse ponto o *signor* Bescapi, que viera seguindo os passos do príncipe, interrompeu a narrativa. – Sim, magnânimo senhor, vestimenta colorida de herói. Lembre-se ainda de mencionar a esse belo casal ao menos o quanto eu também colaborei para a grande obra.

– Sem dúvida – respondeu o príncipe. – E porque o senhor era em tudo e por tudo um homem maravilhoso, quero dizer, um alfaiate que desejava, para vestir as fantásticas indumentárias que sabia produzir, pessoas igualmente fantásticas, eu me servi de sua ajuda e por fim o transformei em um *impresario* do raro teatro, no qual reina a ironia e também o humor genuíno.

– Eu sempre me vi – disse mestre Bescapi, rindo muito alegre – como alguém que toma todos os cuidados para que nada, por exemplo, a forma e o estilo, se estrague já no corte.

– Muito bem dito – exclamou o príncipe de Pistoia –, muito bem dito, mestre Bescapi.

Enquanto o príncipe de Pistoia, Giglio e Bescapi conversavam sobre isso e aquilo, Giacinta se ocupava graciosamente em enfeitar a sala e a mesa com flores que a velha Beatrice tivera de ir buscar às pressas; acendeu muitas velas e, depois que tudo estava iluminado e festivo, convidou o príncipe a se sentar na poltrona que havia adornado de tal modo com ricos panos e tapeçarias que mais parecia um trono.

– Alguém – disse o príncipe, antes de se sentar – que todos nós temos de temer muito, pois sem dúvida proferirá uma crítica muito severa sobre nós e, talvez, até mesmo nos contestará a existência, poderia dizer que eu vim aqui no meio da noite sem nenhum outro motivo a não ser por causa dele, a fim de lhe narrar o que vocês tinham a ver com o desencantamento da rainha Mystilis, que no fim das contas não é de fato ninguém senão a princesa Brambilla. Este alguém está equivocado, pois eu lhes digo que vim aqui, e virei todas as vezes na hora providencial de seu reconhecimento, a fim de me regozijar com vocês na recordação de que nós e todos aqueles que lograram contemplar e

reconhecer a vida, a si mesmos, a todo o seu ser, no maravilhoso espelho claro como o sol do Lago de Urdar, devemos nos considerar ricos e felizes.

Aqui se esgota de súbito a fonte na qual, oh leitor benévolo, o editor destas páginas se abeberou. Apenas uma fábula obscura diz que tanto o príncipe de Pistoia quanto o *impresario* Bescapi apreciaram bastante o macarrão e o vinho de Siracusa do jovem casal. Também se pode supor que naquela mesma noite, como também depois, ainda aconteceram algumas coisas maravilhosas com o feliz casal de atores, uma vez que eles estiveram de diversas maneiras em contato com a rainha Mystilis e com a grande arte da magia.

Mestre Callot seria o único a poder dar maiores informações a respeito.

SOBRE O LIVRO

FORMATO
13,5 x 20 cm

MANCHA
23,8 x 39,8 paicas

TIPOLOGIA
Arnhem 10/13,5

PAPEL
Off-white Bold 80 g/m² (miolo)
Cartão Supremo 250 g/m² (capa)

1ª EDIÇÃO EDITORA UNESP: 2022

EQUIPE DE REALIZAÇÃO

EDIÇÃO DE TEXTO
Bonie Santos (Copidesque)
Marcelo Porto (Revisão)

PROJETO GRÁFICO E CAPA
Marcos Keith Takahashi (Quadratim)

IMAGEM DE CAPA
Ilustração de Carl Friedrich Thiele,
publicada em *Prinzessin Brambilla.
Ein Capriccio nach Jakob Callot,* Breslávia,
Verlag von Josef Max, 1821.

EDITORAÇÃO ELETRÔNICA
Arte Final

ASSISTÊNCIA EDITORIAL
Alberto Bononi
Gabriel Joppert

Coleção Clássicos da Literatura Unesp

Quincas Borba | Machado de Assis

Histórias extraordinárias | Edgar Allan Poe

A relíquia | Eça de Queirós

Contos | Guy de Maupassant

Triste fim de Policarpo Quaresma | Lima Barreto

Eugénie Grandet | Honoré de Balzac

Urupês | Monteiro Lobato

O falecido Mattia Pascal | Luigi Pirandello

Macunaíma | Mário de Andrade

Oliver Twist | Charles Dickens

Memórias de um sargento de milícias | Manuel Antônio de Almeida

Amor de perdição | Camilo Castelo Branco

Iracema | José de Alencar

O Ateneu | Raul Pompeia

O cortiço | Aluísio Azevedo

A velha Nova York | Edith Wharton

*O Tartufo * Dom Juan * O doente imaginário* | Molière

Contos da era do jazz | F. Scott Fitzgerald

O agente secreto | Joseph Conrad

Os deuses têm sede | Anatole France

Os trabalhadores do mar | Victor Hugo

*O vaso de ouro * Princesa Brambilla* | E. T. A. Hoffmann

A obra | Émile Zola

Rua Xavier Curado, 388 • Ipiranga - SP • 04210 100
Tel.: (11) 2063 7000 • Fax: (11) 2061 8709
rettec@rettec.com.br • www.rettec.com.br